지리산에서 보낸 산야초 차 이야기

지리산에서 보낸

산야초 차 이야기

전문희 지음 · 김문호 사진

이른아침

이 책을 펴내면서

몸과 마음을
맑게 해주는 산야초

어떤 사람에게는 아주 낯선 이름이기도 하고, 어떤 사람에게는 이제 막 관심을 일깨운 이름이기도 한 산야초. 나는 오래전부터 이 분야에 관심을 갖고 생활 속에서 응용하다 산야초차를 개발하게 되었다. 지리산에 터를 잡고 자연과 더불어 살게 된 계기도 산야초 덕분이다.

도시에서의 바빴던 삶을 정리하고 산자락에 자리 잡기까지 굽이굽이 얼마나 많은 이야기와 사연들이 있겠는가. 그 중 내 삶에 가장 큰 영향을 끼친 일은 어머니의 죽음이었다. 삶과 죽음의 거리가 그리 멀지 않다는 사실, 그리고 사는 동안 자신의 몸과 마음을 맑게 지키는 일이 무엇보다 중요하다는 사실 앞에서 내 삶 전체를 돌아보지 않을 수 없었다.

지리산에 내려와 자연친화적인 미래의 삶을 모색하며 산야초에 대해 좀 더 깊이 있는 연구를 하게 되었다. 지리산에서 채취한 산야초로 만든 차에 대해 뜻밖에도 많은 사람들이 호응을 해주었다. 자연이 주는 기운을 제대로 받은 식물로 만든 차여서인지 건강에 관심이 있는 사람이라면 누구나 산야초차를 호의적으로 받아들였다. 녹차 말고는 잎차가 거의 없던 우리 차 시장이 중국차가 물밀듯이 밀려오면서 큰 위기를 맞게 된 상황이었다.

건강 문제가 그 어느 때보다 절실해졌다. 생활이 복잡하고 스트레스가 많을수록 사람들은 건강을 잃게 되고 각종 생활습관병에 시달린다. 건강을 잃고서야 몸에 좋다고만 하면 무엇이든 좇아다닌다. 평소 자신의 생활을 돌아보고 고칠 것은 고쳐야 한다. 차를 마셔서 당장 몸이 좋아져 무슨 병이 낫는다고 하면 그것은 거짓말이다. 생활은 건강에 역행하는 방식으로 이어가면서 차만으로 건강해지기를 바란다면 그것 역시 지나친 욕심이다. 차를 마신다는 것은 무엇보다 건강한 생활 방식을 습관으로 만든다는 점에서 의미가 있다.

우리 몸의 70퍼센트에 달하는 물은 몸을 순환시키고 정화하는 역할을 한다. 물의 중요성은 따로 언급할 필요조차 없게 다들 잘 알고 있다. 우리 몸은 하루에 많은 양의 물을 필요로 한다. 물을 섭취하는 가장 좋은 방식이 차를 마시는 것이다. 그냥 물로 마시기는 힘들지만 수시로 차를 마셔주면 몸이 원하는 만큼 충분히 수분 공급을 할 수 있기 때문이다. 자연의 생기를 그대로 담은 산야초차를 마신다면 수분과 아울러 엽록소를 통한 비타민과 미네랄도 함께 얻을 수 있어 몸을 맑고 건강하게 해준다. 산야초에 대해 알면 알수록 자연의 신비로운 치유 능력에 감탄을 금할 수 없다.

요즘 여기저기서 생태환경운동이 활발하게 전개되고 있다. 공동체 방식으로 무공해 농산물을 생산해내는 단체들도 많이 늘어났다. 귀농해서 개인의 건강을 위해 농약과 비료를 치지 않고 채소와 과일을 재배하는 사람도 많다. 아쉽게도 이런 농산물은 값이 비싸서 일반 서민이 접근하기엔 가계에 큰 부담이 된다. 내가 바라는 것은 사람들이 우리 산과 들에 자라는 식물이 먹을거리가 될 수 있다는 생각을 가졌으면 하는 것이다. 주위에서 흔히 보는 산야초가 차는 물론 음식이 될 수 있다는 사실을 알고 실천한다면 우리의 삶이 조금은 자연친화적으로 변화하지 않을까 기대해본다.

이 책에 나와 있는 여러 약초는 꾸준히 차를 마시고 음식으로 섭취했을 때 그 효능을 제대로 느낄 수 있다. 건강하게 보낸 하루가 좋은 습관을 만들고 좋은 습관이 우리 몸을 서서히 변화시킨다는 점을 명심했으면 한다. 성급함은 스트레스를 불러오고 그 스트레스는 병을 불러온다는 평범한 진실을 잊지 말자. 어릴 때부터 약골이었던 내가 지금 건강을 되찾은 것은 산야초차를 열심히 마신 까닭도 있지만 밤낮으로 산을 오르내리다 보니 저절로 운동이 되고 자연을 가까이 하면서 마음의 여유와 평안을 찾은 덕분이다.

이 책을 쓰는 동안 나에게 의학적인 지식을 제공해준 전홍준 박사님, 양동춘 교수님께 제일 먼저 감사를 드린다. 초심을 잃지 않고 차를 만들 수 있도록 산야초 채취를 도와주고 산야초차 보급에 애써준 '건강을 위한 산야초 연구회' 회원 여러분은 내 양팔과 같은 존재다.

늘 차를 사랑하고 도움과 격려를 아끼지 않은 여러 벗들과 이웃들이 없었다면 이 책은 아마 세상에 나오지 못했을 것이다. 특히 이 책의 아름다운 서막을 장식해준 바우 황대권 선생님께 고마운 마음을 전하고 싶다.

2003년 10월
지리산 자락에서 전문희

개정판을 펴내면서

몸의 소리에 귀 기울이는 삶을 위하여

이 책을 낸 지 8년이 지났다. 그 사이 산야초차에 대한 인식도 많이 달라졌다. 산야초로 만든 각종 차가 시장에 쏟아져 나와 많은 사람들이 친숙하게 마시는 단계까지 왔다. 집에서 직접 만들어 먹는 사람들도 늘어났다. 뽕잎차, 연잎차, 솔잎차, 민들레차 등은 이미 흔한 차가 되어버렸다. 그만큼 더 많은 사람들이 자연을 가까이 느끼고 자연과 교감하는 시간이 되었으리라고 믿는다.

산야초에 대해서는 어느 정도 해야 할 일을 했다는 느낌이 들 정도로 많은 사람의 사랑을 받았다. 내가 만든 산야초차에 대해서뿐만 아니라 내 책에 대해 보여준 애정은 늘 잊지 않고 있다. 놀라운 관심 속에서 많은 독자들이 찾아 읽었던 《지리산에서 보낸 산야초 이야기》가 출판사를 옮겨 개정판이 나오게 되었다.

산야초와 지리산과 사람들에 관한 내용은 그때나 지금이나 크게 달라지지 않았다. 다만 내 생활과 사회 환경이 좀 바뀌었다. 경제가 어려워지면서 스트레스가 많아지고 건강을 잃는 사람이 더 많아졌다. 원인을 알 수 없는 병도 부지기수다. 건강에 대해 좀 더 밀도 있고 집중된 고민을 하지 않을 수 없었다.

병의 원인이야 수만 가지 있을 수 있겠지만 간단히 생각하면 이유는 한 가지다. 생활에 쫓겨 우리 몸이 원하는 대로 살지 못한 거다. 달리 말하면 몸의 소리에 귀를 기울이고 잘 돌볼 수 있는 마음의 여유가 없었던 것이다. 열심히 살았는데 행복하게 삶을 즐기기는커녕 병을 얻어 고통받는 사람들을 지켜본다는 건 참으로 안타까운 일이다. 그런 저간의 사정을 숙고한 끝에 효소에 관한 건강 에세이를 써서 내게 되었다. 그러면서 첫 번째 책과 두 번째 책도 함께 개정판을 출간하게 된 것이다.

사진을 추가하고 내용을 약간 수정해서 일목요연하게 정리한 것 말고는 크게 달라진 건 없다. 디자인이나 제목에 일관성을 갖고 필요할 때 필요한 내용을 언제든지 찾아볼 수 있도록 만들려고 노력했다. 모쪼록 건강을 지키고 삶을 의미 있게 살고자 하는 사람들에게 조금이나마 도움이 되기를 간절히 바란다.

2011년 5월
지리산에서 전문희

추천의 말

바우 황대권(《야생초 편지》 저자, 생태공동체운동가)

자연중독자 전문희 씨. 내가 자연중독자 전문희 씨를 알게 된 것은 그녀가 보내온 한 꾸러미나 되는 산야초차를 통해서였다. 나의 책 《야생초 편지》를 읽고 동지를 만난 것 같은 기쁨에 보냈다는 그 차를 우려 마시며 이것을 만든 이가 보통 사람이 아님을 단박에 알아차렸다. 겉포장은 여느 찻집에서도 흔히 보는 것이었으나 내용물만큼은 진짜 자연 그대로였다. 재배종이 아닌 야생차를 만들어본 사람은 안다. 자연에 미치지 않고는 이렇게 정갈하게 다듬어진 야생차를 만들 수 없다는 것을. 철따라 피고 지는 야생초를 찾아 산야를 헤매어야 함은 물론 그렇게 채취한 야생초를 일일이 손으로 다듬고 가공하여 먹기 쉬운 한 봉다리의 차로 만드는 일이 단순한 노동이 아니라 자연과 사람에 대한 지극한 사랑의 발로라는 것을.

마침 지리산 자락에 일이 생겨 몇 차례 오가던 중에 그녀를 만났다. 그녀를 보고 나는 그만 첫눈에 뻑 가고 말았다. 산에 온전히 미치면 사람의 모습이 저렇게 되는구나. 저렇게 아름다워지는구나……. 온전히 미치지 못한 사람의 눈에 그녀는 마치 퇴락한 절에 수줍은 듯 서 있는 관세음보살처럼 보였다. 타고난 성품이겠지만 말하는 것도 어찌 그리 시원시원한지.

그녀가 정성 들여 만든 백초차를 우려 마시면서 이것은 차 한 잔을 마시는 것이 아니라 지리산을 통째로 내 몸에 모시는 느낌이 들었다. 지난 이틀 동안 동료 세 분과 함께 지리산 800고지에서 바구니로 하나 가득히 채취했다는 차 재료를 들여다보고는 그 느낌이 사실임을 확인할 수 있었다. 바구니에는 지리산에 자생하는 온갖 나무와 덩굴, 야생초들의 새순이 그득했다. 험준한 산비탈을 넘나들며 앙증맞게 생긴 고 작은 새순들로 바구니를 가득 채우려면 무한한 인내심은 물론이거니와 탁월한 체력도 뒷받침되어야 한다. 힘들지 않냐고 하니까 재미있으니까 하지 돈 벌려고 하면 못한단다. 저 한 바구니를 덖으면 백초차가 조그만 것으로 한 통 나올까 말까 한다기에 도시에서 하던 습성대로 얼른 계산을 해보았다. 네 명이 이틀 동안 하루 여섯 시간씩 일했으니까 일당 플러스 가공비 해서 아무리 낮게 잡아도 100그램짜리 한 통에 20만원은 받아야 수지가 맞는다는 계산이 나왔다. 그러나 아무리 산야초가 좋다고 한들 그렇게 많은 돈을 내고 사먹을 사람은 별로 없을 터이다. 결국 산야초차를 상품화하고 있는 전문희 씨는 거의 보급 차원에서 이 일을 하고 있는 것이나 다름이 없다. 과연 그랬다.

〈건강을 위한 산야초 연구회〉라는 것이 있어서 전문희 씨와 함께 산야초차의 오묘한 경지를 음미하고 있지만 그녀의 꿈은 거기에 머물 수가 없다. 이미 한국인들의 입맛을 완전히 점령해버린 커피와 녹차 그리고 외국에서 물밀 듯이 들어오는 이름도 생소한 각종 허브차에 대항하여 우수한 토종 산야초차의 존재를 사람들에게 널리 알리자는 것이다. 그리하여 언젠가는 사람들의 입맛을 제대로 돌려놓고 신토불이 차원에서 건강 또한 챙기자는 것이다. 이것은 결코 묘한 사람들이 벌이는 묘한 짓거리가 아니다. 우리가 잊고 있었던 조상들의 슬기를 새롭게 되살리는 것이며, 우리가 무시하고 버려두었던 소중한 자원을 뜻있게 사용하는 것이다. 뿐만 아니라 차 한 잔을 만들면서(채취에서 마시기까지) 대자연의 신비를 온몸으로 만끽할 수 있음도 중요한 측면이다. 내가 13년이 넘는 감옥생활을 건강하게 버틸 수 있었던 것은 스스로 만들어 마신 산야초차에 힘입은 바가 크다. 온갖 화학물질로 뒤범벅된 가판 음료수를 멀리하고 산야초차를 꾸준히 마셔보면 확실히 온몸에 기운이 생동하는 것을 느낄 수 있다. 산야초차는 대량 생산 체제를 갖추기 어렵기 때문에 녹차나 커피처럼 대중화되기는 어렵겠지만 일부러 시간을 내어서라도 생활의 일부로 만들어볼 만한 충분한 가치를 지니고 있다.

이번에 전문희 씨가 발로 뛰어 만들어낸《지리산에서 보낸 산야초 차 이야기》는 산야초차의 모든 것은 아니지만 산야초차의 무궁무진함을 엿볼 수 있는 귀중한 기록이다. 나는 이 책을 읽고 전문희 씨와는 또 다른 차원에서 동지 의식을 느꼈다. 내가 회색빛 감옥에 갇혀《야생초 편지》를 썼다면 전문희 씨는 산이라는 감옥(?)에 갇혀 이 글을 썼다는 것이다.《야생초 편지》에 보면 사회 참관을 나갔다가 산을 바라보면서 "아, 이 풀 무더기를 한 평만 떼어다 교도소 운동장에 옮겨놓을 수만 있다면!" 하고 한탄하는 장면이 나온다.

전문희 씨는 행복하게도 그 풀 무더기 속을 마음대로 헤집고 다니며 산야초차를 만들고 이 글을 썼다. 그녀가 누린 행복을 이제 독자의 몫으로 돌릴 차례다.

바우 황대권은 1955년 서울에서 출생하여 서울대 농대를 졸업하고 미국 뉴욕의 사회과학대학원에서 제3세계 정치학을 전공하였다. 1985년 잠시 귀국한 사이 안기부(현 국가정보원)가 조작한 '구미유학생 간첩단 사건'에 연루되어 무기징역을 선고받았다.
이 사건에 연루된 그는 1998년 마흔네 살이 될 때까지 13년 2개월 동안의 청춘을 감옥에서 보냈다. 수감생활을 하던 어느 날 그는 교도소 담 아래 혹은 하수구 근처에서 자라던 야생초를 보며 하나의 생명과 작은 우주를 느꼈고, 이때부터 한 평짜리 감옥 안에서 야생초 연구를 시작하였다. 그는 감옥 생활 중 만성 기관지염과 요통 등 지병을 치료하기 위해 야생초를 먹기 시작하였고, 이로써 자신의 병을 치유할 수 있었다. 이때부터 야생초를 생명의 은인으로 여기며 본격적인 연구를 시작하였다. 1998년 출소 후 2년간 전남 영광에서 약초 재배를 하며 농사를 짓기도 하였다. 이후 국제사면위원회의 초청으로 유럽에서 한동안 인권 활동을 하였으며, 영국의 슈마허 대학과 임페리얼 대학에서 생태 농업과 생태 디자인을 공부하였다.
주요 저서로《야생초 편지》,《백척간두에 서서》,《민들레는 장미를 부러워하지 않는다》, 번역서로《가비오따스》등이 있으며, 현재 〈생태공동체운동센터〉의 대표로 활동하고 있다.

차례

봄

여름

가을

겨울

눈이 녹은 자리에 싹이 움트면서 산은 서서히 연두색으로 물들어간다.
겨울은 벌써 제 몸속에서 봄을 준비하고 있었던 것이다.
땅에서 올라와 나무 끝으로 뻗어가는 봄기운을 매일 조금씩 짙어지는
색깔과 향기로 알아차린다. 봄이 온 것이다.

봄이 오면

눈이 녹은 자리에 싹이 움트면서 산은 서서히 연두색으로 물들어간다. 겨울은 벌써 제 몸속에서 봄을 준비하고 있었던 것이다. 꽃샘추위가 아무리 지독해도 봄은 어김없이 꽃과 함께 찾아온다. 봄볕이 마당을 달굴 때면 묵은 빨래를 꺼내다 널고 문이란 문은 다 활짝 열어젖힌다. 빨래가 뽀송뽀송 마르는 계절, 봄이 온 것이다. 겨울이 길었던 만큼 햇볕의 고마움을 새삼 깨닫는다. 산 가까이 살면 아주 작은 산의 변화도 금방 알아차릴 수 있다. 언뜻 똑같아 보여도 산은 분명 어제와 다른 빛깔이다.

땅에서 올라와 나무 끝으로 뻗어가는 봄기운을 매일 조금씩 짙어지는 색깔과 향기로 알아차린다. 봄이 왔음을 일깨우듯 산은 나날이 밝아진다. 나무들이 마치 나를 부르는 듯하다. 반가운 마음에 산에 오르면 나뭇가지 끝에 작은 싹눈이 올라와 있다. 산야초를 채취할 시기가 온 것이다.

산야초란 산과 들에서 나는 온갖 풀과 꽃을 함께 아울러서 이르는 말이다. 야생식물의 잎, 줄기, 뿌리, 열매 등 각 부위에 들어있는 각양각색의 영양물질이 곧 약이다. 산야초의 쓰임은 크게 약용藥用, 차용茶用, 식용食用으로 나눌 수 있다.

그중에서도 산야초의 풍부한 영양성분을 1년 내내 섭취할 수 있는 방법이 차로 만들어 마시는 것이다. 우리 주변에서 얼마든지 쉽게 구할 수 있는 산야초로 차를 만들어 비타민과 다양한 영양성분을 섭취할 수 있다.

천지가 얼어붙은 겨울에 찻잔에 꽃잎이 동동 떠 있는 차를 마시며 창밖에 내리는 눈을 바라다보는 일은 누려보지 않은 사람은 헤아리기 어려운 기쁨이자 호사다.

또한 봄날에 오염 없는 곳에서 햇볕을 흠뻑 받고 자란 산야초는 우리에게 새로운 생명의 기운을 가져다주기도 한다.

두릅이나 취나물뿐만 아니라 찔레순, 칡순은 날것으로 된장을 찍어 먹기도 하고 살짝 데치거나 생채로 무침을 해 먹을 수도 있다. 산에서 계절에 따라 채취한 각종 식물은 식탁을 채우는 먹을거리로 손색이 없다.

산야초를 채취하러 산이나 들로 갈 때는 벌레에 물리거나 혹시 상처가 생길지도 모르므로 되도록 긴 소매 옷과 바지 차림을 하는 게 좋다. 또 뱀에 물릴 수도 있으므로 고무장화를 신는 것이 좋다. 장갑과 모자도 준비한다. 채취 작업에 필요한 전정 가위, 칼, 삽, 신

문지, 비닐봉지 등은 배낭에 넣어 등에 메는 게 간편하다.

산에는 사람에게 필요한 모든 것이 다 있다. 먹을 것, 땔감, 약초……. 하지만 꼭 필요한 만큼 가져와야 한다. 산이 주는 만큼만 얻는다 하여도 얼마나 감사할 일인가. 산야초를 채취할 때도 나무가 허약해지지 않도록 한 그루 한 그루에서 조금씩 따내는 배려를 잊지 말아야 한다. 또 한 가지 명심해야 할 것이 있다. 산에 쓰레기를 버리지 말자. 모든 것을 아낌없이 내주는 산에 대한 기본적인 예의다.

봄에 주로 나는 차에는 매화차, 으름덩굴잎차, 백초차, 쑥차, 민들레차, 아카시아꽃차, 찔레꽃차가 있다. 지역에 따라 보름 정도의 차이가 있지만 대체로 매화는 3월에 채취한다. 쑥은 3, 4월에 틈나는 대로 따고, 5월 단오 무렵 약성이 가장 왕성할 때 딴 것을 섞어서 차를 만든다. 으름덩굴잎차도 4월에서 5월 초까지 딴 것을 쓴다.

그리고 3월부터 5월까지 산에서 자라는 100여 가지 나무의 새순만을 따서 만드는 백초차百草茶도 5월에는 덖어놓은 재료를 다 섞어서 마무리 작업에 들어간다.

백초차

지리산 정기를 마신다

긴 겨울이 지나고 봄이 오면 산은 기지개를 켜듯 서둘러 싹을 틔워 올린다. 모든 나무에는 새순이 돋고 그 새순은 모두 차의 재료가 된다. 백초차는 겨우내 품고 있던 기운을 새순에 모아 밖으로 내보내기 때문에 나무의 농축된 기를 그대로 마실 수 있다. 녹차 가운데 곡우穀雨 전에 딴 어린 찻잎으로 만든 우전차를 높이 사는 것도 같은 이유에서다. 백초차는 말 그대로 100가지 산야초로 만든 차다. 오염이 없는 청정한 깊은 산중에서 채취한 새순만을 녹차와 같은 방법으로 덖어서 만든다.

100가지 식물의 약성이 섞였기 때문에 서로 다른 성분이 상승작용을 할 뿐만 아니라, 혹시 그중 어느 식물에 들어 있을지도 모르는 독성을 중화시키는 작용을 한다. 십전대보탕을 비롯한 많은 한약이 여러 약재를 섞어 조제하는 원리와 같다고 보면 된다.

여러 해 동안 시행착오와 시험을 거쳐 개발한 백초차는 이른 봄

백초차를 만들기 위한 새순 채취
백초차는 말 그대로 100가지 산야초로 만든 차다.
해발 700고지 이상의 깊은 산중에서 채취한 새순만을 덖어서 만든다.

부터 5월까지 가장 공력을 들여 만드는 차 가운데 하나다. 마셔본 사람이 저마다 머리가 맑아지고 몸이 가뿐해진다며 효험을 검증해 주었다. 특히 오랫동안 차를 마셔온 스님들은 백초차에 자연의 기가 충만하다며 어떤 재료로 만들었는지 바로 알아차린다.

주요 원료는 가시오갈피나무, 산복숭아나무, 소나무, 산뽕나무, 두충나무, 고로쇠나무의 어린 잎사귀에다 다래와 으름덩굴, 칡, 찔레, 인동초, 복분자, 하수오, 두릅 등 우리가 익히 알고 있는 나무들의 새순이다. 이름을 모르는 나무라도 뾰족이 올라온 새순은 무엇이든 다 채취한다. 산속에서 자라는 야생 차나무의 새순도 백초차에 빠져서는 안 될 재료다. 나는 이 새순들을 채취하면서 직접 씹어서 맛을 본다. 혀끝에 아릿한 맛이 느껴지면 약성이 강한 식물이다. 나중에 차를 마시다 채취하면서 씹었던 맛이 그대로 차에 살아 있음을 발견했을 때 그 기쁨은 이루 말할 수 없다. 나무에 깃들어 있던 모든 기운이 차 한 잔에 담긴 듯하다.

산 중턱 아래에는 밤나무가 많아 밤꽃이 지고 나면 병충해를 막기 위해 항공 방제를 한다. 그래서 점점 더 높은 산으로 올라갈 수밖에 없다. 지리산 700고지 이상으로 올라가면 아래서는 볼 수 없는 수많은 자생식물들이 산재해 있다.

깊은 산에는 숲이 우거져 길을 찾기 힘들 때가 많다. 발이 빠지고 비탈에 미끄러지는 일이 허다하다. 어떤 때는 3~4미터가 넘는 나무를 감고 올라간 으름덩굴이나 다래순을 발견하고 발을 동동 구르기도 한다. 높이도 높이지만 나무에 단단히 몸을 붙이고 있어서 손으로는 도저히 채취가 불가능하다. 더욱 안타까운 것은 으름덩굴에 감겨버린 나무는 결국 죽고 말 것이라는 사실이다. 나로서는 어쩔 도리 없는 나무의 운명을 그저 바라보고 있노라면 왠지 쓸쓸해진다. 안타깝게 바라보기만 하다가 돌아설 때는 차마 발길이 떨어지지 않는다.

3~5월에 채취한 100여 가지의 새순은 덖어서 모아두었다가 6월이 되면 전부 섞어 백초차를 만든다. 봄이 오기도 전에 산과 들로 뛰어다녔던 시간들이 다 녹아 있는 차가 드디어 완성되는 것이다.

잘 덖은 차는 우려냈을 때 산야초 본래의 색깔이 생생하게 살아난다. 처음 마셨을 때는 약간 씁쓸한 맛이 나지만, 오래 음미하고 있으면 달큰한 것 같기도 하고 시고롬한 것 같기도 한 독특한 맛이 느껴진다. 소위 오미五味라는 것이 그 속에 모두 들어 있다. 뒷맛은 맑고 깨끗해서 입 안이 개운해진다.

산과 계곡 곳곳에서 채취한 새순 하나하나의 오묘한 맛이 결합되어 빚어내는 신비로운 맛을 글로 제대로 표현할 수 없는 게 안타까울 뿐이다. 차를 마셔본 사람들이 한결같이 차 맛이 좋다고 칭찬하면 그것으로 모든 노고를 보답받은 기분이 든다. 피곤할 때 백초차 한 잔을 마시면 피로가 풀리고 머리가 맑아지는 것을 몸이 저절로 느낀다.

"이 차는 어디에 좋은가요?"

인동초 꽃 / 으름덩굴
찔레꽃 / 산머루

〈건강을 위한 산야초 연구회〉를 이끌면서 가장 많이 듣는 질문 가운데 하나다. 몸에 좋은 것은 일단 먹고 보자는 우리의 습성에서 나온 조급증이 아닐까 싶다. 약도 아닌 차 한 잔 마신다고 당장 몸에 어떤 효험이 나타난다고 기대하는 것 자체가 무리다. 무조건 몸에 좋다고 두루뭉술하게 대답하는 것도 올바른 태도가 아니다 싶어 내 나름의 답변으로 난감한 순간을 넘기곤 한다.

"우리의 몸은 콩나물시루와 같습니다. 위에서 아무리 물을 부어도 밑으로 다 빠져나가고 남는 게 없죠. 그러나 보십시오. 콩나물은 자라 올라오지 않습니까? 차도 이와 같은 이치입니다. 차를 마시면 당장은 다 오줌으로 빠져나가고 맙니다. 그렇지만 그 오줌과 함께 우리 몸에 남아 있던 노폐물이 배출되고 나면 피는 그만큼 깨끗해집니다. 피가 깨끗해지면 머리가 맑아지고 몸도 가뿐해지죠. 이것을 생활화해야만 우리 몸은 병균이 서식할 수 없는 건강한 상태가 유지됩니다. 그러니 어떻게 콩나물시루에 물 붓는 것을 멈출 수 있겠습니까."

다들 고개를 끄덕인다. 하지만 그중 몇이나 이를 실천에 옮길까. 어떤 행동을 생활화하는 것, 습관이 될 때까지 꾸준히 이어가는 것만큼 힘든 일도 없다. 그렇기 때문에 그 일을 해낸 사람에게는 반드시 보상이 따른다는 것을 나는 경험을 통해서 알 수 있다.

얼마 전에 산야초 연구회 회원들로부터 다짜고짜 〈그곳에 가고 싶다〉라는 TV 프로그램을 봤느냐고 묻는 전화가 왔다. 산중에 사는 사람이 무슨 텔레비전을 보겠냐고 되묻자, 그들은 내용을 빼뜨릴세라 자세히 얘기해주었다.

물개라는 별명을 가진 수영선수 조오련 씨가 오랫동안 연락이 끊긴 사람을 찾는다며 태안사를 방문했단다. 그 절 주지 스님이 조오련 씨가 만나고 싶어하던 사람이었다. 그런데 그 스님이 그에게 지리산의 정기가 담긴 귀한 차라며 대접한 것이 바로 백초차였다고 한다. 차를 마신 조오련 씨는 "아주 향이 좋고 맛있다"고 했다는데, 이를 보고 산야초 채취에 함께 따라갔던 회원들이 자기 일처럼 기뻐하며 전한 것이다.

우리는 간혹 신문 광고에서 약 광고 문구를 볼 수 있다. 그런데 어떤 약이든 피로회복에 좋다는 문구가 공통적으로 들어 있는 것을 알 수 있다. 그만큼 요즘 우리의 삶이 피곤하다는 현실을 반영하는 것이리라.

피로를 푸는 게 건강을 지키는 데 가장 중요하다는 사실은 누구나 인정한다. 이때 육체의 피로와 함께 정신적인 스트레스까지 풀기를 원하는 사람에게 나는 피로회복제보다 차 마시기를 권한다. 중병에 걸려 입원할 정도가 아니라면 꾸준히 차를 마심으로써 몸의 환경을 얼마든지 바꿔줄 수 있다. 일시적인 치료를 받는 차원이 아니라 생활습관을 바꾸어, 체질을 병균이 좋아하는 산성에서 건강한 알칼리성으로 변화시켜야 한다.

차를 우려내고 마시는 단 몇 분의 시간만큼은 우리 일상에 쉼표를 찍는 휴식 시간이다. 찻물의 빛깔을 바라보고 차향을 맡으며 차 맛을 혀끝에 음미할 때, 우리는 하루의 피로에서 놓여나고 마음의 평안을 찾을 수 있게 된다. 작은 일이지만 숨가쁜 도시생활 속에서 실천하기가 만만치 않을 것이다.

한의학에서는 혈액순환이 원활하지 않으면 건강을 유지하기 어렵다고 말한다. 피가 잘 돌지 않으니까 금방 피로하고 소화도 안 되며, 뼈마디가 아프거나 몸이 항상 무겁다는 것이다.

이런 경우에도 나는 차를 마시라고 권하고 싶다. 물을 많이 마시면 노폐물이 배출된다는 것은 누구나 다 아는 의학 상식이다. 그러나 물을 하루에 몇 리터씩 마시는 일은 여간 고역이 아니다. 이럴 때 차를 마시면 우리에게 필요한 수분을 충분히 공급하게 되고 그 수분이 노폐물을 배설하도록 도와준다. 또한 물속에 들어 있는 산소도 함께 마시니 일거양득이다.

어렸을 때부터 워낙 몸이 약했던 나를 염려하던 어머니께서는 늘 주변에 있는 약초를 뜯어다가 달여주셨다. 누가 이거 약초라는 말을 하면 꼭 구해다 먹였다. 폐가 좋지 않아서 기침을 하다 토하고 여러 번 쓰러지기도 하였다. 어머니가 업고 보건소에 달려가서 응급처치를 받고 약을 타다 주면 그 알록달록한 색깔의 알약을 나는 그대로 변소나 아궁이에 던져버렸다. 그런데 이상하게도 약초 달인 물은 군말 없이 잘 받아 마셨다. 그 일을 떠올릴 때마다 산야초차를 만들고 있는 현재의 삶이 결코 우연이 아닌, 운명이라는 생

산야초 연구회 회원들과 함께
<건강을 위한 산야초 연구회> 회원들과 산야초차 이야기를 하며 그윽한 차향을 나눈다.

각이 든다.

지독히도 몸이 약해서 잔병치레도 많이 했건만 최근에는 건강 문제는 아예 잊고 산다. 산야초를 찾아 산과 들을 헤매다 보니 자연히 운동량이 많아지고 산소 함유량이 높고 좋은 공기까지 마시니 병이 멀리 도망갈 수밖에 없다. 나를 처음 보는 사람은 종종 묻곤 한다.

"어쩌면 그렇게 피부가 좋으세요?"

나는 농담 삼아 "차 많이 마시세요. 차 많이 마시면 예뻐져요"라고 대답한다. 상대는 싱거운 소리 그만 하라는 얼굴로 피식 웃는다. 말은 농담처럼 했지만 그것은 엄연한 사실이다. 피가 맑아지고 몸이 깨끗해지는데 피부라고 어찌 좋아지지 않겠는가. 차에 미백 효과가 있다는 것은 이미 잘 알려져 있는 사실이므로 여기서 길게 얘기할 필요는 없을 것이다.

앞으로 내가 이 책에서 함께 나누고자 하는 생각도 결국은 자연에 대한 것이다. 자연은 우리에게 얼마나 유익한 존재인가. 이 글은 자연은 언제나 제자리에서 우리를 묵묵히 기다리고 있다는 새삼스러울 것 없는 사실을 환기시키는 일이 될 것이다.

우리가 자연에게 다가가는 일만큼이나 중요한 것이 또 하나 있다. 바로 '몸'이라고 부르는, 우리와 가장 가까운 곳에 있는 자연의 말에 귀 기울이는 것이다. 지금부터라도 자신의 몸이 보내는 경고의 말을 귀담아듣는다면 앞으로 몸에 닥칠 위험을 미리 막을 수 있다.

우리 몸은 원래 그 자체로 완벽한 구조를 가졌다. 스스로 영양을 조절하고 스스로 병을 고칠 줄 안다. 어린애가 이유 없이 흙을 먹으면 몸에 철분이 부족하기 때문이라고 한다. 본래의 건강한 상태로 우리 몸을 돌려놓는 일, 그것이 우리가 몸에게 줄 수 있는 가장 큰 선물이다.

매화차

봄 향기에 절로 취한다

봄 산을 올려다볼 때마다 김소월의 〈산유화〉만큼 그 풍경을 잘 그려준 시도 없다는 생각을 절로 하게 된다. 그 시를 나도 모르게 흥얼거리면서 산길을 걷다 보면 고적함이 흥겨움으로 가슴속에 자리 잡는다.

〈산유화〉

산에는 꽃 피네
꽃이 피네
갈 봄 여름 없이
꽃이 피네

산에 산에

피는 꽃은

저만치 혼자서 피어 있네

산에서 우는 작은 새여

꽃이 좋아

산에서

사노라네

산에는 꽃 지네

꽃이 지네

갈 봄 여름 없이

꽃이 지네

꽃이 피고 지는 모습이 눈앞에 선연히 떠오른다. 마치 내가 '산에서 우는 작은 새'가 된 것처럼 큰소리로 노래를 불러본다. 서러운 심정을 담은 노래인데도 묘한 아련함과 함께 마음이 차분해지곤 한다. 산이나 평지에는 봄부터 늦가을까지 온갖 꽃들이 피고 진다. 식물이 가진 생장의 신비와 생명력을 바라보면서 삶에 대한 겸손함과 의미를 절로 깨친다.

꽃은 그 존재만으로도 우리에게 많은 것을 선사한다. 유난히 꽃을 노래한 시나 그림이 많은 것도 꽃이 우리의 마음을 순화시키는 작용을 하기 때문이 아닐까.

자연에서 볼 수 있는 녹색, 청색, 황색 계통의 은은한 색은 지치고 불안한 마음에 평화와 안정을 준다. 이러한 감정의 변화는 바로 호르몬의 분비에 영향을 미친다. 세포를 활성화시키고 젊게 하며 저항력을 키운다. 호르몬 작용이 불안정해지면 신체의 기능에 결함이 생겨 저항력이 약화되고 건강을 해친다.

산야초차를 알고 난 후 산과 들에서 꽃을 보면 예전과는 다르게 보일 것이다. 산야초는 단지 눈을 즐겁게 하는 구경거리가 아니라 자연이 우리에게 베푸는 선물이다. 또 산야초를 채취하는 동안 건강과 불가분의 관계에 있는 운동, 물, 햇볕, 공기, 휴식이 절로 따라온다.

봄꽃 가운데에서도 매화는 이른 봄에 잎보다 꽃이 먼저 피는 낙엽활엽수다. 눈이 수북이 쌓인 겨울에도 제때가 되면 봄이 온 걸 잊지 않고 꽃을 피운다. 그래서 노인들은 영리한 아이를 보면 "고놈 참 기억력이 매화 같네"라고 말한다. 매화는 자신이 세상에 나오는 때를 절대로 잊는 법 없이 기억한다는 뜻이다. 매화는 푸른빛을 띤 흰색 꽃이 피는 청매와 연한 분홍빛 꽃이 피는 홍매 등이 있다. 꽃이 피면 그윽한 향이 멀리까지 퍼져 나간다.

옛날 선비들은 이 매화를 사랑하여 자신의 서재 주변에 심어 그 향기를 즐겼다. 방문을 열면 눈앞에 매화꽃이 피고 지는 것을 볼 수 있는 운치 있는 집을 일컬어 '매화서옥梅花書屋'이라고 불렀다. 바

꽃은 그 존재만으로도 우리에게 많은 것을 선사한다.

람이 불어 작은 꽃잎이 우수수 떨어지면 장관이 따로 없다. 선비들은 지루하고 인내심을 요하는 책 읽기 사이사이 매화의 향기와 빛깔을 감상하는 여흥으로 잠시 피로를 풀었을 것이다.

사군자 가운데 하나로 꼽힐 정도로 선비들의 사랑을 받았던 매화는 봄이 되면 제일 먼저 겨울의 찬 기운이 채 가시지 않은 공기를 뚫고 꽃송이를 내민다. 설중매雪中梅라 하여 눈 속에서 피는 매화를 가장 아름답다고 하는 이유도 고난 속에서 제 길을 꿋꿋이 가는 매화의 성질을 귀감으로 삼으려는 마음에서 비롯되었을 것이다.

산야초를 채취하는 일은 여간 긴장하지 않으면 안 되는 일이다. 꽃이 피고 새순이 나오는 시기가 정해져 있고, 하루가 다르게 자라기 때문에 오늘 할 일을 내일로 미룰 수 없다. 무더위가 닥치고 장마가 지고 추위가 오는 등 여러 가지 환경의 변화에 대응하여 정신을 바짝 차리고 긴장해서 거기에 맞춰야 한다. 이런 긴장감은 피곤하기보다 오히려 제때에 뭔가 해냈다는 충족감을 주기 때문에 격심한 스트레스를 가라앉히는 효과가 있다. 긍정적인 스트레스는 적극적인 의욕을 낳는다. 어려움을 이겨낸 뒤의 만족감은 대단한 희열을 가져다준다.

산야초를 채취하는 것은 자연에서 들려오는 소리, 냄새, 빛깔을 오감으로 받아들이며 몸속에 좋은 기운을 불어넣는 행위이기도 하다. 그때 느끼는 기쁨과 희열을 모든 이들과 나눌 수 있다면 얼마나 좋을까. 이 자연의 소리들을 누군가에게 택배로 부쳐줄 수 있다면 얼마나 멋질까. 자연과 함께하지 않으면 알 수도 없고 말로는 더욱 표현 안 되는 그 충만감 때문에 지금 나는 이 일을 하는지도 모른다.

매화는 꽃봉오리가 맺혔다가 꽃잎이 열리기 시작할 때 따야 한다. 활짝 피어버리면 꽃향기가 다 날아가서 좋은 차를 만들 수 없다.

꽃잎이 망가지지 않게 한 송이 한 송이 조심스럽게 따온 매화는 시들기 전에 작업을 마쳐야 한다. 우선 한지를 깔고 젓가락으로 꽃송이를 하나씩 집어서 넌다. 꽃이 마르면 시루에 살짝 쪄낸다. 그 꽃을 다시 한지에 처음 했던 것처럼 널고 찌기를 세 번 반복해야 한다. 꽃차는 보통 시루에 증기로 쪄서 만든다. 독성을 제거하고 혹시 꽃 속에 있을지도 모르는 벌레 알이나 세균을 죽이기 위해서다.

말리고 난 후에는 꽃잎이 퇴색해 보여도 찻잔에 담기면 꽃잎이 펴지면서 본래의 은은한 흰빛이 그대로 되살아난다. 매화차는 꽃잎을 구하기가 힘들지만 일단 차로 만들고 나면 오래도록 매화꽃의 아름다움을 음미할 수 있다. 또 머리를 맑게 해주고 피부를 매끄럽고 깨끗하게 만들어줘 기미, 주근깨를 방지한다.

건강에 좋을 뿐 아니라 사계절 내내 꽃의 아름다움과 향기를 감상할 수 있는 또 다른 즐거움을 주는 게 꽃차의 장점이다. 매실의 경우 너무 많이 알려져서 별 관심을 끌지 못하는 데 반해 매화차는 보는 사람마다 호기심을 보인다.

봄철 사방을 아름답게 물들이던 매화가 지고 난 자리에 우리가

매화차
매화는 꽃봉오리가 맺혔다가 꽃잎이 열리기 시작할 때 따야 좋은 차를 만들 수 있다.

흔히 매실이라고 부르는 열매가 열린다. 매실은 덜 익은 상태에서 채취하여 약재로 쓴다.

매실의 성분은 아미그달린, 청산, 능금산, 구연산 등으로 이루어져 있다. 회충으로 인한 복통이나 설사, 이질, 혈변, 기침, 토사, 해열, 진해, 수렴, 목이 붓고 아픈 증세, 입 안이 심하게 마르는 증세, 산후 출혈이 멎지 않는 증세 등에 좋다. 예부터 위장에 좋다고 하여 배 아플 때 쓰여 왔다.

매실은 시고 떫은맛이 강해 진액이나 효소의 형태로 주로 만들어 복용한다.

우선 매실을 따서 약한 불을 쬐어 색이 노랗게 되면 햇볕에 말려서 사용한다. 말리면 흑갈색으로 변하므로 오매烏梅라고도 한다. 이렇게 말린 약재를 한 번에 1~3그램씩 물 200밀리리터에 뭉근하게 달이거나, 또는 가루로 만들어 복용한다. 만성 기침이나 만성 설사, 이질, 복통에 쓰인다. 삽장澁腸 효과도 우수해서 장을 다스리는 데 적합하다. 특히 장 기능이 좋지 않아 목마름이 심하고 눈과 입 안, 피부 등이 건조한 사람한테 좋다. 설탕이 다량 들어 있는 진액이나 효소보다는 장아찌로 만들어 반찬으로 먹으면 더욱 좋다.

식용으로는 꽃이 피고 난 후 열매가 맺히면서 돋아나는 어린잎을 따서 볶거나 무쳐 먹는다.

막 익은 열매를 장아찌로 만들어도 별미다.

말린 매실을 물에 끓여 감미료 없이 마시거나 가루 내어 복용하는 방법도 있다. 또한 덜 익은 열매를 잘 씻어 물기를 없앤 후 소주에 담가 매실주로 마시면 식욕부진이나 더위에 효과가 있다.

매실주를 만들 때는 덜 익은 열매를 씻어 물기를 없앤 후 항아리에 황설탕을 넣어가면서 절인다. 매실과 설탕을 넣은 후 햇볕이 들지 않는 시원한 그늘에서 약 100일 정도 둔다.

시중에서 흔히 볼 수 있는 매실 효소 진액은 열매에서 빠져나온 물로 만든 것이다. 이렇게 만들어진 매실 진액을 병에 담아 그늘에 보관해두었다가 컵에 원액 효소 두 숟가락에 뜨거운 물이나 생수를 타서 마시면 맛있는 매실차가 된다.

산야초 채취 후 지리산 계곡에서 잠시 땀을 식히다.

어머니

그 깊은 언덕을 가슴에 묻고

겨울 산에 새순이 돋기 시작하면 곧이어 나뭇잎보다 꽃봉오리를 먼저 내미는 반가운 얼굴이 있다. 바로 참꽃이라고 부르는 진달래다. 봄을 부르는 꽃 하면 진달래를 연상하게 될 정도로 옛날부터 우리나라에는 진달래가 많았다. 산성 토양에서도 잘 자라고 메마르고 척박한 곳을 좋아하는 진달래는 소나무로 인해 황폐해진 우리 산에 가장 번식하기 쉬운 나무다. 그래서 진달래는 나무가 거의 없는 산의 능선이나 활엽수가 없는 소나무 숲에서도 흔히 볼 수 있다.

이른 봄, 잎이 나기도 전에 연보라색으로 피는 진달래는 먹을 게 없던 시절에 허기를 달래주기도 했다. 개꽃이라고 부르는 철쭉은 먹을 수 없는 반면 진달래는 화전으로도 부쳐 먹고 약용으로도 그 쓰임새가 많았다. 해소기침에는 진달래로 담근 두견주만 한 것이 없다고 한다.

어렸을 적에는 봄이면 친구와 함께 광주리 가득 진달래꽃을 따러 다녔다. 따면서 꽃잎을 먹기도 하고 술을 걸러내고 남은 꽃 찌꺼기를 얻어 먹고 취하기도 했던 기억이 난다.

해소기침으로 고생하는 아버지를 위해 꽃이 떨어지기 전에 진달래를 따 날라야 하는 친구는 힘들다고 불평이 많았지만 나는 그런 아버지라도 있는 그 애가 부러웠다. 아버지 얼굴을 모르던 나는 아버지와 나란히 걸어가거나 평상에 앉아 밥 먹는 애들을 보면 괜히 마음이 안 좋았다. 일찍 돌아가신 아버지를 원망한 적도 많았다. 습자지보다 더 얇은 진달래꽃은 지금도 내겐 아련한 슬픔을 불러오는 꽃이다.

산에 진달래가 활짝 필 때쯤이 어머니의 기일이다. 어김없이 찾아오는 그리움과 함께 후회 또한 깊다. 왜 곁에 계실 때 아쉬움 남지 않게 잘 해드리지 못했을까. 모든 관계가 다 그렇지만 부모 자식 관계는 지나고 보면 남는 건 회한뿐이다. 그래서 자식은 오복五福에 들지 않는다고 했던가.

부모는 죽어서도 자식에게 베푸는 역할을 멈추지 않는다. 온몸을 던져 당신 몫의 삶을 버텨내신 그 강건함은 두고두고 내 삶의 버팀목이 되었다. 진달래의 꽃말이 절제라는 걸 알았을 때 어머니의 인생이 떠올라 고개가 절로 끄덕여졌다.

차를 만들면서 살 작정을 하고 지리산에 짐을 풀었을 때 제일 큰 위안이 되었던 것이 새소리와 물소리를 비롯한 자연의 숨소리였다. 20여 년의 도시생활에 지친 심신을 달래며 저세상으로 떠난 어머니에 대한 그리움을 삭였다.

계곡물로 몸을 씻고 숲 바람으로 숨을 고르며 지내다 보니 나를 찾아온 사람들이 내 몸에서 산 냄새가 나고 눈빛이 산을 닮았다고 했다. 산처럼 무심해지고 싶어서 산을 찾아왔으니 어쩌면 그것은 당연한 일인지도 모른다. 그래도 힘들 때나 밤에 혼자 있을 때, 어머니가 그리워 잠을 설친 적이 많은 걸 보면 아직 무심의 경지에 이르려면 먼 듯하다.

나는 농토도 없는 가난한 집안의 7남매 가운데 유복자로 태어났다. 어머니의 행상 수입으로 바로 위 오빠와 함께 중학교를 다니다 서울로 전학을 왔다. 아버지가 살아 계실 때 졸업한 언니 오빠들이 서울에서 직장을 다니고 있었기 때문에 가능한 일이었다.

서울에서 대학을 졸업하고 나니 스물다섯이었다. 어머니는 나만 결혼하면 이승에서 어미로서의 의무는 다한 것이라며 결혼을 하라고 성화셨다. 저승에서 아버지를 만났을 때 떳떳하기 위해서라도 내가 결혼해서 행복하게 사는 걸 봐야 한다고 재촉이 이만저만 아니셨다.

그때 나는 어떻게 하면 경제적으로 독립할 수 있을까 고심하고 있었던 터라 결혼 얘기만 나오면 건성으로 대답할 수밖에 없었다. 하고 싶은 일도 많았고 무엇보다 자유로운 독신생활에 만족하고 있었기 때문에 어머니 말이 귀에 들어오지 않았다.

스물여섯에 전공인 국문학과 상관없는 인테리어 가구점을 열게 된 계기는 우연히 찾아왔다.

소액 자금으로 할 수 있는 사업을 궁리하던 중에 대학 동창의 집에 초대를 받았다. 45평짜리 아파트에 신접살림을 차린 친구의 집에 들어섰을 때 눈에 거슬리는 게 보였다. 초록색 플라스틱 휴지걸이가 고급 아파트 거실의 품위를 떨어뜨리고 있었던 것이다. 그 순간 높아진 생활 수준에 어울리는 인테리어 제품을 만들면 어떨까, 하는 생각이 퍼뜩 들었다. 그때부터 시장 조사를 하면서 각종 실내장식 제품 디자인에 골몰했다. 재료는 목재로 하되 기존 제품들보다 품위 있고 실용적인 디자인에 중점을 두었다. 목공예를 하시는 분도 예감이 좋다며 격려해주었다.

'마론핸즈'라는 상호로 종업원 두 명을 두고 시작한 사업은 성공적이었다. 돈 버는 게 별것 아니라는 생각이 들 정도였다. 막연한 불안감에 사로잡혔다. 이러다 세상을 너무 쉽게 생각하게 되는 거 아닐까. 그때마다 어머니 말을 떠올렸다. 공부 잘해서 큰 사람이 되어 꼭 남을 도우면서 살라는 그 평범한 당부는 말과 행동이 한 치도 다르지 않던 어머니의 인생만큼 내게 정신적으로 큰 힘이 되어주었다.

어머니는 사업에만 열심인 나를 여전히 못마땅하게 여겼다. 농토를 장만하라고 넉넉히 돈을 보내도 전혀 기뻐하지 않으셨다.

"돈도 좋고 전답도 좋다마는 엄씨 걱정 그만하고 몸조심함스로

괜찮은 남자 만나 잘살 궁리해라, 잉. 니 결혼만 생각하면 엄씨 속이 탄다, 타."

전화할 때마다 어머니는 이 당부의 말을 빠뜨리지 않았다. 막내딸을 짝 지워줌으로써 자신의 도리와 의무에 마침표를 찍고 싶은 어머니의 마음과 달리 그 소망은 결코 쉽게 이루어지지 않을 것 같아 나는 마음이 무거웠다.

서울 와서 함께 살자고 해도 노인에게는 시골이 더 편하다며 자식들의 간청을 거절하셨다. 도시에선 노인들이 짐이지만 시골의 넉넉한 자연은 노인과 젊은이를 차별하지 않으니 늙어서 살 곳은 고향이라는 평소 생각을 고집하셨다.

몇 해 뒤 가을, 고향을 다녀온 큰오빠가 어머니 건강이 많이 안 좋은 것 같다고 했다. 불길한 예감이 들어 다음 날 바로 내려갔다. 석 달 만에 본 어머니의 수척한 얼굴에는 병색이 뚜렷했다. 서울에 가서 정확히 진찰받고 치료하자는 내 말을 어머니는 필요 없다며 일축해버렸다. 이튿날 급한 일 때문에 어디 간다는 쪽지 한 장을 써놓고 사라지셨다. 서울에 안 가려고 피신했다는 생각이 들어 여기저기 찾아다니다 이웃 마을에 계신 어머니를 억지로 차에 태웠다.

읍내를 벗어나자 어머니는 본심을 털어놓으셨다. 몸이 안 좋은 지가 꽤 됐는데 보건소에서 약을 타다 먹어도 차도가 없다고 했다. 중병이라는 생각이 들어 자식들 성가시게 하지 않고 남은 날을 살다 가려고 마음먹었다는 말을 들으니 가슴이 미어지는 것 같았다.

다음 날부터 병원에 입원해서 검사를 받았다. 온갖 검사 끝에 나온 병명은 임파선 세포 상피암이었다. 그 말을 듣는 순간 세상이 무너져 내리는 듯했다. 어머니에게는 치료 열심히 받으면 나을 사소한 병이라고 말했지만 산전수전 겪으면서 7남매를 키운 어머니가 눈치 못 챌 리가 없었다. 그 이후의 치료 과정은 말로는 이루 다 할 수 없을 만큼 힘든 과정이었다.

열세 시간의 수술을 마치고 입원한 지 6개월 만에 퇴원을 했는데 반년도 되지 않아 잇몸에 다시 종양이 생겼다. 종양을 떼어내자 미음도 먹을 수 없는 상태가 되었다. 빨대를 이용해서 음료수만 겨우 마실 수 있었다.

암환자에게 식이요법은 무엇보다 중요하다. 식이요법은 바로 영양요법이다. 암환자는 제때에 식사를 챙기는 동시에 필수 영양소를 골고루 공급하는 일을 소홀히 여기면 안 된다. 암세포의 증식 속도는 정상세포보다 수십 배나 빠르기 때문에 섭취한 영양분을 다 빼앗긴다. 암환자들이 말기에 체중이 극도로 줄어드는 이유는 바로 이 암세포에 의해 초래되는 영양상의 불균형이 심해지기 때문이다.

어머니는 극심한 통증에 시달리는 데다 영양실조 때문에 회생이 어려워 보였다. 나는 주치의를 붙들고 살려달라고 울부짖었다. 마침내 주치의가 내린 결론은 턱뼈를 들어내고 턱뼈 이식수술을 하자는 것이었다. 어머니는 수술을 거부했고 자식들은 아무 말도

노간주비짜루

할 수 없었다. 의사를 찾아 이곳저곳 다녔지만 이 암은 피를 타고 번지는 혈행성이기 때문에 이미 전신에 암세포가 전이된 상황이라 수술도 소용없다는 진단만 거듭 들었다. 기적이나 바라면서 사는 날까지 큰 진통이나 없게 해드리라고 했다.

퇴원과 동시에 어머니를 모시고 고향으로 내려갔다. 가족이 딸린 다른 형제들의 바쁜 도시생활이 어떤지 잘 알기 때문에 간병은 혼자 몸인 내가 책임질 테니 염려 말라고 했다.

고향 선배님이 운영하고 있는 영생약국의 손 약사님과 한의사한테 주기적인 왕진을 받고 대체의학과 민간치료를 병행했다. 암에 관한 문헌과 체험 사례들을 찾아 읽으면서 방법을 모색했다. 오직 어머니를 살려보겠다는 마음 하나로 자연치료에 대한 공부에 전념했다. 책을 들고 다니며 암에 좋다는 약초를 캐러 남도에 있는 큰 산은 거의 다 헤집고 다녔다.

어릴 때 한약방을 하던 외삼촌 집에 약초를 뜯어다 주고 용돈은 받아쓰던 경험이 많은 도움이 되었다. 한약방에서 살다시피 하며 약초를 만지고 약에 대한 얘기를 들은 데다 건강에 관한 세미나만 하면 온갖 곳을 쫓아다니며 배운 의학지식이 요긴하게 쓰였다. 몸이 약한 탓인지 건강에는 항상 관심이 많았다. 그래서인지 새로 접한 암의 자연치료법이 생소하지만은 않았다.

산에서 채취한 참빗살나무, 하늘수박, 등나무혹, 꾸지뽕나무, 삼백초, 짚신나물, 조릿대, 느릅나무, 지치, 삿갓나물, 까마중, 녹나무, 겨우살이, 부처손, 이질풀, 염주, 우슬, 민들레, 질경이, 칡, 으름덩굴, 창출, 인동초, 하수오, 솔잎 등을 섞어 가마솥에다 달여 드렸다. 밤에는 탁한 혈액을 순환시키기 위해 부항 네거티브 요법을 하고 잠이 들 때까지 지압을 해서 고통을 완화시켰다.

어머니는 새벽녘까지 통증 때문에 몸부림치다 겨우 잠들었다가도 또다시 고통에 못 이겨 잠에서 깨셨다. 나를 깨워 처절한 통곡과 함께 차라리 죽여달라고 했다. 나로서는 진통 억제 성분이 들어 있는 약초를 달여드리는 수밖에 다른 뾰족한 수가 없었다.

목의 수술 부위가 터져 고름이 흘러내렸고 등에는 욕창이 생겨 차마 눈 뜨고 볼 수 없는 지경이었다. 대소변을 받아내야 했기 때문에 문병 온 사람에게 불쾌감을 줄까 봐 청결에 신경을 썼다. 격일로 물통을 짊어지고 천관산에 올라가 만병에 좋다는 감로수를 받아왔다. 탑산암에 들러 어머니의 쾌유를 빌며 마음의 위안을 얻었다. 산을 내려오면 어머니 걱정에 발걸음은 더욱 빨라졌다. 엄마, 하고 부르면서 방으로 뛰어들어갔지만 어머니는 기운이 없어 대답도 못하고 손가락만 간신히 움직이다 마셨다.

유년 시절에 소를 몰고 야산으로는 돌아다녔어도 높은 산에 올라가 본 적은 없었다. 산에는 이야기 속에 등장하는 호랑이나 귀신 같은 크고 무서운 것들은 없었다. 오히려 더 귀찮고 겁나는 것은 작은 벌레들이었다.

뱀, 벌, 지네, 송충이 등이 가장 위협적인 대상이었다. 송충이는 살갗을 스치기만 해도 피부가 아프고 가려웠다. 한번은 뱀한테 손등을 물려 죽을지도 모른다는 공포감에 울음이 저절로 터져 나왔다. 다행히 독사는 아니었다. 땅벌이 갑자기 달려들어 산에서 100여 미터를 구르다가 일어나 필사적으로 달아나기도 했다. 말벌이 아닌 게 천만다행이었다. 얼굴과 목, 손등이 빨갛게 부어올랐다. 눈두덩이 부어서 보는 데도 불편했지만 우스꽝스러운 내 얼굴을 보고 혀를 차며 한탄하는 어머니를 보기가 더 힘들었다.

효도하고 싶으면 당신한테 농약이라도 사다 주거나 독초를 달여달라는 말까지 하셨다. 혼자 몸인 딸년이 선머슴처럼 산에서 뛰어다니다 벌에 쏘인 꼴은 도저히 못 보겠다고 눈물을 흘리셨다.

어느덧 어머니를 모시고 온 지 3년이 지나갔다. 어머니는 유난히 차분해지셨다. 지난날을 돌아보며 아버지 얘기를 자주 하셨다. 아버지 사진을 보시며 무심한 사람이라고 혼잣말을 하며 어젯밤 꿈에 아버지가 나타났다고 하셨다. 마음씨 착한 한량이어서 남에게 욕먹지 않고 살다가 가셨다면서 그리움에 사무치는지 눈시울을 적셨다.

꿈 얘기를 하시고서는 아버지 무덤이라도 보고 싶으니 데려다 달라고 하셨다. 이불로 감싸서 승용차로 모시고 갔다. 어머니는 문밖에 나온 지가 거의 1년 만이라며 감격해하셨다. 큰오빠가 어머니를 등에 업고 무덤가 잔디에 앉혀드렸다.

"무심한 양반 들어보시오. 당신 옆으로 갈 날도 얼마 안 남았소. 내 할 일 다했소만 막둥이한테 좋은 짝 못 찾아준 것이 한이 되오."

아버지 산소에 다녀온 지 한 달쯤 지난 3월 17일, 어머니는 내 손을 꼭 잡은 채로 하늘나라로 가셨다. 나더러 혼자 어떻게 살려고 하냐며 차라리 머리 깎고 절에 들어가라면서 숨을 거두셨다. 내게는 우주나 다름없는 큰 존재가 소멸한 것이다.

어머니는 이승에서 72년을 살다 가셨다. 열아홉에 아버지를 만나 서른셋에 홀몸이 되어 7남매를 손색없이 키워내셨다. 농촌에 살면서도 농토가 없는 처지였기에 자식들의 생계와 학비를 위해 갱엿 함지를 이고 인근 마을의 골목을 더듬으며 살았던 반생이었다.

초등학교 다닐 때 나는 낮에는 소에게 꼴을 먹이다 땅거미가 짖

어들면 동네 어귀에 나가 행상에서 돌아올 어머니를 기다렸다. 어둠을 헤치고 걸어오는 어머니를 발견하면 나는 달려가서 어머니의 몸빼바지에 매달렸다. 어머니 손을 잡고 집을 향해 걸어올 때면 세상에 부러운 것도 부족한 것도 없었다. 밤이면 불티 냄새나는 어머니 치마에 싸여 잠들었다.

서울에서 학교에 다닐 때도 틈만 나면 나는 어머니에게 편지를 썼다. 꼬박꼬박 보내온 맞춤법이 엉망인 구어체 문장의 답장은 어떤 세련된 글보다 나를 감동시켰다. 인간의 도리와 가치를 깨우치는 데 모자람이 없었다. 내가 혼자 살게 된 것은 자유에 대한 의지 때문이기도 했지만 내 마음을 어머니가 채우고 있었기 때문일지도 모른다. 어머니는 내게 기다림 그 자체였다. 어머니의 죽음은 곧 나에게 기다림의 세계가 끝난 것을 의미했다.

돈을 벌기 위해 밤낮을 가리지 않고 열정을 쏟았던 사업을 접었다. 그토록 매달렸던 일이 결국 과욕이었고 부질없다는 생각밖에 들지 않았다. 늘 병 한 가지는 달고 피로에 허덕이는 도시생활에 대한 미련이 사라졌다. 죽으면 동전 한 닢 가져가지 못하는 것을 무엇 때문에 그리 분주하게 살았는지 허망하기만 했다. 어머니의 죽음은 돈이나 출세 같은 현실적인 욕망을 잠재우는 계기가 되었다. 무엇보다 건강을 찾고 싶었고 앞으로 건강하게 살기 위한 삶을 모색해야겠다고 결심했다.

어머니의 위패를 평소 다니던 절에 모시고 매주 절에 찾아가 어

산야초 채취 작업을 마치고 산에서 내려오며

머니의 명복을 빌었다. 5월 4일, 천도재를 올리자 어머니가 이승을 떠났다는 현실감이 비로소 느껴졌다. '천도재'라는 말 그대로 어머니의 존재가 하늘로 옮아간 거라는 생각이 들었다.

어머니가 그리워질 때면 이해인 수녀님의 〈어머니에게 드리는 노래〉라는 시를 읽으며 마음을 달랬다.

〈어머니에게 드리는 노래〉

어디에 계시든지 사랑으로 흘러
우리에겐 고향의 강이 되는 푸른 어머니

제 앞길만 가리며 바삐 사는 자식들에게
더러는 잊혀지면서도 보이지 않게 함께 있는 바람처럼
끝없는 용서로 우리를 감싸안은 어머니

당신의 고통 속에 생명을 받아
이만큼 자라온 날들을 깊이 감사할 줄 모르는
우리의 무례함을 용서하십시오

기쁨보다는 근심이
만남보다는 이별이 더 많은 어머니의 언덕길에선

하얗게 머리 푼 억새풀처럼

흔들리는 슬픔도 모두 기도가 됩니다

삶이 고단하고 괴로울 때

눈물 속에서 불러보는

가장 따뜻한 이름, 어머니……

집은 있어도 사랑이 없어 울고 있는

이 시대의 방황하는 자식들에게

영원한 그리움으로 다시 오십시오, 어머니

아름답게 열려 있는 사랑을 하고 싶지만

번번이 실패했던 어제의 기억을 묻고

우리도 이제는 어머니처럼 살아 있는 강이 되겠습니다

목마른 누군가에게 꼭 필요한

푸른 어머니가 되겠습니다

선다헌을 찾다

고향에서 3년 동안 어머니를 간병하느라 정신없이 뛰어다녔더니 효심이 지극한 여자라는 소문이 자자했다. 그런 평가는 나를 부끄럽게 했다. 어머니의 마지막 소원이었던 결혼조차 외면했던 나였다. 미친 여자처럼 산으로 헤매고 다녔던 것도 그 소원을 들어주지 못한 죄책감 때문이었다. 사흘이 멀다 하고 찾아오는 중매쟁이들과 친척들의 성화는 나를 더욱 힘들게 했다. 결혼은 포기한 지 오래됐다고 아무리 얘기해도 막무가내였다. 노후에 의지할 사람은 남편과 자식들이지 피를 나눈 동기도 소용없다는 말만 되풀이했다.

정신적인 부담과 번잡함에서 벗어나기 위해 고향을 떠나야겠다고 결심했다. 강진에 있는 청자 도요지를 찾아 청자 빚는 법을 배우면서 앞날을 구상하기로 했다.

흙은 인간이 평생 발을 디디고 살다가 언젠가는 돌아가야 할

선다헌 가는 길

차에서 느껴지는 자연의 향기와 좌우에 펼쳐진 진초록의 숲, 그 숲 너머 깔린 석양을 씻어내려는 듯 바람이 숲을 흔들어댔다.

고향이다. 하루 종일 흙을 손으로 주무르면서 마음의 평안을 찾아갔다.

제아무리 잘 만든 도자기도 가마에 넣고 불을 땔 때는 무척 긴장이 된다. 마치 심판을 기다리는 심정으로 장작 가마에 불을 지피고 나면 '진인사대천명盡人事待天命'이라는 말이 절로 떠오른다.

혼을 쏟아 불을 올린 뒤의 나머지 작업은 도공의 손을 떠나 가마와 불, 바람의 조화에 맡겨진다. 타닥타닥 불티 튀는 소리를 들으며 가마 속을 바라보는 시간은 고요하다 못해 적막하다. 그리고 찌그러지고 터지고 깨져서 나오는 도자기들을 보면서 불의 오묘함을 느낀다. 오랜 시간 뜨거운 불길이 닿은 자리에 흔적처럼 남는 실패작들을 보면서 겸손해지라는 자연의 심판으로 생각했다.

도요지에서의 하루하루는 나를 시름에서 벗어나게 했고 새로운 삶에 대한 의욕을 북돋워주었다. 두 달이 지났을 때는 식욕도 되찾고 책을 읽을 수 있는 여유까지 생겼다. 도자기 수업과 독서에 열중하면서 앞으로 도자기 만드는 일에 인생을 걸어볼까 하는 생각도 해보았다.

어느 날 이미 학부형이 된 친구 셋이 도요지로 나를 찾아왔다. 어쩌면 그렇게 연락을 끊을 수가 있냐며 나를 찾느라 얼마나 고생했는지 모른다고 원망이 대단했다. 친구들과 모처럼 고급스런 식당에 가서 점심을 먹었다. 그때 비싼 음식도 좋지만 조용한 데서 차나 한 잔 마시고 싶다는 나를 데려간 곳이 산 속에 있는 낡은 기와집이었다.

광주에서 20킬로미터 정도 떨어진 산중에 낡은 한옥 두 채가 가파른 언덕에 얹힌 듯 서 있었다. 'ㄷ'자 형태의 집은 낡았지만 운치가 있었다. 대청과 방 세 개가 딸린 원채에서 차를 마셨다. 낡은 기와집에서 수행을 하며 살고 있는 스님이 차를 끓여주었다. 차 향기가 온몸으로 퍼져드는 것 같았다. 차에서 느껴지는 자연의 향기와 좌우에 펼쳐진 진초록의 숲, 그 숲 너머 깔린 석양을 씻어내려는 듯 바람이 숲을 흔들어댔다. 경이로운 아름다움에 도취되어 친구한테 진심으로 고마운 마음이 들었다.

곁에서 차를 따라주고 있는 스님에게 얼마나 행복하냐며 스님이 정말 부럽다고 했다. 스님은 여태까지 이 집을 찾아온 손님 가운데 나처럼 진실로 차와 경치에 취한 사람은 처음 본다면서 '행복해지고 싶어하는 한 중생'에게 자기의 행복을 팔고 싶다고 했다. 그렇게 해서 나는 어느 날부터 우연찮게 선다헌에서 살게 되었다.

낡은 기와집을 이곳저곳 고치고 이삿짐을 풀었다.

내가 서울에서 하던 사업을 정리하고 산속에서 혼자 살겠다는 말을 하자 형제들은 일제히 나를 미쳤다고 몰아붙였다. 내 짐을 트럭에 싣고 함께 와준 셋째 언니와 형부는 도저히 내 손으로 이 짓 못한다면서 다시 돌아가자고 나를 설득했다. 네가 뭐가 부족해서 이 산중에 와서 혼자 살려고 하느냐며 울면서 매달렸다. 내가 끝내 말을 듣지 않자 형부는 화를 내며 짐을 길가에 전부 내팽개쳐버리고 가버렸다. 언니와 조카들이 울며불며 짐을 날랐다. 언니는 마지막까지 얼른 이곳 생활을 정리하고 돌아오라는 당부를 잊지 않았다.

나는 마음속으로 내가 건강하고 행복하게 사는 것만이 형제들의 가슴에 박힌 못을 빼는 길이라고 다짐했다.

선다헌에서의 삶도 쉽지만은 않았다. 멀쩡하게 생긴 젊은 여자가 산중에서 산다는 소문이 퍼지자 마을 사람들은 호기심이 가득한 눈으로 나를 찾아왔다. 무슨 사연이 있기에 여자 혼자 사느냐는 눈빛으로 이것저것 물어봤다. 내가 죄를 지었거나 실연을 당해서 도망쳐왔다고 생각하는 듯했다. 나는 그들의 궁금증을 풀어주기 위해 묻는 말에 성의껏 대답을 했다. 사람들은 마을에 해로운 존재는 아닌 것 같다고 안심하는 눈치였다. 하지만 나는 허탈감을 감출 수가 없었다.

산에 사는 것들은 서로가 서로를 해치지 않고 살아가는데 왜 사람들은 자연에서 공생의 지혜를 배우지 못할까 안타까웠다. 새나 짐승들은 어느 숲에나 파고들면 그곳이 보금자리가 된다. 질시와 배타성이 배제된 공간에 공존의 질서가 자리 잡는다. 그들은 누구나 살아가는 일이 나름대로 힘겹다는 것을 알고 있는 것이다. 그 넉넉한 질서는 어머니의 사랑을 닮았다.

실패나 은둔이 아닌, 삶의 한 방식으로 선택한 길이었다. 갈등과 부대낌으로 삐걱거렸던 내 인생이 이제야 비로소 안정을 찾았다는 것은 나만의 생각이었다. 사람들의 편견에 찬 시선은 어디에

나 도사리고 있었다.

스스로에게 부끄럽지 않게 살면 된다는 결심으로 담담히 받아들였다. 낮에는 산야초를 채집하고 틈틈이 텃밭도 가꾸었다. 밤에는 책을 읽고 글을 쓰는 것으로 마음을 달랬다. 도시에서 사람들이 찾아오면 내 손으로 만든 산야초차를 대접하고 선물하기도 했다.

몇몇은 찻값이라며 돈을 놓고 갔다. 그 돈으로 불교 서적을 사다 읽고 좋은 책은 주위 사람들에게 나눠주기도 했다. 불경을 읽으면서 집착과 원망도 벗어버릴 수 있었다. 내 불행을 남의 탓으로 돌리며 사는 것이 얼마나 어리석은 것인지 깨닫게 되었다.

5년 동안 선다헌에 살면서 오직 산야초에 대한 공부에 매진하며 차 만드는 일에 전념했다. 그러던 중에 산야초차가 스님을 비롯한 여러 사람들에게 알려지게 되면서 자연스레 〈건강을 위한 산야초 연구회〉가 만들어졌다. 그리고 찾는 사람이 늘어나면서 좀 더 많은 사람이 마실 수 있는 방법을 모색해보자는 권유를 받게 되었다. 특히 회원 가운데 담양 한빛고등학교 교사였던 오명자 선생님과 10년 넘게 인연을 맺고 있는 소련 언니가 많은 도움을 주었다.

나는 어느덧 차와 관계된 일이라면 무슨 일이든 적극적으로 변해 있었다. 조선대학교의 대체의학과 교수인 전홍준 박사에게도 의학 지식에 관한 많은 조언과 공부를 빚졌다. 전홍준 박사는 서양의학에 자연 의학을 접목하려고 노력하는 분으로 나에게 우리 몸에 대한 관심을 새삼 일깨워주신 분이다.

또한 녹색대학 자연의학과 양동춘 교수는 글과 강의를 통해 자연요법의 저변 확대에 기여하고 계신 분으로, 그분에게서 자연의학에 대한 많은 것을 배웠다. 부항요법과 쑥뜸, 식이요법과 운동요법, 명상요법, 차茶요법은 나 역시 적극적으로 활용하는 건강 유지법이다.

그분이 나주대 식품개발학과 교수로 있을 때 학생들을 데리고 선다헌에 실습을 나온 적이 있다. 양동춘 교수와 나는 현장에서 채집한 민들레, 칡순, 명감나무순, 머윗잎, 방가지똥을 직접 먹어보고 차도 마시며 자연식품 개발에 대한 견해를 나누기도 했다.

각자 바쁜 생활 가운데서도 매화차, 금은화차, 민들레차, 칡꽃차 등 계절에 맞는 차가 나오면 누가 먼저랄 것도 없이 서로 연락이 되어 선다헌에 모여들었다. 평소에 자주 만나 차를 마시다 보니 차를 통해 서로 비슷한 생각을 가진 사람은 금방 의기투합하고 친해졌다. 이 밖에도 많은 사람들이 차와 건강에 도움이 되는 정보를 주었다.

산야초차에 대한 확신이 깊어지면서 본격적으로 차를 만들기 시작했다. 더 많은 사람에게 차를 알리고 싶은 마음도 커졌다. 그러면서 어느새 나는 차의 고장인 지리산 자락의 산중 마을에 한 구성원으로서 깊은 뿌리를 내리고 있었다.

쑥차

100가지 병을 다스리는 영초, 쑥

우수, 경칩이 되면 농부들의 손길은 몹시 바빠진다. 음력 3월은 고추를 심는 때이기도 하며, 겨우내 밟아 북돋우었던 보리밭도 매주어야 한다. 5월 중순이면 보리가 한창 여무는 계절이다.

그리고 5월 말 망종이 되어 보리가 누렇게 익으면 거두고 모를 심는다. 예전에 햇보리가 나올 때까지 넘기 힘든 고개라는 뜻으로 쓰이던 보릿고개라는 말은 어느새 옛말이 되어버렸다. 지금은 맥주를 만드는 데 사용한다 하여 '맥주보리'라고 부른다.

보리 이삭은 밟아주어야 더 많은 결실을 거둔다. 보리밟기는 보리를 죽이기 위한 게 아니라 고난의 과정을 통해 더 강인한 줄기를 만들어내고 더 많은 결실을 맺게 하기 위한 과정이다.

나무와 꽃들은 저마다 다른 특성을 가지고 있다. 어떤 것은 물을 많이 주어야 하고 어떤 것은 물이 모자란 듯해서 갈증을 느끼게 해야 좋다. 산에 사는 나무나 풀들을 잘 살펴보면 그 속에 삶의 원리와 진리가 들어 있음을 발견하게 된다. 그리고 자연을 가까이 하면 사람 사는 도리가 어떠해야 하는지 배우게 된다. 자연이 말없이 들려주는 가르침이다.

옛날에 한 동네에 바보가 살았다고 한다. 병이 들어 죽을 날이 얼마 남지 않은 바보의 아버지는 숫자도 모르고 날짜 흘러가는 것도 모르는 아들이 어떻게 농사를 지을지 무척 걱정이 되었다. 어느 날 아들을 불러 앉혀놓고 일렀다.

"가죽나무 이파리가 개 발바닥만 해지면 못자리를 할 때니라. 그리고 대추알이 열려 네 콧구멍에 들락날락할 정도의 크기가 되면 모심기는 늦었지만 그때라도 잡곡보다는 벼를 심거라. 비가 안 와 못자리 때를 놓쳤더라도 밤송이를 겨드랑이에 대고 문질러도 따갑지 않을 때쯤이면 메밀이나 조보다 벼를 심는 게 더 낫다. 추수할 때 곡식으로는 아무래도 값나가는 쌀이 더 먹을 게 있을 것이다."

지금이야 지구 온난화의 영향으로 날씨가 더워져 모내기할 때 대추가 열리지 않을 때도 있어 그대로 적용하기에는 무리가 있는 가르침이다. 더구나 모를 비닐하우스에서 키우기도 하기 때문에 그때만큼 햇볕과 비에 크게 구애를 받지 않게 되었다. 현대를 사는 우리는 오히려 날짜를 가르쳐주는 것보다 더 오리무중인 그 당부

5월 단오의 쑥 채취

로 자연과 더불어 살았던 그 당시 사람의 삶을 짐작할 수 있다.

우리의 삶이 비록 그 겉모양새가 많이 달라졌다고는 해도 환절기가 되면 겪는 몸의 변화는 아직도 여전하다. 이유 없이 나른해지고 피로감이 더해지는 늦봄, 제철을 맞은 쑥은 기력을 회복하는 데 그만이다.

예부터 쑥은 요긴한 민간요법 재료이자 보릿고개를 넘는 구황식물로 활용되어왔다. 그런데 예전에 구황식품으로 먹었던 음식의 대부분은 요즘 건강식품이다, 항암 작용을 한다 해서 섭취를 권장하는 식품이다. 우리의 조상들은 경험으로 그것을 알고 있었던 것이다. 춘궁기에 아무리 배를 곯아도 쑥을 먹은 사람은 살가죽이 들떠서 붓고 누렇게 되는 부황浮黃에 걸리지 않았다고 한다.

중국의 공자孔子도 오래된 병은 3년 묵힌 쑥으로 고치라고 했다. 북송시대의 재상 왕안석王安石은 100가지 질병을 치료하는 데 쑥만한 약이 없다고 했다. 서양에서도 쑥은 히포크라테스가 활동했던 시대 이전부터 최고의 여성 질환 치료제로 이용되어왔다.

현대에 와서는 가정에서 쑥을 사용하는 일이 적어졌지만 쑥은 여전히 향수를 불러일으키는 별미이자 건강식이다.

쑥은 보통 음력 5월 단오 무렵에 채취한 것을 최고로 친다. 쑥잎에서 나는 독특한 향기는 해열 작용을 하는 '치네올'이라는 정유精油 때문이다. 또 쑥의 '아르테미시닌'은 말라리아 치료제로 이용되어왔으며 최근에는 항암 작용이 있는 것으로 밝혀졌다.

식용에 적합한 쑥은 5월 무렵에 돋아나는 어린잎이며 성숙한 것은 말려서 약용으로 사용한다.

쑥에는 특수한 약용 성분 외에 비타민 A와 C가 많아 면역력을 키워주고 감기 예방에도 좋다. '애쑥국에 산촌 처자 속살 찐다'는 속담이 전해질 정도다.

쑥은 몸을 따뜻하게 하고 자궁을 수축시키는 효능이 있어 여성에게 특히 좋은 음식이다. 쑥의 탁월한 지혈 효과는 손상된 장의 점막을 수렴시키는 역할을 한다. 장에는 특히 우리가 인진쑥이라고 부르는 사철쑥이 좋다. 인진쑥은 소장에서 영양분과 노폐물을 잘 분류하도록 도울 뿐만 아니라, 분류되지 못해 간에 축적된 노폐물을 해독시키기까지 한다. 인진쑥이 간에 좋다고 하는 까닭이 여기에 있다.

한의학에서는 쑥이 우선 피를 맑게 해주고 해독작용과 혈압을 내리는 작용을 한다고 한다. 해열과 진통 작용, 구충 작용, 소염 작용은 물론 여성 냉대하증이나 생리불순에도 효험이 있다.

여성을 위한 약초라고 알려져 있는 이유도 임산부의 유산을 막아주고 월경주기를 고르게 해주며 냉증에 효과적이기 때문이다. 이 밖에 얼굴에 바르면 항균 작용과 혈액순환을 원활하게 해줘 피부 미용 재료로도 활용되고 있다. 또한 봄에 어린 쑥을 뜯어서 생즙을 내어 마시면 고혈압과 신경통에 좋다.

쑥의 성분은 단백질, 지방, 당질, 칼슘, 인, 철분, 니아신과 비타민 A, B1, B2, C 등으로 이루어져 있으며 쓰임새가 다양해 약용, 식용으로 널리 사용된다.

어떤 사람은 쑥이 만병에 효험이 있다고 하여 영초靈草라고 부르기도 한다. 그만큼 우리 몸에 영험한 기운을 불어넣는다는 뜻일 것이다. 쑥은 민간요법에서 가장 많이 쓰는 약초로 예부터 모든 악기惡氣를 다스린다고 알려져왔다. 기는 존재를 활동하게 하는 힘을 말한다. 여러 가지 질병에 효험이 있어 심지어 사우나에도 쑥탕이 있고, 부인병에 좋아 쑥으로 좌욕을 하기도 한다. 야외에 나갔다가 다쳐서 피가 나면 들에 피는 삐비꽃이나 쑥을 비벼서 붙이면 지혈이 된다. 가까이에 그런 풀들이 없을 때는 담뱃잎을 붙이기도 한다.

지천에 깔려 있다는 말이 과장이 아닐 정도로 쑥은 길가, 풀밭, 논밭, 어디에나 없는 곳이 없다. 어떤 아이들은 쑥국을 보고서 "잔디밭에서 뜯은 풀로 끓인 국을 어떻게 먹느냐?"며 어리둥절해한다고 해서 웃은 적이 있다. 아파트 화단에 아무렇게나 난 쑥을 보고서 하는 말일 것이다. 하지만 쑥국 맛을 제대로 본 사람은 아릿한 쑥 향기와 몸을 씻어내는 듯한 된장 국물 맛이 그 어떤 보약보다 좋다는 것을 안다.

차로 쓸 쑥을 구하기 위해서는 농약에 오염되지 않은 산이나 들판으로 가야 한다. 산속의 나무 틈새에서 자란 쑥은 깨끗하고 뜯기도 쉽다. 약쑥은 5월 단옷날에 채취하여 말린 것을 으뜸으로 친다.

땅에서 30센티미터 이하로 자란 쑥은 아무 때나 상관없이 채취

산에 사는 나무나 풀들을 잘 살펴보면 그 속에 삶의 원리와 진리가 들어 있음을 발견하게 된다. 그리고 자연을 가까이 하면 사람 사는 도리가 어떠해야 하는지 배우게 된다. 자연이 말없이 들려주는 가르침이다.

해도 괜찮다. 이렇게 채취한 쑥은 그늘에서 잘 말려 서늘하고 건조한 곳에 보관한다. 쑥차는 녹차 대용으로 우려 마셔도 좋고 말린 쑥잎을 가루 내어 찻잔에 두 숟가락 정도 넣은 뒤 물을 끓여 붓고 저으면서 마시면 더욱 향이 좋다.

쑥은 다양한 먹을거리의 재료로 활용할 수도 있는데, 쑥으로 만들어 먹을 수 있는 요리로는 쑥된장국, 쑥떡, 쑥수제비, 나물 무침, 쑥튀김 등이 있다.

또 건조시킨 쑥을 진하게 끓여서 욕탕에 붓고 몸을 담그면 요통, 타박상, 신경통, 부인병, 습진, 피부 미용에도 아주 효과적이다.

큰꽃으아리

산야초차를 만든다는 사실이 알려지자 하루에도 수없이 많은 사람들이 들락거린다. 차를 마시러 온 손님뿐 아니라 동네 사람, 아는 사람의 소개로 호기심에 찾아온 사람, 차 얘기를 듣고 싶어서 들른 관련 분야의 사람까지 다양하다.

만나고 나면 마음이 뿌듯하고 기분이 좋아 하루 종일 행복하게 하는 사람도 있지만 마음을 휘저어놓거나 화가 나게 하는 사람도 적지 않다. 사람들은 타인의 마음속을 들여다보지 않고 흉한 곳을 먼저 찾아내려 한다. 누구나 품고 있는 마음속 깊은 산과 넓은 바다를 볼 줄 안다면 얼마나 좋을까.

본래 직설적인 성격 탓에 하고 싶은 말을 참지 못해서 다 해놓고 나면 뜨악한 사이가 되고 만다. 나이에 걸맞은 유연함과 후덕함을 갖추지 못해 늘 분란에 시달리고 부대끼다 지친다. 그것이 또 마음의 상처가 됨을 익히 알고 있는 터라 속으로 올라오는 말을 애써 눌러 앉힌다. 뒤에 후회하지 않기 위해서다. 말로써 구업口業을 짓지 말자는 다짐을 되뇌며 마음을 삭인다. 이 하루의 다짐이 내일로 이어지기를 바란다.

사람을 대하는 방식이 때로 너무 거칠고 공격적이라는 말을 듣곤 한다. 사람들의 말에 휘둘리지 않고 작은 일에 이리저리 흔들리지 않기 위한 내 나름의 보호막이라는 것을 그들이 알까.

내가 태어난 지역 정서의 특색이라고 얼버무리지만 내심 마음이 쓸쓸해지곤 한다. 혼자 살다 보면 이따금 어처구니없는 일을 당할 때가 많다. 집적거린다고 표현할 수밖에 없는 불쾌한 일을 겪으면서 함부로 할 수 없는, 만만치 않은 삶을 꾸려가는 사람이라는 인상을 줄 필요가 있음을 여러 차례 느꼈다. 조금만 틈을 보여도 어느새 밀고 들어오려는 사람들이 많은 게 사실이다.

화를 돋우거나 억지를 쓰며 들러붙는 사람들을 가만히 보고 있을 수만은 없다. 때문에 '산야초 채취를 위해 산에 가오니 다음에 들러주시기 바랍니다'라는 팻말을 걸어놓고 산으로 간다. 내가 아는 유일한 도피 방법이다.

차를 타고 산길을 달리거나 차에서 내려 풀밭을 걸으며 마음이 저절로 가라앉기를 기다린다. 번다한 인간관계에 매이기 전에 대자연의 품속에서 나 자신의 존재감을 느끼려고 노력한다.

더불어 살아가는 삶에서 기쁨도 슬픔도 나온다. 하지만 어느 순간 그 모든 게 고통스럽기만 할 때도 있다. 과거와 현재, 그리고 미

산길에 수줍은 듯 피어 있는 큰꽃으아리를 카메라로 찰칵. 꽃은 세상에 나와 있는 시간이 짧기 때문에 때를 잘 포착해야 한다.

래가 만나는 지점에서 나의 인내심, 능력, 연약함을 찬찬히 살펴보고 겸손히 마주하고 싶다. 사람과의 관계 속에서 내 존재가 규정되는 것이 아니라 자연의 일부로서 자유로운 실존의 나와 조우하는 것, 나한테는 듬직한 친구가 있다는 듯 산의 품으로 들어간다.

그럴 때 가끔 찾아가는 곳이 '사성암四聖庵'이다.

하동에서 섬진강을 따라가다 보면 구례읍 건너편 우뚝 솟은 산꼭대기에 있는 작은 암자다. 울퉁불퉁한 험한 산길을 한참 올라가야 한다. 2, 30분 정도 덜컹거리는 차 안에서 먼지 때문에 창문도 못 열고 땀 흘리며 중턱까지 가는 수고로움은 절에서 얻는 마음의 안정에 비하면 아무것도 아니다. 절벽 위의 큰 바위틈에 지어진 절이라 그 위용이 장엄하기 그지없다. 바위 위에 자란 두 그루 느티나무 그늘에 앉아 유유히 흐르는 섬진강 물줄기를 내려다보면 더없이 기분이 상쾌해진다.

산길을 따라 200미터쯤 올라갔을 때 나는 순간 브레이크를 밟았다. 저 앞에서 하얀 꽃 한 송이가 탐스럽게 피어 바람에 흔들리고 있었다. 차를 세우고 카메라를 들고 가까이 다가갔다.

이 꽃 이름이 뭐였더라. 흔히 미색이라고 부르는 우윳빛이 도는 흰색에 노란 꽃술. 언뜻 보면 치자꽃을 확대해놓은 것 같은데 크기가 치자꽃의 두 배나 되고, 꽃의 자태 또한 훨씬 우아하다. 분을 바르지 않아도 살결이 흰 귀부인을 연상하게 했다. 꽃의 이름을 더듬다가 마침내 떠올랐다. 큰꽃으아리! 이 꽃을 실제로 보다니…….

꽃이라는 게 나무나 풀처럼 언제나 그곳에 있는 게 아니라, 세상에 나와 있는 시간이 아주 짧기 때문에 여간 운이 좋지 않으면 때를 놓치기 십상이다. 그래서 나는 항상 차에다 카메라를 가지고 다닌다.

가슴이 벅차올라 카메라의 셔터를 눌렀다. 큰꽃으아리는 마치 그곳에서 내가 오기를 기다렸다는 듯 바람에 꽃대를 살며시 흔들며 나를 바라본다. 한순간에 시름이 녹아내리고 마음에 평화가 찾아들었다.

사진을 다 찍고도 오래오래 꽃을 바라보았다. 마음이 따뜻해지면서 꽃과 서로 존재를 나눈 느낌이 들었다. 차를 다시 몰아 사성암 입구까지 가는 동안 입에서는 절로 노랫가락이 흘러나왔다.

느티나무 아래에는 노인 몇 분이 앉아서 나무가 뭘 먹고 자라는지에 대해 의견을 주고받고 있었다.

"밑에는 바위 덩어리뿐인디 우째 저러코롬 큰 나무가 버틴당가."

그 말을 알아들었는지 신록을 띤 나뭇잎들이 연둣빛 몸을 흔들며 바람을 일으켰다.

절은 노인이 걷기에 숨이 찰 정도로 가파른 곳에 위치해 있다. 그런데 이곳을 올 때마다 많은 노인들을 보게 된다. 어쩌면 그들은 저 느티나무를 보면서 자신의 모습이 그러하기를 바라는 것인지도 모른다. 늙어도 당당하고 의연하게 자신의 몸을 버텨내는 나무 아래 유난히 오래 머무는 이유도 그 때문이 아닐까.

절벽 옆으로 나 있는, 사람 하나가 겨우 걸을 수 있을 만큼 좁은 길을 따라가면 두 칸짜리 법당이 나오고 그 옆에 승진바위라는 깎아지를 듯 높고 가파른 바위가 서 있다. 그 바위에 성공적으로 오르면 승진한다고 해서 그런 이름이 붙었다고 한다. 마흔쯤 되어 보이는 남자가 그 말을 하자 옆에 있던 동료가 저 바위를 무슨 수로 오르느냐고 핀잔을 주었다.

법당 앞에 서면 구례와 지리산 화엄사 골짜기와 노고단 정상, 왕시루봉이 한눈에 바라다보인다. 신록이라는 한마디 말로 표현하기에는 너무 신비롭고 아름다운 산색이다. 연두라고 다 같은 연둣빛이 아니고, 초록이라고 다 같은 초록빛이 아니다.

봄 산의 나무들은 저마다의 색깔로 푸르름을 뽐내고 있었다. 수십 가지 다른 빛깔의 연두와 초록으로 뒤덮인 왕시루봉과 운조루, 문수골을 찾던 내 눈에 멀리 노고단임이 분명한 곳에 서 있는 철탑이 들어왔다. 아! 저 산골짜기 곳곳에 사람이 살고 있구나. 어떤 이는 농사를 짓고 어떤 이는 고사리를 따고 어떤 이는 공부를 하겠지. 무엇을 하든 그들은 아마도 자신이 선택한 삶에 둥지를 틀고 나름대로 사느라고 열심일 것이다.

수시로 바뀌는 마음과 그들을 괴롭히는 현실, 그리고 팍팍한 시간들 속에서 위안이 되어주는 것은 지리산이다. 문을 열면 눈앞을 가로막는 산, 그리고 사철 다른 모습으로 우리를 넉넉히 내려다보

산길을 걷다 만난 꽃

는 산을 보면서 사람들은 자신의 삶을 토닥거린다.

사람 살기 힘든 곳인지라 높은 곳일수록 혼자 사는 사람들이 많다. 어느 순간 지독한 외로움이 찾아오고 그 감정에 눈물을 흘리기도 하리라. 하지만 그 사무치는 고독감 뒤에 찾아오는 충일감 또한 그들은 놓치지 않으리라. 외로운 가슴을 안고 바라보는 산은 유독 더 크고 든든해 보인다. 이 평화, 이 안도감 때문에 그들은 또 하루를 마감하고 내일을 맞을 수 있는 것이다.

사람으로 인해 다친 마음을 자연에 기댄다 해서 탓할 사람이 있을까. 나는 그들에게 말하고 싶다. 내버려두기, 그것은 관계의 핵심일지 모른다고. 돌보는 이 없어도 저 혼자 아름다운 산. 헤아릴 수 없는 그 깊이는 나를 의탁하기에 모자람이 없다.

으름덩굴잎차

월야미인차

새벽녘에 숲길을 걸을 때면 가끔 거미줄에 이슬방울이 맺혀 영롱하게 빛나는 것을 본다. 아주 운이 좋은 날만 얻게 되는 행운이다. 농약이 급속하게 번지면서 작은 벌레들의 수가 많이 줄어들었다. 그러나 아직도 외떨어진 섬같이 농약을 안 쓰는 곳에서는 아침에 마당을 빗자루로 쓸어야 할 정도로 거미가 많다.

사람들은 독이 있다 해서 거미를 무서워하지만 거미는 자신의 몸을 지킬 때만 독을 사용한다. 또 파리, 모기, 바퀴벌레 같은 해충을 쫓아줄 뿐 아니라 약으로도 사용된다. 거미는 농작물에 해로운 벌레들을 잡아먹는 익충이다.

많은 나라에서 거미는 행운을 가져다주며 거미를 죽이면 불행한 일이 닥친다는 얘기가 전해지는 것도 그 때문이리라. 중국인들은 긴 거미줄 끝에 매달린 거미를 보면 먼 곳에서 친구가 찾아온다고 생각했다. 일본에서는 거미가 웅크리고 거미줄에 매달려 있으면 손님이 선물을 가져오고, 다리를 모두 펴고 매달려 있으면 빈손으로 온다고 믿었다. 우리나라에서는 거미가 집 안에 나타나는 시점에 따라 길흉을 점쳤다. 아침 거미는 길조, 저녁 거미는 흉조라는 식이다.

또한 거미는 일기예보가 없던 시절 기상통보관 역할을 했다. 풀밭에 거미줄이 많으면 다음 날은 맑게 갠 날이고, 집 안으로 거미가 들어오면 축축한 날을 의미했다. 거미는 평지는 물론이고 고산지대, 산과 들이나 연못, 사막에도 있고 물속이나 땅속에도 있다.

거미줄은 탄력성이 우수하며 공기가 잘 통하고 수분이 침투하지 못하는 특성을 갖고 있다. 언젠가 거미줄을 이용하여 가볍고 튼튼한 방탄조끼를 연구하고 있다는 얘기를 들은 적이 있다. 그 얘기를 들으며 조끼 한 벌을 만들기 위해서는 적어도 거미 수천 마리가 필요하겠다는 생각이 들어 씁쓸했다.

들을 지나 인적이 드문 산길을 걸을 때는 작은 미물이라도 혼자라는 두려움을 줄여주는 고마운 존재가 바로 거미다. 그래서 으름덩굴처럼 낮은 곳에서 찾기 어려운 산야초를 채취하러 높은 지대로 올라가야 할 때는 더욱 주변을 살펴보게 된다.

으름은 낙엽성 덩굴식물로 산과 들에서 긴 줄기가 다른 나무에 달라붙어 자라며, 가을에는 먹음직스러운 열매 '으름'이 열린다. 잎은 새 가지에서 어긋나고 묵은 가지에서는 모여난다.

4~5월에 피는 자갈색 꽃은 암수가 한 그루에 달리고 꽃잎은 없으며 꽃받침이 세 개다. 암꽃의 암술머리에는 끈적끈적한 액체가 묻어 있어 쉽게 수꽃가루가 묻는다. 옛날 어떤 이는 밤길을 걷다 달빛에 비친 으름덩굴 잎이 하도 아름다워 '월야미인'이라 불렀다고 한다.

10월쯤 열매가 잘 익으면 저절로 껍질이 세로로 벌어져 속에 든 과육을 맛볼 수 있다. 부드럽고 맛이 달다. 얼음처럼 맛이 차갑다 하여 얼음이 으름으로 전음되었다고 주장하는 학자도 있다. 줄기는 이뇨제로 사용하는 등 그 용도가 다양하다. 과육 속에 섞인 씨도 먹을 때는 성가시지만 버리지 않고 모으면 식용 기름을 짤 수 있다.

지금은 으름을 쉽게 볼 수 없지만 옛날에는 비교적 흔한 산과일이었다. 길쭉한 열매가 2~4개씩 붙어서 아래로 매달리기 때문에 가을 산의 바나나라고 불린다. 이 으름은 머루, 다래와 함께 우리가 산에서 얻는 맛있는 과일 가운데 하나다.

제주에서부터 황해도까지 전국의 산지 계곡에서 볼 수 있다. 다른 덩굴식물과 마찬가지로 숲이 울창한 곳에서는 잘 자라지 못한다. 어느 정도 볕이 드는 숲 가장자리에서 주로 번식한다. 으름나무가 무성한 숲속에 들어가면 캄캄할 정도로 다른 나무를 온통 뒤덮고 있는 것을 볼 수 있다. 산의 계곡 큰 바윗돌이 많은 곳에서 다래덩굴, 노박덩굴, 할미밀망이나 사위질빵 등 덩굴성 식물과 엉켜 자란다.

으름잎
옛날 어떤 이는 밤길을 걷다 달빛에 비친
으름덩굴 잎이 하도 아름다워 '월야미인'이라 불렀다고 한다.

그래서 조선시대 여인들은 자신의 외로운 마음을 빗대 이런 애절한 노래를 불렀다.

"머루와 다래는 다정하게 얽혀 있는데 우리 님은 곁에 없으니 언제 품에 안겨볼 수 있을까."

지난 1992년 스페인 바르셀로나 올림픽 때는 세계 각국의 나무를 그곳 올림픽공원에 심었다. 그때 보낸 한국을 대표하는 5종의 자생 수종 가운데 하나가 바로 으름이다.

식용, 약용, 공예용, 관상용으로 널리 쓰인 까닭에 산촌 사람들의 생활과도 깊은 관련이 있다. 또한 전국 각지에 산재하여 으름, 얼임, 우림, 으흐름, 어름나물, 어름넌출, 어름나무 등 지방마다 서로 조금씩 다른 이름으로 불린다. 제주 방언으로는 유름, 졸갱이, 목통여름이라고도 부른다.

한방에서는 줄기를 통초通草라고 하고 열매는 목통木通이라 한다. 줄기에 매달린 채 익어서 껍질이 벌어진 모습이 여자의 음부 같다고 하여 임하부인林下婦人이라는 특이한 별명으로도 불린다.

봄철 뻗어가는 어린줄기는 나물로 해 먹으면 좋다. 부드러운 싹을 따서 끓는 물에 소금을 한 줌 넣고 살짝 데쳐낸 후 찬물에 헹궈 요리한다. 어린잎과 꽃을 따 그늘에서 말려 차로 만들어도 좋다. 4~5월에 피는 연한 보라색 꽃은 달콤한 향기가 오래도록 사라지지 않아. 옛날에는 이 꽃을 말려 향낭에 넣고 다니면서 향수를 대신하기도 했다.

으름덩굴

으름은 낙엽성 덩굴식물로 산과 들에서 긴 줄기가 다른 나무에 달라붙어 자라며,
가을에는 먹음직스러운 열매 '으름'이 열린다.

으름 열매는 약리실험에서 이뇨 작용에 큰 효과가 있고 이질균, 폐결핵 균에도 저항성이 강한 것으로 나타났다. 폐의 열을 가라앉히고 혈맥을 잘 통하게 해 진통, 진경, 인후통에 귀중한 약재로 쓰인다. 또 각기병에서 오는 부종과 항균 작용에 특효다. 이처럼 으름은 좋은 약재지만 금기사항도 많아, 몸이 허약하여 땀을 흘리는 사람이나 설사를 자주하고 비위가 약한 사람은 쓰지 않는 것이 좋다.

《동의보감》에는 "으름은 정월과 2월에 줄기를 잘라 껍질을 벗기고 말려서 쓰는데 12경락을 서로 통하게 한다. 그래서 통초라 한다"는 기록이 있다. 《본초강목》에는 "목통은 맺힌 것을 풀어서 편안하게 하고 이수利水 작용을 한다"는 기록이 보인다.

으름덩굴은 주변의 나무를 감고 올라가는 성질이 있기 때문에 높은 곳으로 뻗어 올라간 순을 일일이 손으로 따기는 힘들다. 그러므로 손이 닿는 부분의 잎만 따낸다. 채취한 연한 어린잎은 덖었다가 말리기를 세 번 반복한다.

열매는 껍질을 벗겨 알맹이만 말려서 가루로 만들어두었다가 뜨거운 물에 한 숟가락씩 넣어 풀어 마신다. 으름을 꿀에 재웠다가 오랫동안 먹고 시력이 좋아졌다는 사람도 있다.

으름꽃, 으름덩굴을 미리 봐두었다가 추석 무렵 성묘 길에 골짜기에 들어가 하얗게 입을 벌린 으름을 한번 따 먹어보라. 나무에 기어올라 줄기를 잡아당기면 된다. 한국 바나나라는 별명에 걸맞게 부드럽고 달콤한 맛이 그만이다.

대평마을 자장면집

가능하면 인스턴트나 가공식품을 멀리 하려고 노력한다. 그래서 약한 몸도 다스릴 겸 가까이서 쉽게 구할 수 있는 것으로 오랫동안 자연식을 해왔다. 잡곡밥에 산야초 반찬과 된장이면 훌륭한 식단이 완성된다. 인공적으로 재배한 야채는 될 수 있으면 사 먹지 않고 주로 산에서 채취한 산야초만으로 상을 차린다.

그 옛날처럼 소를 들판에 방목하고 풀을 먹여 키워서 고기를 먹어도 큰 무리가 없던 시절이라면 어쩌면 나도 고기를 먹었을지 모른다. 지금은 거의 불가능에 가까운 일이 되었다. 지리산에서조차 비가 오는 날은 닭이나 가축을 우리에 가둬야 하기 때문에 사료를 먹이지 않을 수 없는 형편이다.

그 대신 생선을 먹는다. 밀가루 음식이나 과자 같은 군것질거리, 인스턴트 음식은 물론 조미료가 들어간 음식도 일절 먹지 않는다. 그러니 식당에 가서 음식을 사 먹는 일은 거의 없다. 그런데 아무래도 자장면만은 끊을 수가 없다. 고소한 냄새가 솔솔 나는 자장면의 유혹을 어찌 뿌리칠 수 있겠는가.

어느 날 아는 스님이 자장면을 정말 맛있게 하는 집을 안다고 했다. 스님을 따라간 곳은 섬진강 물줄기 끝쪽의 백운산 자락 아래에 자리 잡은 대평마을이었다.

겉으로 보기엔 평범하다 못해 허름한 보통 시골 음식점이었다. 시골의 작은 마을에 있는 음식점이 대체로 그러하듯 이곳도 한식과 중식을 다 팔고 있었다. 한마디로 안 되는 요리가 없는 식당이었다. 스님이 추천한 대로 삼선간짜장을 시켰다.

그런데 나는 식당에 가면 주인의 눈총을 받아가며 까다롭게 주문을 하기 때문에 옆에 같이 간 사람이 민망해할 때가 한두 번이 아니다. 고기 넣지 말라는 말은 이해한다손 치더라도 주방장의 고유 영역에 해당하는 요리법에 대해서까지 이러쿵저러쿵하는 내가 못마땅할 것이다.

설탕과 조미료까지 빼고 된장으로 간을 맞춰달라는 주문은 단골이라는 이유 하나만으로 감수해야 하는 고역일 것이다. 차라리 안 팔고 말지, 라는 말이 저절로 나올 것 같은데, 아예 새로운 메뉴를 창조해내는 나 같은 손님한테도 군말 없이 주문대로 해준다. 장사하기가 그만큼 어려운 일이라는 걸 깨달은 듯 도통한 사람의 표정이다.

손으로 쳐서 뽑아낸 면발은 다른 집의 절반쯤 되게 가늘다. 푸짐한 자장 소스가 곁들여 나왔다. 먹어보니 과연 소문이 날 만했다. 해삼, 새우, 오징어 등 해산물을 아끼지 않고 듬뿍 넣고 정성껏 만들었다. 짬뽕 국물과 함께 자장면 한 그릇을 다 비우고 나자 진수성찬을 대접받은 것 같은 포만감과 충족감이 찾아왔다.

가끔 마음이 울적할 때나 옛날 생각이 날 때면 대평마을에 간다. 졸업식 끝나고 어머니가 사주었던 자장면, 상장이라도 한 장 받아오면 공부 잘했다고 사주었던 그 자장면 맛을 생각하면서 달게 먹는다. 체격이 좋고 젊은 남자 주방장이 손으로 두드려 뽑은, 면발이 쫄깃거리는 자장면을 먹고 나면 얼마쯤 부자가 된 기분에 젖게 된다.

이 식당을 찾아갈 때 기분 좋게 따라오는 한 가지 덤은, 주변 마을이 아주 아늑하고 정겨운 곳이라 옛날 동네의 분위기를 그대로 간직하고 있다는 점이다. 이곳은 양철이나 슬레이트로 된 지붕을 잘 간수한 정갈한 옛날 흙집이 아직도 몇 채 남아 있다.

자장면집에서 불과 몇 발자국 떨어지지 않은 곳에 마당 넓은 돌담집이 있다. 집이 아주 예쁘다며 잠깐 구경해도 좋으냐고 하자 주인 노인은 다 쓰러져가는 집에 뭐 구경할 게 있냐면서도, 내가 담배꽁초 하나 떨어져 있는 것도 못 보는 성질이라 이렇게 종일 구부리고 집 안팎을 돌아다닌다며 자랑을 숨기지 않았다.

마당에는 몇십 년은 좋이 묵은 듯한 나무 여남은 그루에다 난

대평마을 자장면집 마당에는 난초, 청포, 나리꽃이 돌담을 따라 심어져 있었다.

초, 창포, 나리꽃이 돌담을 따라 심어져 있었다. 손이 많이 간 태가 역력했다. 돌 하나 튀어나온 데 없이 마당을 다듬어 반질반질했다. 대빗자루로 쓸어낸 큰 절의 마당이 연상되었다.

농촌에서 흔히 볼 수 있는 집인데도 불구하고 밖에 나와서 뒹구는 농기구 하나 없다면 말 다한 거 아닌가. 근처의 번듯하게 지은 양옥을 여기에 댈까. 노인은 석유 한 방울 안 나는 나라에서 기름 낭비할 수 있냐며 마당 한구석에 말끔히 갈무리해서 수북하게 쌓아놓은 나뭇짐을 가리켰다. 집 뒤로는 해당화가 탐스럽게 피어 화려한 빛깔을 뽐내고 있었다.

차를 타고 집으로 돌아오는 길에 벌써 배 속에서는 한바탕 난리가 일어나고 있었다. 수입 밀가루에 들어 있던 농약 성분이나 양념에 포함된 첨가물이 문제를 일으킨 것이다. 소화가 안 돼서 속이 더부룩하고 울렁거렸다. 건강을 되찾고 몸을 살린다는 다짐을 떠올리며 약한 의지력을 한탄한다. 하지만 후회해도 이미 늦었다. 집에 돌아와 쑥뜸을 뜨고 속이 가라앉을 때까지 생수와 차만 마셨다. 몸 상태가 아주 안 좋을 때는 단식을 하기도 한다.

어떤 사람은 어린아이한테도 가끔 불량식품을 먹여가면서 키워야 저항력이 강해진다고 하는데, 나는 그에 대해 어떤 뚜렷한 반박을 하고 싶지는 않다. 다만 내 주위에서 얼마든지 먹을 것을 구할 수 있고 그것이 더 입에 맞기 때문에 생식도 하고 산야초 요리도 해 먹을 뿐이다.

이것을 먹으면 오래 살겠다는 생각으로 먹는 음식은 몸에 큰 이득을 주기 어렵다. 또 그 자체가 스트레스를 불러올 수도 있다. 구미에 당기는 대로 맛있게 두루 먹는 음식이 자양이 되고 보약이 된다. 밥 먹을 때는 개도 안 건드린다는 말이 있듯이 즐겁게 식사를 하는 게 가장 중요하다. 소화력도 증진되는 것은 물론이다.

그러기 위해서는 우리의 혀가 식품 첨가물이나 오염된 음식에 의해 제 기능을 잃지 않도록 해야 한다. 자꾸 먹어서 길들여진 조미료 범벅의 음식이나 입에 단 군것질이 당긴다 해서 무조건 먹었다가는 몸을 망치기 십상이다.

제 먹을거리를 제 스스로 기르지 않는 현대인에게 잘 먹는다는 것은 그만큼 어려운 문제다.

솔잎차

해풍 맞은 참솔나무

늘 푸른 소나무는 전국 어느 산에서도 잘 자라는 상록 침엽수다. 자연에서 얻은 초, 근, 목, 피의 식생활을 해왔던 우리 선조들이 소나무의 속껍질을 식량 대용으로 먹었다는 사실은 잘 알려진 얘기다.

소나무는 주로 잎을 약재로 쓰지만 봄에 피는 송화松花 또는 솔순은 약용, 식용으로도 사용한다. 약용식물과 식용식물로 두루 쓰이는 만큼 다양한 약성을 갖고 있다. 고혈압과 마비 통증, 습진, 옴, 이뇨, 부종, 불면증, 변비, 위장질환 등에 효과가 있다고 한다.

솔잎은 소나무 옆가지 끝 부분을 꺾어서 채취하는데, 나무 중심 가지인 기둥가지를 꺾으면 성장에 지장이 오고 나무를 버리게 되니 장순(가운데 가지)은 보호해야 하고, 땅에 가까운 가지만 꺾으면 오히려 성장에 도움을 주기도 한다.

솔잎과 솔 껍질에 있는 송진에는 진통제와 신경안정제뿐만 아니라 신경활성제도 들어 있기 때문에 송진에 소금을 섞어 입에 물고 10분 정도 있으면 치통이 깨끗이 낫는다.

솔잎은 채취해 그늘에서 말려 분말로 만들어 쓰기도 하고 말린 잎을 달여서 마시기도 한다. 솔잎, 솔순, 송화, 솔방울을 각각 이용해 술을 담가 약술로 복용해도 아주 좋다. 이렇게 만들어진 술은 식사할 때마다 소주컵 한 잔 정도가 건강주로서 가장 좋다. 한꺼번에 너무 많이 마시면 오히려 몸을 해치게 된다. 술에 담근 후 3개월 후 재료는 건져내 버리고 술만 그늘에서 보관해 숙성시키면 된다.

솔잎, 송화는 생으로 또는 말린 후 분말로 만들어서 물을 끓여 차처럼 타 마신다. 식용으로는 솔잎이나 송화, 솔순을 빻아서 떡을 할 때 넣기도 하고 다식을 만들 때도 사용한다. 또 봄에 채취한 송화나 솔순에 밀가루와 계란을 섞어 만든 무른 반죽을 묻혀 튀겨서 먹기도 한다.

솔잎은 해풍을 맞은 것이 좋다고 해서 봄이 되면 남해로 간다. 하동군 진교면 술상리에 토끼섬과 방아섬이라는 무인도가 있다. 사람들은 아직도 무인도라고 부르지만 이제 그곳은 더는 사람이 살지 않는 섬이 아니다. 쉰을 넘긴 중년 부부가 황토집을 짓고 자연식을 하면서 살고 있다.

작년에 부산의 안 교수님이 "너무나 아름다운 섬이 있다"며 나를 데리고 간 섬이 바로 방아섬이다. 여주인은 만나자마자 반갑다는 인사도 채 끝나기 전에 산으로 달려가 솔잎이며 갖가지 산야초를 이것저것 따와 녹즙을 만들어 내밀었다. 쌉싸래한 맛과 독특한 향이 나는 즙을 마시는 우리를 보면서 그제야 제대로 인사를 나누었다. 한 번 방문한 후부터는 그 섬의 아름다움에 반해 틈만 나면 가곤 한다.

여주인이 직접 개발한 된장에다 주위에서 뜯은 나물과 해초로 차린 밥상을 보니 산해진미가 따로 없었다. 땅콩과 야채를 갈아 넣은 된장과 마늘을 싸주며 자주 놀러 오라는 그녀의 편안한 얼굴에 마음이 푸근해진다.

그 집 마루에 앉으면 눈앞에 겹겹이 펼쳐진 작은 섬들이 한눈에 내려다보인다. 다도해라는 말을 실감하지 않을 수 없다. 주인 아저씨는 왕년에 문학소년이었다며 그 바다를 보고 지었다는 시까지 읊어 한껏 분위기를 띄운다. 이 집은 입소문이 나서 주말이면 심심찮게 사람들이 찾아오곤 한다.

약간 비탈진 산처럼 생긴 이 섬에는 야생 뽕나무와 소나무가 많아 봄이면 산야초를 따는 나에게는 천국 같은 곳이다.

하동 화개마을의 야생녹차축제

5월 중순이 되면 화개장터 주변은 축제 분위기에 흠뻑 젖어든다. 녹차 축제에 온 사람들이 저마다 여행 기분에 빠져 소란스레 오간다. 녹차로 만든 갖가지 요리와 질 좋은 차를 값싸게 장만할 수 있는 행사도 마을 곳곳에서 열린다.

5월은 가정의 달이라서 그런지 이곳 지리산에도 가족끼리 여행을 오는 사람이 많다. 춥지도 덥지도 않아서 여행하기 맞춤한 계절이기도 하지만 쌍계사를 중심으로 한 화개마을의 아름다움 때문일 것이다. 가족이 없는 사람에겐 오히려 더 따분하고 쓸쓸한 계절이 이때다. 다행히 가장 바쁜 때라 그런 거 저런 거 다 모른 채 넘어간다.

지리산 화개차는 재배차가 아닌 야생 녹차 잎을《다신전茶神傳》에 의거해 선조들로부터 전수한 방법으로 만든다.

중국에서 녹차 대용차가 몰려들기 전까지만 해도 차 하면 녹차를 제일로 쳤다. 하지만 이제 중국차에 밀려 녹차도 점점 제자리를 뺏기고 있는 실정이다. 내가 산야초차를 만들기 시작한 뒤 많은 어려움 속에서도 꿋꿋이 버티고 있는 이유는 더는 우리 차 시장을 중국차에 내줄 수 없다는 절실한 현실 인식이 자리 잡고 있기 때문이다.

우리의 전통차를 지키자는 얘기를 하면서 녹차 얘기를 빠뜨릴 수는 없다. 산야초차야 우리 산야에서 채취한 나뭇잎과 풀, 꽃잎으로 만드는 것이니만큼 태생적으로 우리 몸에 잘 맞고, 받아들이든 않든 우리 차라는 점에서 이견이 없다. 그러나 녹차는 마시는 예법이나 제다법에 있어 아직 논란이 많다. 우리의 차 문화를 돌아보자는 측면에서도 녹차에 대해 한번 생각해보는 것이 좋을 듯싶다.

우리말 가운데 '다반사茶飯事'라는 말이 있다. 차를 마시되 밥 먹는 것처럼 자주, 그리고 편하게 하라는 말이다. 차 한 잔의 격식이나 품격, 여유는 그 다음의 문제다. 일상적으로 즐겨서 생활화해야 건강은 물론, 그 속에 담겨 있는 선조들의 망중한忙中閑의 철학을 느낄 수 있다.

차나무는 보통 곡우가 되면 새순을 따는데, 이때부터 자신의 생명을 보호하기 위해 잎 속에 타닌 성분을 강화시킨다. 몇 차례 뜯어내기를 반복하면 차나무는 초식동물이 자꾸 뜯어 먹는 줄 알고 초식동물의 입맛에 맞지 않는 타닌과 카페인 등의 물질을 만들어낸다. 이런 이유 때문에 두 번째 세 번째로 따낸 찻잎일수록 쓴맛이 짙어진다. 그러나 타닌 성분은 사람에게는 위장을 튼튼하게 하

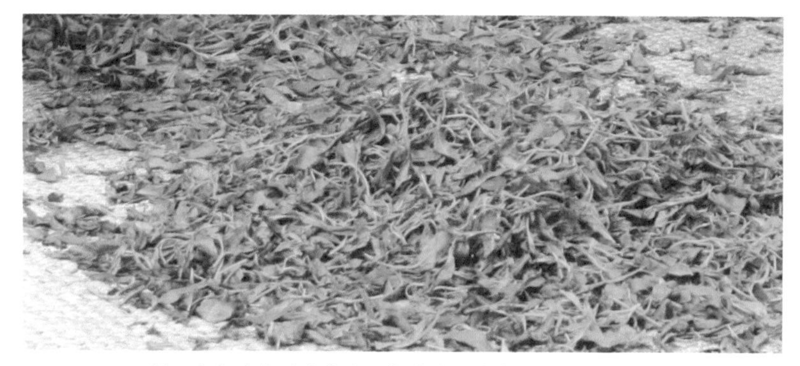
차는 덖기 전에 생잎에 상큼한 향내를 많이 품고 있을수록 좋은 향을 낸다.

는 효능이 있고 해독 작용을 하기도 한다. 온화한 각성 작용도 있어 피로 회복에 좋고 지구력이나 기억력을 증진시킨다. 또 녹차와 산야초차에는 이뇨 성분이 많이 함유되어 있어, 노폐물을 배출시켜 콩팥 기능을 활성화시키고 노화를 방지할 수 있다.

야생 찻잎을 따온 뒤 생잎을 달군 솥에 살짝 데치듯이 덖는다. 덖는다는 말은 가볍게 익힌다는 뜻이다. 볶는다든지 태우는 것과는 다르다. 녹차는 덖어낼 때 발효되지 않도록 산소 공급을 억제해서 건조시킨다. 산소 없이 신속히 건조시킴으로써 식물 자체가 본래 지닌 비타민, 미네랄 등의 각종 영양소를 그대로 유지시킨 것이 녹차의 특징이다. 빨리 건조시키면 엽록소의 분해를 막을 수도 있다.

생잎을 데치듯이 덖어야 하는데 되도록 무쇠솥을 이용하여 열을 올리고 나서 생잎을 넣어 숨이 죽을 만큼 익힌다. 나무주걱으로 휘저어 뒤집기를 계속 반복하면서 골고루 또 빠르게 덖어지도록 한다. 덖는 과정은 식물 생체의 흐름을 차단시키는 것이다. 단백질의 변성과 비타민의 파괴 등을 막기 위해서다. 덖을 때의 불길과 덖는 횟수, 비비는 횟수에 따라 맛과 향에 차이가 난다. 그만큼 정성을 들여야 한다. 쉬지 않고 휘저어 뒤집으면서 골고루 덖는다. 덖어서 숨을 죽였으면 꺼내서 비벼 잎의 즙액을 건조시킨다.

차를 끓이고 대접하고 마시는 법에 있어서도 이렇듯 힘든 제다製茶의 직접적인 경험을 쌓아야 자연적으로 그 예절과 성의가 속으로부터 우러나오게 된다. 한마디로 스스로 녹차를 덖는 경험을 쌓지 않고서는 차의 참다움을 터득하기 어렵다.

차는 정신의 기운을 맑게 씻어 활력을 주는 데 그 참뜻이 있다. 각 나라마다 그 나라 고유의 차가 발전하고 국민들이 즐겨 마신 이유도 차가 노동의 피로를 덜어주고 대화를 부드럽게 할 수 있는 역할을 하기 때문일 것이다.

녹차의 일종이라고 할 수 있는 홍차는 인도에서 영국까지 먼 거리를 운반하는 동안 배 안에서 찻잎이 떠버려 완전 발효차가 된 것이다. 중국은 양쯔강 주변 난징 이남에서만 차 재배가 가능한데, 광활한 국토에 차를 공급하기 위해 반半발효차를 만들었다. 일본은 녹차를 데쳐서 만든다. 생선에 비유하자면 중국차는 반발효 젓갈, 홍차는 숙성된 젓갈, 녹차는 삶은 생선, 우리 차는 잘 구워진 생선이라 할 수 있다.

한국 전통차는 주로 솥덖음으로 만든다.

막 뜯어온 찻잎을 뜨거운 솥에 덖거나 찌는 첫 단계를 살청殺靑이라고 한다. 이는 찻잎 엽록소 안에 있는 산화효소를 파괴하여 변질을 막고 맛과 색을 오래 유지시키고자 하는 것이다. 덖음차의 맛은 첫 솥과 둘째 솥에서 거의 결정된다. 살청을 얼마나 고루 잘하느냐가 관건이다. 첫 솥은 대체로 200도 안팎(물방울을 떨어뜨리면 톡톡 튀어 오름)에서 10분 정도, 둘째 솥은 같은 온도에서 7~8분, 셋째 솥은 160~170도에서 장갑 낀 손이 뜨거워 견디기 어려워질 때까지 덖는데, 이후 점점 적당히 온도를 내려가면서 7~9번까지 덖는다. 솥 안에서 덖여 나온 찻잎은 선풍기나 부채로 열기를 한숨 식힌 뒤 비벼야 풀 냄새가 가시고 청량한 향기가 유지된다. 비비기는 당길 때는 힘을 주지 말고 살그머니 하고, 밀 때 힘주는 강도를 조절하면서 셋째, 넷째 솥까지만 한다. 넷째 솥 이후로는 채로 찻잎 가루를 쳐낸다.

아홉 번 정도 덖어 수분을 3퍼센트 머금은 찻잎은 불 땐 방에 하루 정도 널어 묵혀서 비닐봉지에 담아 서늘한 곳에서 일주일 정도 숙성시킨다. 그 다음 다시 솥에 넣어 마무리(향덖음이라고 한다) 작업을 한다. 이때 솥의 온도는 손이 데지 않을 정도면 된다. 두 시간 정도 덖는데, 후반 15분은 불을 끄고 남은 열로 덖는다. 덖는 동안 찻잎이 품고 있는 230가지 성분의 향이 3~5분 간격으로 올라오는데, 이거다 싶을 때 덖기를 멈추면 그 향이 차향이 된다.

차는 덖기 전 생잎에 상큼한 향내를 많이 품고 있을수록 좋은

지리산 자락의 녹차 밭
차나무는 보통 곡우가 되면 새순을 따는데, 이때부터 자신의 생명을 보호하기 위해 잎 속에 타닌 성분을 강화시킨다.

향을 낸다. 차의 색깔은 다갈색과 푸른색 기운이 섞여 있는 것이 좋다. 이렇듯 많은 품이 드는 전통차 법제를 지키며 차를 만드는 이가 아직도 꽤 있다.

그런데 언제부터인가 푸른빛에 풋내가 강한 녹차綠茶가 한국 전통차의 주류 행세를 하고 있다. 그러나 우리의 고전 다서 어디에도 녹차라는 이름은 보이지 않는다. 녹차라는 것은 주로 일본에서 이용하는 제다 방식인 찌는 과정을 거쳐 만든 것으로 최근에 등장한 이름이다. 한국 전통차의 주류는 덖음차다.

최근 반갑게도 토종 야생 차나무 잎을 따다가 전통 방식의 덖음차를 만드는 소모임들이 늘고 있다는 소식을 들었다.

경상도 일부와 전라도 일대 야산에는 한국 토종 차나무가 야생 상태로 남아 있는 곳이 많다. 경상남도 산청(시천면 일대), 김해, 전라북도 순창(적성면 일대와 구림면 만일사 주변), 정읍 두승산 중턱과 망상봉 일대, 부안 개암사와 내소사 주변 등지다. 대부분 이런 곳은 예전에 큰 절이 있던 터 주변이거나 선비촌이어서 차를 애용하던 마을이 있는 곳이다.

한국의 토종차는 백제 때 불교의 전래에 따라 들어와 토착화했거나 본디 이 땅에 있던 차가 전통 차 문화와 함께 번성한 것이다.

요즘 음용수 문제의 심각성과 더불어 일본 차 문화인 녹차와 다도를 물리치자는 '우리 차 독립운동'이 일고 있다. 토종 야생차 밭에도 사람들의 발길이 잦아지고 있다. 이름이 널리 알려진 곳은 이미 찻잎이 막 움튼 곡우(4월 20일)를 전후해 5월 한 달 동안 몇 차례 많은 손들이 새로 난 찻잎을 쓸고 지나간다. 그러나 찻잎은 어느 정도 제대로 자란 것이 진한 맛을 낸다. 얼마 지나면 뜯겨 나간 자국 사이로 새로 나거나 남아 있던 찻잎이 엄지손가락만큼 자란다. 엄지와 검지 손톱 끝으로 딸 때 똑 꺾어지는 찻잎일수록 크면 양도 많고 맛도 진하다.

초의草衣 선사는 《다신전》에서 "자색 잎이 가장 좋고 대발에서 나는 죽로竹露는 그 다음"이라고 했다. 지금까지 작설차는 한국 전통차의 대명사처럼 오인되면서 '이른 봄에 난 참새 혓바닥 모양의 어린 찻잎'을 의미했다. 그러나 초의 선사의 주장을 바탕으로 형태뿐만 아니라 색깔까지 참새 혓바닥 색깔인 자색을 띠어야 작설차라는 주장이 설득력을 얻고 있다. 이 작설차는 '햇볕 3에 그늘 7'의 산비탈 등지에서 극소량이 나고 향, 색, 맛이 뛰어나다. 작설차는 전통차의 일부분이기에 《다신전》 등 고서는 물론, 사찰이나 민간 전래에도 작설차 특유의 법제가 전통차 법제와 달리 따로 있다는 기록이 없다.

민들레차

민들레로부터 배우는 무소유 정신

민들레는 전국의 산과 들, 특히 길가에서 흔히 볼 수 있는 국화과의 여러해살이풀이다. 생명력이 매우 강하여 추운 겨울이 지나면 얼었던 땅이 풀리자마자 잎을 내고 꽃을 피운다. 또한 뿌리를 토막 내어 심어도 싹을 틔우기 때문에 화분이나 화단에서 기르기 쉽다.

꽃은 한 송이씩 피는데, 땅바닥에 펼쳐진 잎의 수만큼 교대로 나기 때문에 봄철 내내 꽃이 피어 있는 것처럼 보인다. 강한 생명력 때문에 역경을 이기고 성공한 사람들을 흔히 민들레에 비유하곤 한다.

그러나 골프장, 축구장과 같이 잔디를 심은 곳에 씨앗이 떨어지면 잔디밭을 망치기 때문에 마당을 잔디밭으로 꾸며놓은 사람들한테는 골칫거리다. 민들레는 뽑아도 잘 죽지 않으며 꽃가루받이 없이 수많은 씨를 맺어 바람에 날리기 때문에 민들레를 제거해야 되

민들레

민들레는 1년 내내 아무 때나 상용할 수 있다. 잎은 차 대용으로 덖음질을 해서 우려 마시면 약간 쓴맛이 느껴지기도 하지만 뒷맛이 향기롭고 상쾌하다.

는 사람들을 괴롭히는 식물이다.

이렇듯 생명력이 강한 민들레도 인간이 내뿜는 공해에는 속수무책이었던지 이제 웬만한 도시에서는 민들레를 구경하기가 어려워졌다. 주변에서 혹 민들레처럼 보이는 꽃을 발견했다면 그것은 아마도 외국에서 들어와 우리나라에 정착한 귀화식물인 서양민들레일 것이다. 우리나라 고유종인 민들레는 이제 보기 힘들다. 서양민들레는 겉보기엔 민들레와 비슷하나 노란 꽃을 싸고 있는 총포라고 부르는 꽃받침과 같은 것이 고유종과 달리 뒤로 젖혀져 있다.

땅바닥에서 핀 민들레는 씨앗을 맺을 때면 꽃대가 올라와 키가 커진다. 바람에 씨앗을 날려 멀리 퍼뜨리기 위한 생존 전략이다. 씨앗이 부모 곁에 떨어지면 부모와 경쟁해야 하기 때문에 되도록 멀리 내보내는 것이다.

민들레는 꿀이 많아 벌을 기르는 사람들에게 많은 도움을 주는 식물이다. 잎의 줄기를 자르면 나오는 하얀 액체는 손 사마귀를 없애는 특효약으로 사용되기도 한다. 쓴맛이 강하지만 지방에 따라 김치로 담가 먹거나 나물을 해 먹기도 한다. 각종 염증과 부스럼을 치료하는 데 좋은 약재로 쓰인다.

요즘은 민들레의 생즙을 내어 먹으면 간질환에 좋은 효과를 볼 수 있다고 하여, 이른 봄부터 산과 들에 민들레를 채취하러 다니는 사람들을 흔히 볼 수 있다. 민들레에는 신경 안정 효과가 있어 먹으면 잠이 잘 오고 비타민 C가 많아 기력을 보강해준다.

《약용식물사전》에 따르면 민들레는 위장을 튼튼하게 하고 소변을 원활하게 하며 소화불량, 변비, 간장병, 황달, 천식, 자궁병, 식중독 등에 좋다고 한다. 중국의 고서 《천금방》에는 독충에 물렸을 때 민들레를 찧어 낸 즙을 바르면 독이 풀린다고 기록되어 있다. 민들레에는 강한 소염 작용과 소증 작용이 있어 각종 화농성 질환과 종양에 치료제로 활용되기도 한다. 산모의 젖이 나오지 않을 때나 젖몸살이 있을 때도 민들레 전초全草를 끓여 먹으면 효과를 볼 수 있다.

민들레를 식재료로 사용할 때는 무침이나 생잎쌈으로도 좋고 살짝 데쳐서 된장과 버무려 무쳐 먹어도 아주 맛있다. 민들레꽃은 우려 마시거나 끓여 마시기도 한다. 꽃을 모아 술에 담근 후 약 한 달 후 꽃은 건져 버리고 그늘에서 숙성 보관해두었다가 약술로 소주컵 한 잔 정도씩 마시면 위장질환 개선에 효과가 있다고 한다.

민들레는 1년 내내 아무 때나 상용할 수 있다. 잎은 차 대용으로 덖음질을 해서 우려 마시면 약간 쓴맛이 느껴지기는 하지만 뒷맛이 향기롭고 상쾌하다.

민들레로 차를 만들 때는 뿌리와 잎은 깨끗하게 씻어 말린다. 바싹 마른 민들레를 가루로 만들어 끓는 물에 타서 마시면 된다. 민들레차는 색깔이 마치 커피처럼 검고 맛도 써서 민들레커피라고도 부른다. 그러나 많이 마셔도 불면증이 생기지 않고 오히려 숙면을 취할 수 있다.

주성분으로는 탄수화물의 당질과 섬유질, 무기질의 칼슘, 인, 철 등이 들어 있고 엽록소나 각종 비타민류, 특히 비타민 C를 많이 함유하고 있다.

소화기 질환에 약효가 뛰어나 위를 보호하는 효과가 있으며, 신장의 기능을 원활하게 한다. 또한 배뇨가 잘되게 하여 혈압을 내려준다. 민들레차를 규칙적으로 마시면 신경통도 예방할 수 있다. 민들레커피는 식이섬유의 함량이 높아 소화흡수를 돕고 변비에도 좋으며, 구강과 인후의 염증에도 효과가 있다. 기관지 점막을 튼튼하게 하여 감기예방도 되고, 식욕을 증진시키며 강장 작용도 하는 것으로 알려져 있다.

봄부터 사람들의 발길이 닿는 곳이면 어디서나 볼 수 있는 민들레는 초여름에 귀염성 있는 노란 꽃을 피운다.

가녀린 꽃대를 바람에 살살 흔들면서 사람들의 시선을 끌었던 민들레도 시간은 이기지 못해 꽃이 시들고 그 자리에 날개 달린 홀씨가 나게 되면 지난 계절 자신의 몸을 흔들어대던 바람을 따라 멀리멀리 날아간다. 전 재산이라 할 수 있는 꽃의 홀씨마저 다 날려 보내고 꽃대만 남는다.

바람에 속이 텅 빈 민들레 줄기가 흔들릴 때면 나는 생각에 빠지곤 한다. 자신의 씨앗을 아예 먼 곳으로 떠나보낼 수 있는 그 마음에 대해.

찔레꽃

우리 엄마를 닮은 하얀 꽃

봄이 되면 산과 들에는 형형색색의 꽃과 향기의 잔치가 벌어진다. 산벚꽃, 탱자꽃, 장다리꽃, 제비꽃 등 온갖 꽃들이 가슴 설레게 하지만 찔레꽃의 향기와 빛깔은 침묵 속에 하얀 미소를 짓게 한다.

장사익이라는 가수가 불러 널리 알려진 〈찔레꽃〉이라는 노래 덕분에 요즘 사람들도 이름은 물론 꽃의 빛깔까지 알게 되었다. 옛날에는 동네 근처에서 흔히 볼 수 있는 꽃이었지만 지금은 야트막한 산에나 가야 만날 수 있다. 향기가 장미보다 훨씬 진해서 군락을 이루고 있으면 멀리까지 그 향기가 날아온다.

"엄마 잃고 가는 길에 하얀 찔레꽃, 찔레꽃 하얀 잎은 맛도 좋지. 배고픈 날 가만히 따먹었다오, 엄마 엄마 부르면서 따먹었다오."

찔레꽃을 따러 갈 때는 절로 이 노래가 입에서 흘러나온다. 엄마라는 노랫말을 입에 올리자마자 눈시울이 벌써 젖기 시작한다. 하얀 꽃송이가 어느새 엄마의 얼굴이 되어 사무친 그리움에 일하

귀엽고 자잘한 흰 꽃을 보고 왜 사람들은 슬픔에 젖는 것일까.

던 손을 멈추었다. 마음이 울컥해져 나도 모르게 눈물이 주르르 흘러내렸다.

찔레꽃 하면 생각나는 사람들이 또 있다.

찔레꽃을 유난히 좋아하던 향심, 혜숙, 승희 언니. 천연 염색한 무명옷을 즐겨 입는 언니들은 5월이 되면 찔레꽃 향기가 그리워서 왔다며 나를 찾는다. 산야초를 채취하려 함께 산길을 걷다 보면 어지럼증이 날 정도로 진한 찔레꽃 향기가 바람을 타고 코끝으로 다가온다.

"하고많은 예쁜 꽃들 다 놔두고 왜 그렇게 찔레꽃을 좋아해?" 하고 물으니 언니들은 한결같이 슬퍼서 그런다고 대답한다. 귀엽고 자잘한 흰 꽃을 보고 왜 사람들은 슬픔에 젖는 것일까. 희한한 일이다. 세 사람은 모두 세상에서 흔히 부러울 것 없는 사람으로 생각할 법한데, 그런 사람들이 슬퍼서 좋다고 찔레꽃 향기를 맡으러 오다니…….

나는 잠시 생각을 멈추고 언니들의 얼굴에 떠오르던 천진한 소녀의 모습을 찔레꽃에서 발견한다. 꽃을 좋아하고 자연을 좋아하는 이유는 제각기 다르다. 아마도 그들의 삶만큼이나 다양한 추억과 감정이 얽혀 있으리라.

장미과인 찔레꽃은 꽃도 좋고 향도 좋지만 가을에 생겨 겨울까지 달려 있는 붉은 열매가 더욱 아름다운 꽃이다. 가만히 보고 있노라면 작은 꽃봉오리가 올망졸망 모여 내는 향기가 코끝을 자극해 절로 탄성이 나오게 한다. 옛 사람들은 찔레꽃을 증류하여 화장수로 즐겨 이용했는데, 이를 꽃이슬이라 하여 찔레꽃 향수로 몸을 씻으면 미인이 된다고 믿었다.

찔레꽃 속에는 0.02~0.03퍼센트의 정유가 들어 있어, 더위를 식히고 위장을 조화하며 출혈을 멎게 하는 효능이 있다. 찔레 열매는 신장염, 방광염, 각기, 수종, 생리통, 생리불순 등에 치료 효과가 뛰어난 약재로서 반쯤 붉게 물들 무렵에 채취하여 햇볕에 말려서 쓴다. 또 찔레 뿌리는 산후풍, 산후 골절통, 부종, 어혈, 관절염 등에 효과가 있고, 이 뿌리로 술을 담가 약술로 복용하면 놀랄 만큼 효험이 있다고 한다.

찔레나무의 연한 순을 따서 초고추장에 찍어 먹거나 생채로 무쳐놓으면 약간 떫은맛은 있으나 상큼한 찔레 순 향기가 입맛을 돋운다.

부드러운 순을 따서 덖음차로 우려 마셔도 좋다. 찔레꽃차는 찔레꽃이 피기 시작할 때 꽃을 따서 만든다. 다른 꽃차를 만들 때와 똑같은 방법으로 쪄서 말리기를 세 번 거듭하면 된다. 물을 끓여 온도를 약 70도로 식힌 후 마른 꽃잎을 우려 마시면 된다.

토끼풀

세 잎은 행복, 네 잎은 행운!

네 잎 달린 클로버를 찾아 헤매던 시절이 있었다. 어렵게 찾은 잎을 책갈피에 넣어 곱게 말렸다가 친구 생일에 선물했던 기억…….

더 어렸을 때에는 공원에서 꽃 두 개를 엮어 꽃반지를 만들어 동무와 서로 바꿔 끼었던 기억도 있다.

유럽 원산의 귀화식물로, 잎이 원래 세 장이라니까 네 잎짜리는 따지고 보면 돌연변이다. 참 우스운 것은 네 잎 클로버의 꽃말은 행운이고 세 잎 클로버의 꽃말은 행복이라고 한다. 우리는 지천에 널려 있는 행복은 거들떠보지도 않은 채 찾으리라는 보장도 없는 행운만을 찾아 헤매는 것이다.

키가 한 뼘 정도 되는 토끼풀은 줄기가 땅 위를 기며 마디에서 수염뿌리를 내리는 여러해살이풀이다. 잎은 세 장의 작은 잎으로 된 겹잎이고 6~7월에 피는 흰 꽃은 작은 꽃들이 촘촘히 모여 공

우리는 지천에 널려 있는 행복은 거들떠보지도 않은 채
찾으리라는 보장도 없는 행운만을 찾아 헤매는 것이 아닐까.

모양의 꽃뭉치를 이룬다. 붉은토끼풀에 비해 줄기는 길고 털이 없으며 꽃자루, 꽃대가 있고 꽃은 백색이다. 꼬투리열매가 맺히며 씨가 네다섯 개 들어 있다.

목초용으로 재배하기도 하며 이름 그대로 토끼가 즐겨 먹는 풀이다. 토끼풀이란 이름은 잎이 토끼 얼굴처럼 생겨서 붙여진 이름이라는 말도 있다. 척박한 토양에서 잘 자라고, 콩과 식물로 뿌리에 질소박테리아가 붙어 있어 땅속의 질소 성분을 고정시켜주는 역할을 한다.

토끼풀은 이파리를 약초로 쓰는 것은 물론 건강식품으로도 활용되고, 잎뿐만 아니라 꽃까지 식용으로 쓸 수 있는 아주 귀중한 산야초다. 마취 성분이 있어 치통이 있을 때 아픈 치아 사이에 넣고 질근질근 씹으면 통증이 가신다.

그늘진 곳에서 말렸다가 뭉근하게 달여 마시면 폐결핵과 천식, 감기, 황달, 이뇨, 해열 치료에 도움이 된다. 생잎은 지혈과 염증해소에 효과가 있어 찰과상이나 화상으로 화농이 된 데 찧어 바르면 응급처치가 된다.

식용으로도 가능하다. 꽃은 튀겨 먹으면 좋고 잎과 함께 샐러드를 만들어 먹으면 상큼한 맛을 즐길 수 있다. 무엇보다 중요한 것은 토끼풀의 왕성한 번식력이다. 번식력이 왕성하다는 것은 생명력이 강하다는 의미이고 그것은 그만큼 태양 에너지를 듬뿍 머금고 있다는 말이다. 현대인들이 체력이 떨어져 늘 피곤하고 맥을 못

추는 것은 생명력이 약하기 때문인데 자연의 생명력을 강하게 지닌 토끼풀을 이용해 기력을 키워보자.

요리용으로는 봄에 나는 것이 부드러워서 좋다. 좀 억세지면 생식용으로 사용해도 무방하다. 토끼풀은 어디서나 쉽게 구할 수 있으면서 몸에도 좋은 건강식품이다.

행운의 상징으로도 알려져 있다. 나폴레옹도 이 속설을 긴가민가하다가 우연히 말발굽 앞에 있던 네 잎 클로버를 보고 신기하여 허리를 숙이는 순간 총알이 위로 스쳐 지나가서 살아난 적이 있다고 해서 더욱 유명해졌다.

토끼풀은 아일랜드의 국화國花다. 아일랜드에서는 세 잎 클로버는 성부, 성자, 성신의 삼위일체로 악마와 마귀를 막아준다는 아름다운 미신이 있기도 하다. 이는 기독교의 성자인 성 패트릭이 아일랜드에서 포교활동을 할 때, 국왕과 귀족들 앞에서 클로버의 세 잎을 삼위일체에 비유하여 설교한 데서 기인한 것이다. 또한 네 잎 클로버는 십자가를 나타낸다 하여 행운의 상징이 되었고, 다섯 잎 클로버는 그것을 깨는 모양이라 하여 불길하게 여겨진다고 한다.

1907년 우리나라에 도입된 이후 목초로 재배되었지만 지금은 거의 모든 산과 들에 퍼져 마치 야생식물처럼 자라고 있다. 특히 단백질이 많아 가축이 좋아하고 번식력과 재생력이 강해 방목지대에서 많이 심고 있는데, 사료나 건초로도 쓰며, 과수원 등지에서는 토양을 보존하기 위해 심기도 한다.

냉이

뒤를 돌아보게 하는 봄 냄새

봄철에 먹는 식용식물 가운데 가장 먼저 우리 입에 봄의 미각을 선사하는 것이 냉이다. 된장을 풀고 끓인 냉잇국 냄새는 지나가던 사람의 발길도 멈추게 한다.

이른 봄 양지바른 들판에서 잘 자란 냉이를 캐다 보면 혼자 먹기 아까워 도시에 사는 친구들에게 보내곤 한다.

캐온 냉이를 손질해서 창호지에 싸고 신문지와 비닐로 다시 포장한 다음 상자에 담아 택배로 부친다. 봄 선물을 받은 사람들은 저마다 전화를 걸어 놀랍고도 고맙다고 아우성이다. 값비싼 옷이나 보석을 선물할 수 없는 나로서는 고작 주변에서 쉽게 구할 수 있는 것을 보냈을 뿐인데 친구들은 그 어떤 선물을 받았을 때보다 기뻐했다. 어린 시절 냉이를 캐다가 돌로 찧고 흙과 물을 조개껍질에 담아 밥상을 차리고 놀았다며 냉이에 얽힌 추억담을 하나씩 들려주기도 했다. 잠시나마 그 시절로 돌아가는 그들을 보면서 내 마음이 더 뿌듯했다.

봄을 불러오는 냉이는 봄나물로도 훌륭하지만 다양한 약성도 갖고 있는 십자화과의 두해살이풀이다. 비장과 위가 허약한 증세에 효능이 있으며 이뇨, 해독, 지혈, 코피, 월경 과다, 산후출혈, 안질, 간장질환에 좋은 약으로 쓰여왔다.

이렇듯 우리 몸에 좋은 냉이는 봄에 나왔다가 4~5월에 꽃이 피고 여름에 씨를 맺어 땅에 떨어진다. 그 떨어진 씨앗이 가을에 다시 싹을 틔워 늦가을까지 채취할 수 있다. 또 겨울철에도 따뜻한 지역에서는 구할 수 있어 야생초가 귀한 겨울에 봄철 요리를 먹을 수 있는 호사를 누릴 수 있다.

냉이는 주로 뿌리까지 뽑아서 잘 씻은 후 생채로 무쳐 먹는데, 생채 무침을 할 때는 된장이나 고추장으로 간을 해서 각자 입맛에 맞는 양념을 넣거나, 오래 삭힌 젓갈을 넣고 무친다. 고추장에 묻어 놓았다가 장아찌로 만들어놓으면 맛과 영양이 뛰어난 반찬이 된다. 또 된장국으로 끓여 먹기도 하며, 조갯국에 잘 씻은 냉이를 넣으면 조개에서 우러난 맛과 냉이의 향이 어우러져 특별한 맛을 낸다.

약용으로 사용할 때는 꽃이 필 때에 뿌리째 뽑아 흙과 먼지를 잘 씻은 후 그늘에 말려놓았다가 달여 마신다. 차로 만들 때는 잎은 따내고 뿌리만 남긴다. 그 뿌리를 햇볕에 말리거나 또는 뿌리째 끓는 물에 살짝 데쳐 찬물로 헹구어낸 후 말렸다가 겨울철에 달여 마시면 감기예방에 아주 좋다. 또한 냉이잎차를 만들 수도 있다.

냉이의 잎을 아무 때나 채취해서 덖어놓고 잘 밀봉해두었다가 녹차처럼 우려 마시면 된다. 꽃이 필 무렵 전초를 뽑아 잘 씻어 말린 후 가루로 만들어놓고 끓는 물에 두 숟가락 정도 넣고 마신다. 이때 꿀을 조금 넣어도 좋다.

봄철 산야초 요리

시골에서는 보통 4~5월에는 채소를 구하기 힘들다. 이때 산과 들에서 채취한 산야초는 반찬은 물론 약이 된다.

쑥, 들시금치, 냉이, 미나리, 찔레순, 다래순, 머루순, 뽕나무순, 감나무순, 칡순, 명감나무순(청미래덩굴), 민들레, 머위순, 제비꽃, 엄나무순, 두릅, 가죽나무순, 취나물, 오가피순, 비비추나물, 쑥부쟁이 같은 것은 먹으면 맛도 있고 약효도 좋다. 입맛에 맞게 쌈으로 싸서 먹기도 하고 생채로 무치거나 데쳐서 나물을 해 먹으면 독특한 향취를 느낄 수 있다.

산야초의 엽록소에는 콜레스테롤을 억제하는 작용이 있다. 자연으로부터 멀어진 식생활로 인해 빚어진 산성 체질을 개선하는 데도 뛰어난 효과가 있어, 저항력이 강한 알칼리성으로 서서히 체질을 변화시켜 준다.

요즘 유행하는 각종 허브 요법 또한 식물의 이런 효능에 힘입은 것이다. 살균성과 방향성이 뛰어난 온갖 식물의 잎에서 발산하는 성분이 공기 속에 섞여 몸으로 흡수됨으로써 인체의 생리에 좋은 영향을 끼쳐 신진대사를 원활하게 한다.

봄철 춘곤증에는 산나물만 한 것이 없다. 봄에는 체내 대사 작용이 왕성해져 비타민과 미네랄의 필요량이 3~10배까지 증가한다. 기온이 높아지면 영양소의 소비가 많아 여름을 탄다거나 몸이 피곤해지는 증세가 나타난다. 향과 독특한 맛이 나는 산나물이 진가를 발휘할 때다. 최고의 맛과 영양을 즐기려면 채취해온 산나물을 바로 먹는 것이 좋다. 미리 썰어두거나 물에 담가두면 영양소와 맛이 덜하다.

요즘 식생활에서 문제가 되는 것 가운데 하나가 과식이다. 과다 섭취는 신체에 막대한 부담을 준다. 기초대사량보다 많은 음식물의 섭취는 노폐물과 지방의 축적이라는 부작용을 낳는다. 여기에 운동부족과 스트레스까지 겹치면 최악의 상황이 되는 것이다. 자연식에서 삼소식小食, 素食, 笑食의 중요성을 강조하는 이유가 여기 있다.

적게, 소박하게, 즐거운 마음으로 먹는 것. 이것이 건강의 밑바탕이라고 믿는다. 야생의 동물을 보라. 제멋대로 뛰어다니면서 내키는 대로 먹어도 소화불량, 영양결핍에 걸리지 않는다. 본능적으로 자신에게 필요한 것을 찾기 때문이다. 그리고 동물들은 절대 과식을 하지 않는다고 한다.

어떤 차나 음식을 잠깐 먹고서 당장 효과를 바라는 사람들이 있다. 그러나 좋다고 무조건 많이 먹으려 한다면 오히려 부작용이 따를 수도 있다.

과다 섭취의 또 다른 폐해는 필요 이상 채취하게 되어 그 식물의 멸종 위기를 부르게 된다는 점이다. 무슨 식물이 몸에 좋다고 방송에 한 번 나오면 사람들은 그 식물을 싹쓸이하다시피 한다. 우리 몸에 좋은 식물일수록 훗날을 위해 번식, 보존을 생각하며 채취해야 한다는 점을 명심해야 한다.

몸이 건강해야 마음도 편안하고 생활도 안정된다는 것은 모두가 다 아는 사실이다. 왜 건강하게 살아야 하는지에 대한 확고한 지표만 세우면 나머지 실천의 문제는 자연스럽게 따라온다. 그것은 인생을 어떻게 살아야 하느냐와도 연결되는 문제다.

산야초를 채취하려면 맑은 날씨가 여러 날 계속된 청명한 시기를 잡아야 한다. 흐린 날이나 비 오는 날에 딴 잎과 꽃은 질이 떨어진다. 오전 10시 이전 쾌청한 날에 밤이슬을 흠뻑 머금고 휴식을 취한 잎을 따는 것이 좋다. 잎에 촉촉이 내린 이슬이 아침햇살을 받아 증발하고 난 직후가 채취에 알맞은 시간이다.

오후에 채취한 것은 한나절 사이에 광합성과 생장 활동으로 인해 영양 소모가 많아져 향과 맛이 달라진다. 식물도 분명한 생활 리듬이 있어서 휴식과 안정을 취해야만 한다. 사람도 푹 자고 난 아침에 활력을 찾는 것과 마찬가지다.

산야초 채취의 최적기는 3월부터 8월까지다. 1년 중 꽃들이 가장 많이 피는 시기다. 꽃차를 위한 꽃잎을 따기 위해서는 잠시도 게으름을 피울 수가 없다. 다만 수풀이 우거지는 때라 조심해야 한다. 언제 어디서 뱀이 튀어나올지 모른다.

식용식물의 어린잎(순)은 세포의 활동이 가장 활발하게 일어나는 생장점이다. 줄기의 끝에서 돋아나는 이 생장점에서는 매우 어린 세포가 왕성하게 분열하고 있다. 어린순은 지극히 엷은 세포막으로 싸여 있는 생장점으로서 거의 원형질로 가득 차 있다. 어린잎은 영양가가 높고 맛 역시 부드럽고 향기롭다. 아울러 깊은 산속에 있는 산야초가 좋은 이유는 낙엽과 부엽토가 두텁게 쌓여 있어서 산성비와 유해 성분에 의한 피해를 별로 입지 않기 때문이다. 낙엽을 통해 오랜 여과 과정을 거치므로 산성에서 중성으로 변한다.

산야초 속의 섬유질은 배변을 용이하게 하여 노폐물 배출을 돕는다. 콜레스테롤 조절에도 효과적이며 음식물이 장을 빠져나오는 속도를 빠르게 하여 장 속의 숙변을 제거한다.

우리 주변에 흔히 자라는 풀 또한 훌륭한 식재료가 된다. 어디서나 잘 자란다는 것은 번식력이 왕성하다는 말이다. 번식력이 강한 것은 생명력이 강하기 때문에 우리 몸에 중요한 영양분이 풍부하게 들어 있고 약효도 뛰어나다. 굳이 색다르고 특이한 약초를 찾을 필요가 없다.

보랏빛의 어여쁜 꽃을 피우는 제비꽃이 맛있는 식용 산야초이

산야초를 채취하려면 맑은 날이 여러 날 계속된 청명한 시기를 잡아야 한다.

며, 옛날부터 각종 화농성 피부질환에 쓰이던 약초라면 놀랄 것이다. 주로 살균, 염증 제거, 해열에 쓰여왔는데 종기 치료에 효과가 있다는 과학적 분석이 나왔다. 비타민 C가 오렌지보다 4배 높다는 보고도 있다. 토양과 생장 환경에 따라서 성분과 효능이 다르기 때문에 약간의 편차는 있을지 몰라도 그 성분의 우수성만큼은 인정하지 않을 수 없다.

계절에 따라서도 성분과 약효가 상당한 차이를 보인다. 그 까닭은 광합성 작용이 식물의 성분을 좌우하기 때문이다. 일조량이 농작물 수확량에 영향을 미치는 것과 같은 이치다. 구름 끼고 비 오는 날이 계속되면 식물 성분의 함유량이 저하되는 것은 당연하다.

산야초 요리의 강점은 뭐니 뭐니 해도 양질의 비타민 공급이다. 인류는 20세기 초까지 동물에게 필요한 것은 5대 영양소라 불리는 탄수화물, 단백질, 지방, 무기질, 물이라고 생각했다. 그러다 사람과 조류의 각기병을 연구하는 과정에서 처음으로 비타민을 발견하게 되었다.

비타민은 라틴어로 생명을 뜻하는 비타vita와 질소를 함유하는 물질인 아민amine의 합성어로 '생명 유지에 필수적인 물질'이란 뜻이다. 1912년 캐시미르 풍크에 의해 명명된 비타민은 1906년 케임브리지 대학의 홉킨스 박사에 의해 처음으로 그 효능이 널리 알려지게 되었다.

그 후에도 비타민은 계속 연구되어 약 20종류의 비타민들이 연구 발표되었으나 그중 유사하거나 동질류의 요소들이 중복된 것이 많아 지금은 모두 13종으로 정리되었다.

초기 비타민의 이름은 발견 순서대로 A, B, C로 이름을 붙였으나 나중에 각각의 화학구조가 밝혀지게 되면서 그 구조를 나타내는 화학명을 붙였다. 비타민 A는 레티놀, B_1은 티아민, C는 아스코르브산, D는 칼시페롤, E는 토코페롤이다. 이런 여러 과정을 거쳐 점차로 체계화되고 대중에게 알려진 비타민은 질병을 예방하고 건강을 지켜주는 필수 영양소로 사람들의 인식 속에 점차 자리 잡게 되었다.

야채와 해산물이 몸에 좋은 이유도 바로 이 비타민과 무기질이 많이 들어 있기 때문이다. 이름 그대로 생명 유지에 필수적인 비타민을 섭취하기 위해서도 봄철 산야초 요리는 가능하면 많이 먹는 것이 좋다.

여름

여름은 살갗을 태울 듯 덤비는 땡볕과 몇 날 며칠이고 계속되는 장맛비의 상반되는 이미지가 함께 공존한다. 6월의 산길에는 멀리서 들리는 뻐꾸기 울음소리가 길동무가 되어준다. 오디와 산딸기가 익어 발길을 멈추게 하는 때도 이때다.

여름의 생명력

여름은 살갗을 태울 듯 덤비는 땡볕과 몇 날 며칠이고 계속되는 장맛비의 상반되는 이미지가 함께 공존한다. 잠시 넋을 잃고 봄의 산하를 바라보던 농부들은 서둘러 보리 추수를 끝낸다. 어느새 땀을 뻘뻘 흘리며 밭고랑에서 허리 펼 새도 없이 일해야 하는 여름이 코앞에 와 있다.

검게 그을린 농부들이 물놀이를 즐기러 섬진강가로 나들이 나온 가족들을 멀리서 바라본다.

도시에서 직장에 다니는 사람들은 여름에 휴가를 얻지만 농부들은 긴 겨울이 되어야 휴지기로 들어간다. 다른 일거리를 찾기도 하고 평소에 미뤄두었던 일을 한다 해도 어쨌든 겨울은 농사를 손에서 놓는다는 의미에서 휴가나 다름없다.

하루가 다르게 자라 올라오는 곡식과 짙푸른 산을 바라보며 나도 농부들처럼 손놀림이 빨라진다. 며칠 사이에 꽃이 피고 지는 때라 서두르지 않을 수 없다. 무섭게 짙어지는 녹음을 보면서 자연의 속도에 멈칫하지 않을 수 없다. 김광규 시인 역시 어느 순간 고개 들어 주위를 둘러보다 성큼 다가선 여름에 놀랐던 것 같다.

〈초록색 속도〉

이른 봄 어느 날인가
소리 없이 새싹 돋아나고
산수유 노란 꽃 움트고
목련 꽃망울 부풀며
연녹색 샘물이 솟아오릅니다
까닭 없이 가슴이 두근거리며
갑자기 바빠집니다
단숨에 온 땅을 물들이는
이 초록색 속도
빛보다 빠르지 않습니까

무더운 여름이 시작되었다. 이맘때면 깊은 골짜기에서 발이 시리도록 시원한 물에 발을 담그는 상상을 해본다. 땡볕 아래서 산야초를 채취하다 보면 금세 기진맥진해진다. 진드기를 비롯한 벌레에 시달리고 땀을 너무 많이 흘리다 보니 지칠 수밖에 없다. 며칠 연이어 일한 날은 몸이 고달파서 나무 그늘에 주저앉기도 한다.

산야초가 피어 있는 산골
땡볕 아래서 기지개를 켜고 있는 산야초를 만나면 정다운 얼굴처럼 반갑다.

그나마 산그늘로 들어가면 도시처럼 가혹한 햇볕은 없다. 아스팔트나 콘크리트에서 올라오는 지열이 없으니 햇볕만 막을 수 있다면 그런 대로 견딜 만하다. 따가운 햇살과 갖가지 벌레들 속에서 내 손과 내 몸을 바쳐야만 할 수 있는 일, 상당한 양의 노력과 수련이 요구되는 만큼 애착과 성취감도 크다.

산에는 언제나 우리를 반겨주는 맑은 물이 흐르고 시원한 그늘이 있다. 낮에는 꾀꼬리와 뻐꾹새 소리, 저녁엔 소쩍새와 휘파람새 소리가 들려오는 산. 이렇듯 생생한 자연의 기운을 그대로 흡수하는 방법 가운데 하나는 산에서 나는 풋풋한 이파리와 과일을 따 먹는 것이다. 우리의 산과 들에는 가죽나무 잎, 웃자란 두릅, 더덕덩굴, 그리고 곰취나물과 참나물 등 각종 산나물이 풍부하다.

또 산에서 나는 토종 과일로는 산딸기, 오디, 산앵두, 멧복숭아, 파리똥(보리수) 열매, 산버찌 등이 있다. 다가올 더위를 날 영양분을 주는 훌륭한 먹을거리다. 나무의 이파리나 산나물은 6월 말까지는 제대로 든 맛과 부드러운 기운을 동시에 유지한다.

차 맛은 차의 원재료도 중요하지만, 그 재료들이 차가 되기까지 겪어야 하는 숱한 만남에 달려 있다.

맨 처음 내 손과 만나 제 나무에서 떨어져 나온 다음, 알맞은 온도의 솥을, 적당한 바람을, 그 뒤에 갈무리되는 손길을 만나고 나서야 차가 만들어진다. 마지막으로 알맞은 온도와 물과 만나 차 마시는 사람의 혀에서, 차는 제 삶을 완성한다. 산야초차를 마실 때마다 그것을 채집한 장소, 그때의 아름다운 풍경, 나무와 산이 어우러져 내는 바람소리가 떠오르곤 한다.

얼마 전에 이런 일이 있었다. 산뽕나무 잎과 산야초 효소에 넣을 여름 열매를 따러 문수골에 갔었다. 한참 나뭇잎과 오디를 따다가 잠깐 쉬려고 계곡에서 손을 씻고 바위에 앉아 쉬고 있을 때였다. 고개를 돌려보니 주변의 계곡과 바위틈에 참나리와 원추리가 그야말로 오렌지색 양탄자처럼 깔려 있었다. 꽃만큼이나 고운 나비들도 날아다녔다. 까만 점이 분분히 박힌 주황색 나리꽃에 똑같은 모양의 보호색을 가진 나비가 살포시 앉았다 날아갔다. 참 곱기도 하다 싶어 넋을 잃고 바라보는데 나비 한 마리가 무릎에 올려놓은 내 손등에 올라앉았다. 금방 가겠지 싶었는데 오른손에 잔망스럽게 앉아 있다가 왼손으로 옮겨 앉으며 부산스럽게 오갔다. 손톱 밑에 풀물이 든 내 손가락을 가만히 보다가 산야초 냄새를 맡고 찾아든 거라는 생각이 들었다. 아마도 그 냄새에 사람에 대한 경계심을 풀어버린 듯했다.

마침 쉬던 참이라 느긋하게 나비가 하는 양을 바라보았다. 주황색 몸체에 찍힌 검은 애교점이 관능적으로까지 보였다. 산에서는 가끔 이렇게 뜻밖의 만남이 이루어진다.

꽃이 만발한 동안 자신의 생명을 다해 살아가는 꽃과 나무, 벌과 나비들을 볼 때면 나와 다른 존재라는 생각이 들지 않는다. 풀 한 줌, 차 한 잔 역시 내 생명을 살리기 위해 내게 양분을 공급한다는 생각에 가슴이 먹먹해진다. 이 잎사귀가, 이 열매가, 이 뿌리가 나를 먹여 살린다는 생각에 이것을 구하러 다닌 내 손과 발까지 마냥 대견하다. 어려움을 버텨내는 힘은 이런 유기적인 관계 속에서 생겨나는 게 아닌가 싶다. 자연과 나, 서로가 서로를 살리고 있다는 믿음은 바로 여기서 나오는 것이다.

더위가 막 시작될 무렵인 6월 모내기철에는 인동초와 뽕잎을 채취할 시기다. 조금 더 지나 태양이 뜨거운 한여름 녹음이 우거질 때 감잎과 연잎을 따고, 장마가 닥칠 즈음인 8월에 칡꽃을 따게 된다.

이렇듯 계절의 변화에 따라 언제나 우리에게 갖가지 산야초를 선사하는 자연의 오묘한 섭리를 보며 나는 새삼 겸허해진 자신을 발견하곤 한다.

인동초차
추운 겨울에도 시들지 않는 푸르름

하지夏至가 되면 시골에서는 서둘러 감자를 캐고 그 자리에 고구마를 심는다. 지리산 자락에는 다락논을 빼곤 농토가 많지 않아 그런 광경을 보기 쉽지 않지만, 절기가 바뀌면 내 몸속의 생체 시계가 지금 농촌에서는 어떤 작물을 심어야 좋을 때라고 알려주곤 한다.

시간이 좀 더 흐르면 내 몸이 지금은 인동초차를 만들 때라거나 연잎차를 만들 때라고 절기를 기억하게 될지도 모르겠다. 사람은 머리로 익힌 일보다 몸으로 겪은 일을 더 오래 기억하는 법이니까.

인동초는 인동과에 속하는 사철 푸른 떨기나무로 성질은 차다. 덩굴과에 속하는 이 식물은 아무리 추운 겨울에도 시들지 않고 강한 생명력으로 살아 있다 하여 인동忍冬이라고 부른다.

인동은 식용, 관상용, 약용으로 두루 쓰이며 잎, 줄기, 꽃, 열매, 뿌리 어느 것 하나 버릴 것 없는 우리 몸에 아주 유익한 식물이다.

추운 겨울에도 시들지 않는 인동초
인동은 식용, 관상용, 약용으로 두루 쓰이며 잎, 줄기, 꽃, 열매, 뿌리
어느 것 하나 버릴 것 없는 우리 몸에 아주 유익한 식물이다.

인동의 잎과 줄기는 위장을 튼튼하게 해주고 감기나 열을 내리게 하며, 여러 가지 염증 질환에 탁월한 효과가 있다. 이 밖에도 담즙 분비를 촉진하여 숙취를 풀어준다.

인동의 꽃인 금은화는 인후염, 편도선염, 대장염, 위궤양, 방광염, 결막염, 부스럼, 각기, 매독, 관절염, 각종 종기 등 다양한 질병을 다스린다 하여 중국에서는 인삼보다 더 좋은 약초로 평가된다.

주요 성분으로는 루리세린, 타닌, 알칼로이드, 루테루닌, 이노시톨, 사포닌, 로니세린 및 루테올린 등이 들어 있으며, 이 성분들은 폐경, 비경, 심경에 작용하며 해열·해독 효과가 있다. 인동초의 생약적 효과는 아직 검증되지 않았으나 억균 작용, 면역 부활 작용, 소염 작용, 진통 작용, 이뇨 작용, 항바이러스 작용 등이 있다고 밝혀졌다.

인동초는 양지바른 곳 어디에서나 잘 자라기 때문에 채취하기도 어렵지 않다. 인동초 꽃은 6~8월 사이에 흰색으로 피었다가 며칠 지나면 노란색으로 변한다. 얼핏 보면 흰색과 노란색이 섞여 피는 것처럼 보인다. 그래서 인동초의 꽃을 금은화라고 한다.

식용으로 채취할 때는 이른 봄에 어린 새싹을 따서 끓는 물에 살짝 데쳐내 찬물에 담가 우린 뒤 나물로 무쳐 먹으면 약간의 쓴맛이 더욱 입맛을 돋워준다.

어린 새순을 골라 채취하여 덖음차로 만들어놓고 녹차 대용으로 마셔도 좋다. 또 잎과 줄기는 아무 때나 채취하여 그늘에서 말

〈건강을 위한 산야초 연구회〉 회원들과 개망초 꽃이 흐드러지게 핀 산자락에서 인동초 꽃 금은화를 채취하면서

려 잘 보관하였다가 보리차로 끓여 마시면 된다. 꽃은 활짝 피기 직전에 따서 그늘에서 빠른 시간에 말려 잘 밀봉해두었다가 우려 마시거나, 약한 불로 서서히 끓여 마시기도 한다. 차가 혀에 닿기도 전에 코끝으로 다가오는 향이 처음 딸 때 맡았던 꽃향기를 그대로 불러온다.

뽕잎차

임도 보고 뽕도 따고

날이 더워지면서 뽕나무 색깔도 점점 짙어진다. 나뭇가지 사이로 바람에 나부낄 때면 윤기 나는 잎사귀가 햇살에 부딪혀 반짝거린다. 뽕나무가 어떻게 생겼는지 잘 모르는 사람도 이름은 익히 들어 잘 알고 있을 것이다.

더욱이 누에와 번데기, 명주 등 뽕나무에서 나오는 여러 가지 산물 덕분에 자연학습 시간에 빼놓지 않고 언급하는 나무이기도 하다. 뽕나무는 특이한 이름 때문에 오래전부터 이야깃거리와 우스갯소리의 소재로 사람들의 사랑을 받아왔다.

우리 속담에 '임도 보고 뽕도 딴다'는 자못 은근한 미소를 짓게 하는 말이 있다. 지금처럼 찻집이나 식당이 별로 없던 시절, 사랑하는 사람과 뽕잎이 우거진 뽕밭에서 다정하게 밀회를 나눈 일이 많아서 나온 말일 테지만, 나는 누구에게나 두루 좋다는 뽕의 약성 때문에 그런 말이 생겼을 거라고 짐작해본다.

몇 년 전부터 중국산 섬유가 물밀 듯이 들어오면서 누에를 기르는 농가를 찾아보기 힘들어졌다. 뽕잎이 농가의 수확과 멀어지면서 자연히 뽕나무를 심었던 밭은 다른 작물로 바뀌었다. 혹은 따가는 사람 없이 방치된 채 야생 뽕나무가 되어버린 실정이다. 산과 들에서 아무렇게나 자라는 뽕나무를 흔히 볼 수 있는 것은 그런 이유에서다.

뽕나무는 우리의 몸을 보호하고 자양강장제로 아주 좋은 식물이다. 그런데도 사람들은 무심코 지나친다. 나이 든 사람들이나 어쩌다 옛날 생각에 오디 몇 개 따 먹는 게 고작이다.

얼마 전 질 좋은 뽕잎을 채취할 수 있는 지리산 의신계곡에서 버려진 폐가 한 채를 발견했다. 근처에 빨치산 대장이었다는 이현상 기념비가 있는 것으로 미루어 아마도 예전에 빨치산 격전지였던 모양이다.

눈에 띈 것은 폐가 주변을 둘러싸고 있는 커다란 뽕나무였다. 상당히 많이 심어져 있는 것으로 보아 아마도 전쟁 통에 이곳에서 보금자리를 마련한 듯하다. 그들의 삶이 떠올라 잠시 마음이 숙연해졌다. 그들은 여기서 농사를 짓고 누에를 길렀을 것이다. 몇 십 년이 지난 뒤엔 또 누군가가 여기에 집을 짓고 살다 떠나갔을 것이다. 그 산뽕나무 잎을 하나씩 따면서 이곳에서 살았을 사람들의 삶을 상상해본다.

우리 선조들은 뽕나무를 하늘이 내린 신목神木으로 여겼다. 구황

식물로서뿐만 아니라 귀중한 약용 식물로 애용된 뽕잎은 단백질이 18~40퍼센트나 들어 있다.

《동의보감》이나 《본초강목》에는 뽕잎이 혈관에 좋다는 기록이 있다. 뽕잎에는 실핏줄을 튼튼하게 해주는 루틴 성분이 메밀보다 18배나 많이 들어 있다. 옛 의서에 따르면 뽕나무로 지팡이를 만들어 짚거나 젓가락을 만들어 쓰기만 해도 중풍이 예방된다고 한다. 뽕잎에는 또 혈당을 떨어뜨리는 성분이 10여 가지나 있어서 당뇨병을 예방하고, 혈관 안에 있는 지방 덩어리와 혈액의 끈적끈적한 성분인 혈전을 용해하여 혈압을 안정시키며, 동맥경화를 막는 효능도 있는 것으로 알려져 있다. 게다가 중금속을 제거하는 효능이 탁월하고, 대소변이 나오게 하며, 노화 억제와 암 예방에도 효과가 있다. 머리를 맑게 하며 흰머리는 검어지게 한다고 한다.

당뇨에 좋다고 해서 뽕잎을 가루로 만들어 판다는 얘기를 들은 적이 있다. 그것은 결코 의학의 새로운 발견이 아니다. 뽕이 당뇨병을 비롯해 고혈압, 중풍, 관절염, 폐질환, 거담, 해열, 두통은 물론 백발을 방지한다는 것은 예부터 잘 알려진 사실이다. 수족이 저리고 마비되는 증상에는 뽕나무 가지를 달여 먹으면 좋다고 한다.

뽕잎은 잎을 따서 씻어 말린 후 수시로 차로 우려 마시기도 하고 덖음차를 만들어 마셔도 그 맛이 아주 특별하다.

오디라 부르는 뽕나무 열매는 여름이 되면 가지마다 다닥다닥 매달린다. 처음에는 초록색을 띠던 열매가 붉게 물들었다가 과육

뽕잎은 잎을 따서 씻어 말린 후 수시로 차로 우려 마시기도 하고
덖음차를 만들어 마셔도 그 맛이 아주 특별하다.

이 익을 즈음에는 검은색으로 변하고 말랑말랑해진다. 이때 따야 시지 않고 맛있다. 맛이 아주 달콤하여 생즙으로 주스를 만들어 먹으면 술독을 풀어주고 혈기를 이롭게 한다. 또 정신을 안정시켜 기억력이 좋아지고 노화를 늦춘다.

오디는 잼으로 만들어 먹어도 좋다. 또 소주에 담가 오디주를 만들어 마시면 자양강장과 냉증에 효과적이다. 오디를 말려 분말로 만들어서 오디 가루차를 마시기도 하는데 그 빛깔이 가히 환상적이다.

뽕나무 잎이 어릴 때는 쌈으로 먹을 수도 있다. 또 잘 씻은 후 깻잎장아찌처럼 차곡차곡 접어 뽕잎장조림을 하면 오래 보관할 수 있어 겨울철 밑반찬으로 그만이다.

〈건강을 위한 산야초 연구회〉를 만들고 활성화하는 이유는 우리의 건강이 식생활과 밀접한 관계가 있기 때문이다. 우리 몸 자체가 음식물이라는 자양분을 섭취함으로써 살아 움직이는 유기체이니만큼 식생활이 삶의 근간을 이룬다 해도 지나치지 않을 것이다.

산야초에 대한 연구는 아직 미미한 상태다. 그러나 옛 조상들의 오랜 생활 경험이 전하는 바에 따라 활용하다 보면 그 탁월한 효과를 수시로 체험할 수 있다. 그 경험을 통해 건강을 지키고 서로 자연과 가까운 생활을 할 수 있도록 격려하자는 게 우리 모임의 목적이기도 하다.

동물은 몸이 불편하면 풀을 뜯어 먹고 스스로를 치료한다. 육식 동물조차 소화불량에 걸리면 특정 식물을 먹는다는 사실이 보고된 바 있다. 그래서 과학자들은 동물들이 치료를 위해 찾아 먹는 식물을 연구하고 있다. 식물에는 질병 치료와 더불어 건강 증진에 필요한 성분들이 다량 함유되어 있다. 인디언들은 동물이 다치거나 아플 때 찾아 먹는 식물을 잘 살폈다가 의학 지식으로 활용했다고 한다.

예전에 동네 어른들이 소가 먹는 풀은 사람도 먹을 수 있다고 한 말을 들은 적이 있다. 이렇게 쌓인 지식들이 몇 세기를 거치며 치료법으로 자리 잡아 가는 것이다. 자가 치유능력은 모든 동물들이 갖고 있는 자기보호 본능이다.

식물은 스스로 성장과 생명 유지를 위해 필요한 수많은 물질을 쉴 새 없이 합성해낸다. 이 생장 물질은 대부분 우리 몸에 유익한 영양소로서 특수한 약효를 나타낸다는 사실이 최근 속속 밝혀지고 있다. 인간의 세포는 생화학적으로 식물의 세포와 흡사하기 때문에 인간이 먹는 식물의 저장 물질은 곧 인체에도 유익하다.

식물에는 특히 육류에서 섭취할 수 없는 각종 비타민과 무기질이 풍부하다. 생명 활동에 반드시 필요한 비타민과 무기질의 존재가 우리에게 알려진 것은 20세기 이후의 일로, 아직도 새로운 기능과 역할에 대한 연구가 진행되고 있다.

식물을 통해 섭취하는 비타민은 우울증, 불안증, 무기력증에 효과가 있다. 옛 의서에서는 평안한 마음이 가장 좋은 약이라는 점을 강조하고 있다. 마음의 평안을 이룰 수 있는 방법 가운데 하나가 적절한 섭생이다.

자연의 태양광선을 충분히 받은 엽록소는 인체 활동에 긴요한 구실을 한다. 산야초에 듬뿍 들어 있는 엽록소의 화학구조는 인체의 적혈구와 비슷하여 그대로 피가 되고 살이 된다고 해도 과언이 아니다. 화학비료나 농약에 오염된 채소에서는 제대로 된 영양분을 공급받을 수 없다. 섬유질만 놓고 보더라도 산야초가 재배 채소보다 풍부하다.

산야초에 대해 알면 알수록 길가나 산에 지천으로 깔린 풀들이 우리의 생명 유지에 도움을 주는 존재임을 깨닫게 된다. 산야초의 이런 기능적인 특성을 이해한다면, 산야초를 만병통치약으로 여겨 단번에 효과를 얻으려고 하기보다는 식생활에 꾸준히 적용해나가야 할 것이다.

산야초 속에 풍부하게 함유된 베타카로틴은 발암, 노화의 원인이 되는 신체의 독을 약화시키는 역할을 한다. 산야초차나 음식을 생활화하면 해독 작용을 하는 베타카로틴과 섬유질을 동시에 섭취하는 것이므로 암을 예방하고 노화를 방지할 수 있다.

노령 인구가 증가함에 따라 사람들은 그 어느 때보다 노화 방지에 관심을 갖게 되었다. 음식이든 약이든 화장품이든 노화를 방지하는 효능이 있다고 하면 누구든 한번쯤 되돌아보게 된다.

서구화되어가는 영양 불균형의 열악한 식생활과 식품 첨가물 등 화학물질의 과다 섭취, 그리고 산업 발전이 가져온 물, 공기, 토양의 오염이 우리 몸을 점점 병들게 한다.

건강에는 무엇보다도 면역성 강화가 키워드다. 암을 비롯한 만성 질환은 몸 전체의 기능을 총체적으로 보강하는 방법으로 치료해야 한다. 움직이기 싫어하는 생활 태도가 병의 원인이라는 말의 숨은 뜻은 운동부족이 면역성을 떨어뜨린다는 것이다.

206개의 뼈로 이루어진 몸은 적절히 움직여주지 않으면 퇴화하고 탄력성을 잃는다. 우리 생활에 깊숙이 들어와 있는 텔레비전, 컴퓨터 등 실내에서만 가능한 활동은 필연적으로 운동부족을 불러온다. 산야초 채취가 건강을 가져다주었다는 내 주장의 근거가 바로 여기에 있다. 산에 오르느라 활력을 찾은 몸에 직접 만든 좋은 차를 마셔 몸을 깨끗이 하고 면역성을 높인다면 일석이조가 아닌가.

아파트와 같은 고층건물이 사람에게 안식을 주기보다는 갖가지 불안증을 일으킨다는 것은 비단 심리학자들만이 알고 있는 사실이 아니다. 많은 사람들이 이명(귀울음), 두통, 무기력, 생리불순, 어깨 결림 등을 호소한다.

시골에 살던 사람은 어쩌다 친척이 살고 있는 아파트를 방문해서 자고 난 다음 날 아침에는 하나같이 불평한다. 몸이 찌뿌둥한 게 자도 잔 것 같지 않다고. 건축 자재에 섞인 화학물질과, 땅과 거리가 멀어 달라진 공기의 밀도 때문일 거라는 짐작만 할 뿐이다. 게다가 아파트의 편리한 생활에 젖어 있다 보면, 아파도 근본 치료

덖어낸 뽕잎 말리기
우리 선조들은 뽕잎을 하늘이 내린 신목으로 여겼다.

를 할 생각은 안하고 약 몇 알로 우선 넘기려는 경향이 저도 모르게 생긴다.

산야초가 몸에 좋다고 소리 높여 외치기가 조심스러운 것도 바로 이런 점 때문이다. 고질적인 병이 풀 한 줌, 차 몇 잔으로 치료될 리 만무하다. 오직 긴 호흡으로 꾸준히 노력하는 사람만이 건강하고 아름다운 몸의 주인이 될 자격이 있다. 몸에 좋다는 것을 가만히 앉아서 먹기만 하면 된다는 편의주의적인 발상으로는 건강한 몸을 가질 수 없다.

인간도 식물처럼 광합성을 해야만 건강할 수 있다. 햇볕과 맑은 공기를 몸으로 맞으며 활기차게 몸을 움직여주어야 한다.

우리가 소위 선진국이라고 부르는 나라들은 도시 주변에 대부분 숲과 자연을 잘 보존하고 있다. 인간에게 정작 중요하고 필요한 것이 무엇인지 알 수 있는 대목이다. 요즘 서울에도 동네마다 꽃밭과 벤치를 만들어 근린공원을 조성하는 것을 보면서 우리의 도시문화가 한걸음 앞으로 나아간 것 같아 내심 반가웠다. 꽃밭에도 단순히 꽃만 아니라 보리, 메밀, 해바라기, 옥수수 등을 심어 생태체험장 역할을 하고 있다. 그 옆을 달리는 자전거 도로도 보는 사람의 눈을 시원하게 한다.

요즘 항간에 유행하는 '느림의 철학', 심지어 '게으름의 철학'은 실상 별다른 게 아니다. 인간이 이미 수렵사회, 농경사회를 거치면서 살아온 방식이다.

배고프면 밥 먹고 배부르면 쉬고, 해 뜨면 일어나서 일하고 해 지면 집에 들어가 잠자는 것. 봄, 여름, 가을에는 농사짓고 겨울에는 쉬면서 다음 해에 대비해서 에너지를 비축한다. 대단한 의미를 부여할 것도 없이 우리 몸과 자연에 내장되어 있는 순환의 원리에 따르는 것이다. 그동안 바쁜 도시생활 속에서 다만 그것을 잃어버렸을 뿐이다.

자연이 깃들어 있는 차 한 잔을 마시면서 잠시 자신을 돌아볼 여유를 챙겨보자. 자극적이지 않은 맑은 차에 혀를 길들여 우리 몸에 쌓여 있는 오염된 먹을거리의 독을 조금이나마 씻어낼 수 있다면 그것 또한 삶의 지혜이자 행복이리라.

섬진강

6월부터는 하늘과 땅이 달궈지기 시작하면서 만물이 무르익는 철로 접어든다. 들에서는 모내기가 끝나서 벼 포기가 푸르름을 더해가고 산에서는 뻐꾸기 소리가 어느덧 여름이 왔음을 알려준다.

장마철을 예고하는 빗줄기들은 세찬 폭포수와 계곡물을 불려놓는다. 산에서 불어오는 산바람은 한낮의 더위를 식혀주고도 남을 만큼 시원하다. 6월의 산길에는 멀리서 들리는 뻐꾸기 울음소리가 길동무가 되어준다. 찔레꽃과 환상의 빛이라는 보라색 붓꽃, 창포, 꿀풀 꽃 향기가 섞인 바람이 땀을 식혀준다.

오디와 산딸기가 익어 발길을 멈추게 하는 때도 이때다.

이른 봄부터 고사리 꺾고 산나물 캐기에 나섰던 사람들은 6월은 이미 철이 지났다고 여기기 쉽지만, 이때야말로 양은 적어도 제대로 맛이 오른 산나물을 얻기에 좋은 때다. 산딸기나 오디, 앵두,

섬진강…… 산 그림자 해설피 지던 날
큼직한 산과 올망졸망한 산마을을 거느리고 있는 섬진강은 여느 강보다 풍치와 정감이 뛰어나다.

버찌 등 야생 과일까지 달게 익어 기다리고 있으니 이만한 자연의 성찬을 어느 때 만나겠는가.

제법 햇살이 따가워진 이즈음 가장 시원해 보이는 꽃은 뭐니 뭐니 해도 물에 핀 꽃이다.

6월에는 주변 산자락의 녹음이 그림자 되어 강물에 비치고 푸르른 생명이 넘쳐흐른다. 봄부터 조금씩 내리기 시작한 비로 강물은 발 담그기 좋을 만큼 불어 있다. 이때 더위가 찾아와 사람들의 마음보다 앞서 발길을 강물로 밀어넣으니 섬진강이 가장 붐비는 때이기도 하다.

매화 향기 넘쳐나던 섬진강가에 지금은 밤꽃 향이 진동한다. 밤꽃 향기를 맡아본 사람은 그 기묘한 냄새에 고개를 갸웃거린 적이 있을 것이다. 어렸을 때는 그 비릿한 냄새 뒤에 고소한 알밤이 숨어 있다는 것이 믿기지 않아다. 영글어가는 매실에 뒤질세라 길게 늘어진 밤꽃들이 맹렬한 기세로 향기를 뿜어낸다.

큼직한 산과 올망졸망한 산마을을 거느리고 있는 섬진강은 여느 강보다 풍치와 정감이 뛰어나다. 강섶엔 노란 원추리, 개망초 등 낯익은 꽃들과 이름 모를 꽃들이 서로 아름다움을 다투며 피어 있다. 물총새의 물고기 잡는 묘기와 개구리를 쫓아 유연하게 물길을 타는 꽃뱀도 어렵지 않게 볼 수 있다.

길고 긴 피아골 물줄기가 내려오는 물목에 고즈넉이 떠 있는 피아골나루 또한 아름다운 정경 가운데 하나다. 그 아래 화개나루는 몇 해 전 없어졌다가 다시 생겼는데 또 줄을 걷을 운명을 맞았다. 바로 옆에 보기에도 엄청난 남도대교가 놓였기 때문이다.

때때로 해질 무렵, 강에 드리우는 석양이 얼마나 아름다운지 넋을 잃고 바라보곤 한다. '환장하게 아름답다'는 말은 아마도 이럴 때 쓰는 말일 것이다. 하루 일을 마치고 강물에 몸을 맡기고 쉬고 있는 배 한 척, 멀리 보이는 지리산 자락, 강가에 어른 키만큼 큰 갈대들, 강물에 비친 산 그림자까지 하나하나 눈이 시릴 만큼 아름답다.

강 가까이 다가가 물속에 비친 내 그림자를 볼 때면 언젠가 어떤 스님에게서 들었던 얘기가 떠오른다.

> 한 젊은이가 진리를 가르쳐달라고 소크라테스를 찾아왔다. 소크라테스는 그 젊은이를 물가로 데려갔다. 그러고는 그를 갑자기 물속에 빠뜨리고 건져주지 않았다. 기습을 받은 젊은이는 물에서 빠져나오지 못하고 바동거렸다. 나중에 젊은이가 소크라테스에게 왜 자신을 물에 빠뜨렸느냐고 물었다. 소크라테스는 진리를 찾으려거든 물속에 빠진 사람이 공기를 갈구하듯이 그렇게 강한 의지가 있어야 한다고 말했다.

그저 말로만 알려준 것이 아니라 생생한 체험을 통해서 진리를 찾으려는 자세가 어떠해야 하는지를 가르쳤던 것이다.

진리를 찾으려는 자세보다 더욱 중요한 것은 '자기 자신에 대한 회의'라고 한다. 철학은 이 세상에 절대적 진리가 있다는 가정에서 출발한다. 그 절대적 진리는 자신의 주장 밖에서 찾아야 한다.

상반된 의견과 마주치면 일단 긍정해보고 본질에 도달하려는 노력을 기울이는 변증법적인 태도가 절실하게 필요하다. 언제든지 자신의 입장을 바꿀 수 있는 용기가 밑바탕에 있어야 한다. 그것이 얼마나 어려운지는 늘 자신의 주장을 내세우다가 남과 갈등을 빚고 있는 우리 자신을 떠올리면 알 것이다.

어디 철학만 이러하겠는가. 우리 주변의 돌 하나, 꽃 한 송이, 매일 얼굴을 부딪는 사람조차 편견이나 선입견을 버리고 대해야만 진면목을 볼 수 있다. 자신이 가진 기준으로 바라보면 볼수록 결국은 아무것도 볼 수 없게 된다.

해 지는 섬진강가에 서면 절로 내 마음을 들여다보게 된다. 오늘 하루, 나는 얼마나 진실에 다가가려고 노력했는가.

칡꽃차

칡꽃 향기 너에게 주고 싶다

칡은 생명력이 몹시 강한 식물로 굵고 질긴 뿌리가 땅속을 깊이 파고들어 어지간한 힘으로는 캐기가 어렵다.

척박한 땅에서도 견디는 힘이 강하고 지속성이 좋아 잘 적응하는 반면, 한번 정착하면 제거가 어려워 산림이나 전신주 관리에 지장을 초래하므로 골치 아픈 잡초로 분류되기도 한다. 강하고 발달된 덩굴을 가지고 있어 한번 뿌리를 내리면 밀집된 군락을 이루어 큰 나무로 자라야 할 나무들을 타고 올라가 못 쓰게 만들기 때문이다.

우리나라와 일본에서는 칡이 다양하게 쓰이는 데 비해 미국 등지에서는 전통적으로 칡을 이용한 적이 없었던 탓인지 유해 식물로 분류한다. 그 이유는 숲을 뒤덮어버릴 정도로 생장력이 강하기 때문에 다른 식물의 생장을 방해하는 일이 많아서다. 칡의 천적이 없는 미국에서는 칡의 생장 범위가 급격히 확장되고 있다고 한다.

칡의 천적은 다름 아닌 인간이다. 칡의 이용법을 잘 아는 인간만이 칡의 무서운 번식력을 막을 수 있다.

그런데 한 가지 특기할 만한 사항은 칡을 뜻하는 영어 'arrow root'는 칡뿌리의 녹말이 독화살로 인해 생긴 상처의 치료제로 쓰였기 때문에 붙여진 이름이라는 점이다. 이는 예전에는 그들도 민간요법으로 종종 칡을 사용했다는 것을 반증한다.

칡은 콩과의 여러해살이 덩굴나무다. 해발 100미터부터 1,200미터 이하의 산기슭이나 골짜기 양지바른 곳에서 흔히 자라며, 들판이나 구릉지에서도 쉽게 볼 수 있다. 줄기는 길이 6~10미터쯤 길게 뻗어가면서 다른 물체를 감고 올라가고, 갈색 또는 흰색의 털이 있다. 잎은 어긋나고 큼지막한 달걀 모양이다. 8월에 나비꼴의 향기가 짙은 보라색 꽃이 피고 가을에 꼬투리 열매를 맺는다.

어린순은 나물을 해 먹기도 하고 쌀과 섞어 칡밥을 해 먹기도 한다. 또 어린순은 '갈용葛龍'이라고도 하는데, 잘 말려서 몸의 원기를 돋우는 약으로 쓴다. 마치 용이 머리를 치켜들고 올라가는 모습과 닮았다 하여 붙여진 이름이다.

갈용에는 식물 성장을 촉진하는 물질이 들어 있어 사람의 양기를 보충하는 데 도움을 준다. 겨우내 뿌리에 저장된 물질이 듬뿍 들어 있는 갈용은 봄철 산야초 가운데 가장 기운이 강하다.

칡뿌리(갈근葛根)는 가을에 잎이 진 다음부터 이듬해 잎이 나오기 전까지 캔다. 잘 씻어 그늘에 말렸다가 잘게 썰어서 쓴다. 주요

칡꽃
칡에도 꽃이 핀다. 칡꽃이 피어 있는 길을 걸을 때면 눈을 감아도 칡꽃인지 알 만큼 달콤한 꽃향기를 뿜어낸다.

성분은 물이 70퍼센트이고 그 밖에 당분, 섬유질, 단백질, 철분, 인, 비타민 등이 골고루 들어 있다.

칡은 땅속의 물을 빨아들여 굵은 몸통에 저장한다. 굵고 살이 찐 뿌리에는 녹말(갈분葛粉)이 많이 들어 있어 주로 즙으로 짜서 먹는다. 또한 녹말을 뽑아내 국수나 떡을 만들어 먹기도 한다. 칡뿌리는 감기, 두통에도 좋고, 땀이 잘 나지 않거나 가슴이 답답할 때나 갈증을 해소하는 데 좋다. 불면증에는 날것을 즙으로 내어 자기 전에 한 잔씩 마시면 좋다.

예전에는 어쩔 수 없이 갈분으로 국수나 다식을 만들어 먹었지만 요즘에는 칡국수가 건강에 좋다고 알려져 인기를 끌고 있다. 양분도 많고 약효도 뛰어나 옛날부터 구황식품으로 사랑을 받았다. 또한 줄기에서 뽑아낸 '청올치'라는 섬유질은 갈포葛布의 원료로 쓰인다.

칡에도 꽃이 핀다. 칡꽃이 피어 있는 길을 걸을 때면 눈을 감아도 칡꽃인지 알 만큼 달콤한 꽃향기를 뿜어낸다.

여름 바람에 실려오는 칡꽃의 향기는 가던 발길을 멈추고 주변을 두리번거리게 할 만큼 향기롭다. 칡이라고 하면 보통 뿌리를 떠올리기 때문에 붉은빛이 도는 보라색 꽃이 타래처럼 핀 칡꽃을 아름답다고 하면 쉬이 믿기 어려울 것이다. 작은 나비꼴로 다닥다닥 붙어 있는 꽃을 보고 있으면 이렇게 예쁜 꽃의 꽃말이 '사랑의 한숨'이라는 게 언뜻 이해가 되지 않는다.

언젠가 칡꽃을 따다가 발을 헛디뎌 절벽 아래로 굴러 떨어진 적이 있다. 몸은 움직일 수 없고 주위에 사람은 없는데 등줄기로 서늘한 기운이 파고들었다. 이렇게 죽을 수도 있겠구나. 다리를 크게 다쳤는지 날카로운 통증이 온몸으로 퍼지면서 뜻밖에도 말로 표현할 수 없는 이상한 희열감이 느껴졌다.

그 절체절명의 순간, 하늘을 등지고 선 칡넝쿨에서 칡꽃이 주렁주렁 매달려 향기를 뿜어내고 있었다. 주위의 나무와 꽃에서 풍겨 나오는 냄새들이 왜 그렇게 향기롭고 아름다운지……. 그렇게 알 수 없는 체념 가운데서 얼마간 평안함을 누리다 어느 순간 정신이 바짝 들었다. 우물 속에서 이끼에 의지해 올라오듯 아무 풀뿌리나 잡고 미끄러지기를 반복하며 가까스로 벼랑에서 빠져나왔다. 운 좋게 살아남긴 했지만 한동안 그때 느꼈던 그 설명할 수 없는 기분을 잊을 수 없다.

칡꽃은 꽃송이 전체를 따서 다른 꽃차를 만드는 것과 마찬가지로 쪘다가 말리기를 세 번 반복한다. 혹시 꽃잎에 붙어 있을지도 모르는 균이나 벌레의 알을 없애기 위해서다. 잘 말린 꽃은 밀폐 용기에 보관한다. 습도가 높은 장마철에 건조시키면 독소가 생길 수 있어 특히 주의해야 한다. 꽃 모양이 대롱처럼 생겨 꽃 속에 쉽게 벌레가 숨어들기 때문에 차를 우려 마실 때 간혹 벌레가 나와 당황하게 하는 일도 있다.

칡꽃은 꽃이 피는 시기가 장마와 맞물려 있어 꽃을 따는 데 어려움이 많다. 꽃이 다 떨어지면 어쩌나 마음을 졸이며 비가 그치기만을 기다린다. 긴 비가 오는 사이사이 햇볕이 쨍할 때 칡꽃 채집에 나선다. 축축하고 꿉꿉한 장마 기간 동안의 조바심은 향긋한 칡꽃 향기를 맡는 순간 잊어버린다.

산과 들에 나갔다 고운 꽃을 만나면, 매일 보는 꽃이지만 어느 순간 깊이 마음에 와 닿고 눈길을 붙잡을 때가 있다. 어찌 저리 제가 나올 계절을 잘 알고 피고 지는 것일까 신기하다.

혼자 감상에 젖을 때도 있지만 그 마음을 누군가와 나누고 싶을 때는 장난기 어린 목소리로 전화를 건다. 퇴촌에서 '억새풀'이라는 전통 찻집을 하는 서양화가 황태수, 홍연숙 부부가 주로 그 대상이다. 그분들이라면 아무래도 이런 마음을 잘 이해해줄 것만 같아서다. 때때로 산야초와 관련된 책도 보내주시고 산야초에 관한 정보도 서로 교환하곤 하는 분들이다.

"오늘 이곳에는 제비꽃이 천지야. 제비꽃 한 접시 보내줄 테니까 오늘 점심은 제비꽃이 어때?"

장난기 섞인 내 말에 그들 부부는 비로소 제비꽃이 필 때가 되었구나 하고 밖을 내다볼 것이다. 어떤 때는 찔레꽃을, 어떤 때는 민들레를, 그리고 이즈음에는 칡꽃을 보낸다.

칡꽃은 열을 내리고 가래를 잘 나오게 하며, 술독을 푸는 데 그만이다. 차는 녹차를 달이듯이 뜨거운 물로 우려 마시면 된다. 술 마신 다음 날 칡꽃차를 마시면 미처 해독이 되지 못한 알코올 성분을 비

햇볕 쨍한 날, 칡꽃 채취
칡꽃은 꽃이 피는 시기와 장마가 맞물려 있어 꽃을 따는 데 어려움이 많다.

롯한 유해물질의 배설을 도와 몸이 가뿐하고 머리도 맑아진다.

그 옛날의 여인들은 남편의 주머니에 칡꽃을 말려 넣어주었다고 한다. 술을 마시게 되면 그 꽃을 씹어 먹고 술독을 풀라는 뜻이었다. 또 대장염이나 악성 종양에 쓰이기도 한다. 잎과 꽃에 있는 로비닌은 오줌 내리기 작용, 특히 핏속의 잔여 질소량을 줄이는 작용을 한다. 플라보노이드는 혈압을 낮추고 뇌혈관 및 관상동맥의 혈류량을 높인다. 또 심근의 산소 소비량을 낮추어 핏속 산소 공급량을 늘려준다.

《동의보감》에는 칡의 약성을 다음과 같이 기록하고 있다.

"성질은 평하고 서늘하다. 맛이 달며 독이 없다. 풍한風寒으로 머리가 아픈 것을 낫게 하며 술독을 풀어준다. 갈증을 멎게 하고 입맛을 돋우며 소화를 잘되게 하고 가슴의 열을 없앤다. 소장을 잘 통하게 하며 쇠붙이에 다친 것을 낫게 한다."

우리 풍속 가운데 갈질葛絰이라 하여 부모님 상을 당했을 때는 상복을 입고 두건을 쓰는데, 이 두건의 테두리는 종이를 사이에 끼워가며 칡껍질을 감아 만든다. 또 사람이 나쁜 병으로 죽게 되면 머리를 칡으로 묶는데, 시신의 부기를 없애고 병균이 퍼지는 것을 막기 위해서였다고 한다.

이처럼 우리 민족과 친근한 칡에는 그 이름에 얽힌 재미있는 이야기가 하나 있다.

옛날 숲이 울창한 깊은 산속에 약초를 캐며 혼자 사는 노인이 있었다. 어느 날 노인이 약초를 캐는데 산 밑에서 왁자지껄한 소리와 말발굽 소리가 들렸다. 노인은 하던 일을 멈추고 일어나 무슨 일이 생겼나 싶어 아래쪽을 내려다보았다.

그때 열대여섯쯤 보이는 소년이 화급히 다가와 노인 앞에 털썩 주저앉았다. 소년은 자신이 산 아랫마을에 사는 갈원외라는 사람의 외아들인데 나쁜 사람들한테 쫓기고 있으니 살려달라고 애원했다. 그 사람들이 누구냐는 노인의 물음에 소년은 아버지가 반역을 꾀했다는 가신들의 모함을 믿은 임금이 보낸 군사라고 했다. 가족을 모두 죽인 군사들이 여기까지 자신을 잡으러 쫓아왔지만 반드시 살아서 대가 끊기지 않도록 하여 가문의 원수를 갚으라는 아버지의 유언을 지키고 싶다고 간절하게 말했다.

갈씨 가문은 그 지방 사람이라면 다 아는 충신의 집안이었다. 노인은 소년을 구해주기로 결심하고 깊고 험한 골짜기로 데려가 동굴에 숨겼다. 그곳은 노인이 약초를 캐서 숨겨두는 곳으로 노인 말고는 아는 사람이 아무도 없었다. 산을 샅샅이 뒤져도 소년을 찾지 못한 군사들은 어린애가 산속에서 혼자 어떻게 살겠냐며 포기하고 돌아갔다. 노인은 동굴로 가서 소년에게 이제 네 갈 길로 가라고 했다. 소년은 가족도 친척도 돌아갈 곳도 없다며 노인을 부모로 생각하고 모시고 살겠다고 간청했다.

"부잣집 아들인 네가 날마다 산을 헤매며 약초 캐는 험한 일을 할 수 있겠느냐?"라는 노인의 물음에 "무슨 일이든 하겠다"고 소년은 대답했다. 노인은 소년을 아들처럼 극진히 사랑했고 소년도 노인을 친아버지처럼 따랐다. 노인은 늘 한 가지 약초를 찾아 온 산을 뒤졌는데, 그 약초의 뿌리는 설사는 물론 열이 나거나 갈증이 날 때도 효과가 있었다. 세월이 흘러 노인은 세상을 떠났고 소년은 장성하여 그동안 노인한테 배운 의술로 많은 병자를 고쳤다. 그러나 그때까지 수많은 사람의 병을 고쳐준 그 약초의 이름을 몰라서 누가 약초 이름을 물어도 대답하지 못했다. 그는 자신의 처지를 생각하다가 좋은 생각이 떠올랐다. "그래, 이 약초의 이름을 내 성을 따서 갈근이라고 부르면 되겠구나."
갈근葛根은 갈씨 집안의 하나 남은 뿌리라는 뜻이기도 했다. 그 뒤부터 그 약초를 갈근이라 부르게 되었다.

사람들이 더 이상 산을 먹을거리를 얻을 수 있는 장소로 여기지 않게 되면서 산에는 칡넝쿨만 무성해졌다.

사람이 다니면서 길을 만들어야 하는데, 발길이 뜸해지자 그 자리를 칡이 차지한 것이다. 너무 광범위하게 칡이 퍼지면서 칡은 이제 토종 식물의 생장을 방해하는 존재가 되었다. 자연을 보호하는 의미에서 가능한 한 칡순, 칡꽃, 칡뿌리를 많이 캐내야 한다. 씨를 뿌리지 않고도 거두는 사람으로서 마땅히 지켜야 할 최소한의 예의라고 생각하면 힘든 일도 아니다.

장마

산에 오르지 못하는 장마 기간 동안에는 분주했던 일들을 잠시 접은 채 조용히 앉아 명상을 하면서 밀린 원고도 쓰고 휴식의 시간을 갖는다. 그야말로 생각마저 없는 공한 상태로 나를 비운다.

창밖으로는 무섭게 불어난 물이 천둥소리를 내며 계곡을 흘러 내려 온다. 세차게 부는 바람과 비가 온 세상을 뒤집을 듯 휘몰아칠 때는 자연 속에서 인간은 한갓 티끌보다 무력한 존재임을 깨닫는다. 이 상태로 모든 것이 물에 잠겨 무無로 돌아가 버릴지도 모른다는 공포감이 고개를 쳐든다.

몸이 집 안에 있다 보니 자연히 밖을 내다보고 생각에 빠질 때가 많다. 나는 지금 내가 가야 할 길을 제대로 가고 있는가? 이 길의 끝에는 무엇이 나를 기다리고 있을까?

나의 영혼에서 터져 나오는 수많은 의문을 자연에 던진다. 고단한 여정의 길모퉁이마다 이정표를 세우는 심정으로 산과 대화를 나눈다. 나의 스승이자 친구이자 어머니이기도 한 산과 들에 모든 것을 의탁한다. 진정으로 자연 속에서 자연과 함께 나머지 길도 갈 수 있기를 바란다. 향나무는 자기를 쳐서 쓰러뜨리는 도끼날에도 향을 토해낸다고 하지 않던가.

자연 속에 깃든 생명은 감탄을 자아내기에 부족함이 없다.

"이 나무는, 이 바위는 도대체 언제부터 이곳에 있었을까?"

내가 살아 있다는 것을 증명해주는 것은 과연 무엇일까. 내 영혼이 건강한지 자꾸 물어본다. 인간은 자신과 상대방 사이에 다리를 놓기보다 깊은 도랑을 파는 일이 허다하다. 날선 흉기로 돌변하는 말을 내려놓고 자연 속에서 침묵을 배운다. 침묵하는 동안 많은 생각들이 내 안으로 들어온다. 누군가에게 상처를 준 말, 누군가의 밤잠을 설치게 한 말, 허투루 내뱉은 말이 그들의 하루를 망치지 않았나 더듬어본다.

명상은 어쩌면 침묵의 소리에 귀 기울이는 것에 다름 아니다. 침묵 속에서 내 마음의 소리에 귀를 기울인다. 빗줄기 소리를 들으며 내 안에서 침묵하고 있던 이런저런 소리를 듣는 마음은 자못 비장하다. 자연은 인간을 너그럽게 받아주는 것 같으면서도 때로 가혹하게 몰아쳐서 긴장을 늦추거나 오만에 빠지지 않도록 경계한다. 고진하 시인은 장마 동안의 궂은 마음을 이렇게 표현하고 있다.

〈푸른 콩잎〉

지루한 장마 끝
된장독에 들끓는 구더기 떼를 어쩌지 못해
전전긍긍하던 아내는
강 건너 사는 노파에게 들었다며
담장에 올린
푸른 강낭콩 잎을 따다
장독 속에 가지런히 깔아 덮었다

사흘쯤 지났을까
장독 뚜껑을 열어젖힌 아내의 눈빛을 따라
장독 속을 들여다본다
평평하게 깔린 콩잎 위엔
무수히 꼬물거리던 구더기 떼가 기어 올라와
마른 콩깍지처럼 몸을 꾸부려
뻗어 있었다

오랫동안 종기를 말끔히 도려낸 듯
개운한 낯빛으로
죽은 구더기 떼와 함께 콩잎을 걷어내는

아내에게
불쑥 나는 묻고 싶었다

온통 곰팡이 꽃핀
눅눅한 내 마음 한 구석
들끓는 욕망의 구더기 떼를 걷어내는 데도
푸른 콩잎이 피하냐고……

그러다 드디어 장마가 그치면 햇볕에 굶주린 사람처럼 밖으로 뛰어나온다. 우중에 만난 햇살이 더욱 반가운 것은 산으로만 달리는 마음 때문이다. 비 온 뒤에 물로 씻은 듯이 말간 산의 얼굴을 바라본다.

장마가 길어지면 빗줄기에 꽃이 다 떨어져버리지 않을까 하는 걱정에 마음 편히 쉬지도 못한다. 이 비가 그치고 나면 숲이 더 우거질 것이고 뱀은 더 극성스러워질 텐데……. 칡꽃이 다 쓸려가 버렸으면 어떡하지……. 이런 생각에 빠져 있다가 마당의 토란잎에 구르는 빗방울을 순간적으로 꽃으로 착각했다. 넓적한 진초록 잎사귀에 동글동글 맺혀 있는 꽃망울을 잡으려고 걸음을 떼려는데 마침 불어온 바람에 물방울이 옆으로 떼구르르 굴러갔다. 그만 멋쩍어져 혼자 웃고 말았다.

얼마 전 반야봉에 오르다가 발견한 산수국이 생각났다.

피아골을 지나다가 우뚝 걸음을 멈추고 말았다. 숲이 우거지고 습기 찬 계곡을 따라 산수국이 탐스럽게 피어 있었다. 햇살이 나뭇가지 사이로 비칠 때마다 고운 빛깔의 꽃송이가 아련히 흔들거렸다. 잉크색 같기도 하고 보라색 같기도 한 꽃은 연한 분홍빛마저 감돌아 신비로울 정도로 아름다웠다. 차마 손을 대서 꺾을 수가 없었다. 아기 주먹만 한 꽃송이를 가만히 들여다보니 꽃잎 하나하나가 작은 나비가 한데 모여 있는 것처럼 무척이나 고운 자태였다.

산수국이 좋아하는 습한 곳이라 그런지 무리 지어 곱게 피어 있었다. 아무리 지나가다 보아줄 이 없는 깊은 산중이라 해도 차마 백화차에 넣을 욕심으로 꽃을 꺾을 수가 없어 그냥 지나치고 말았다. 그 고운 빛의 꽃송이만큼은 두고두고 눈에 남아 아른거렸다.

무더위 속에서 만난 빗줄기는 반가운 손님이다. 하지만 집 몇 채를 간단히 삼키고 계곡의 바위를 옮겨놓을 정도로 거센 빗줄기는 두려움의 대상이다. 특히 자연에 전적으로 의존해서 살고 있는 지리산 자락의 사람들이 갖는 두려움은 지하철을 타고 출퇴근하는 도시인들의 것에 비교할 수 없을 정도다. 꼼짝도 못하고 방 안에 갇혀 지내다 비가 긋고 나면 다들 부리나케 밖으로 나와 망연자실 장마가 할퀴고 간 자국들을 바라본다. 그것도 잠시, 모두들 팔을 걷어붙이고 뒷설거지에 분주하다. 삶을 꾸려가려는 생존 본능은 장마의 위력보다 훨씬 강한 것이다.

비가 개자마자 서둘러 방금 세수한 얼굴 같은 산으로 달려간다.

나무와 풀에서 뿜어져 나온 촉촉한 기운이 살갗에 와 닿는다. 먼지가 씻겨 나간 나무들은 제 색깔을 고스란히 드러내고 있다. 장마를 의연히 이겨낸 나무들이 장엄한 모습으로 말없이 도열해 있다.

연잎차

신성한 부처님의 마음

연잎은 늦은 여름 연꽃이 지고 난 뒤 씨앗(연자蓮子)이 익어갈 무렵 채취한다. 햇살이 따사로운 맑은 날 연꽃 방죽을 따라 걸으면 은은한 연꽃 향이 콧속으로 파고든다.

잠시 서두르던 일손을 멈추고 바람결에 흔들리는 연잎을 바라본다. 저토록 푸르고 싱싱한 연 이파리가 진흙탕 속에서 피어나다니……. 그래서 더 고귀한 꽃으로 대접받지만 막상 눈부실 정도로 정갈한 연꽃을 볼 때면 무릎 위까지 푹푹 빠지는 시커먼 수렁에서 자란다는 게 도무지 믿어지지 않는다.

물에서 사는 다년생 식물인 연꽃의 원산지는 인도로, 불교의 도입과 함께 우리나라에 들어온 것으로 보인다. 극락세계를 신성한 연꽃이 자라는 연못이라고 생각하여 사찰 경내에 연못을 만들기 시작했다고 한다. 흔히 연꽃은 연못에서만 자라는 것으로 생각하기 쉽지만 논이나 습지 등의 진흙에서도 잘 자란다. 집에서도 화분

연꽃
연꽃은 풍요, 번영, 장수, 건강, 나아가 재생과 영생 불사를 상징한다.
속세의 번거로운 일에 물들지 않은 꽃이라 해서 군자화라고도 불렀다.

에 심어 물속에 담아두면 여름내 꽃과 풍성한 잎을 감상할 수 있다. 밤이면 오므라들었다 낮이면 피기를 여름 내내 계속한다. 미시(오후 1~3시)에 꽃이 피어 미초未草, 또는 한낮에 핀다 해서 자오련子吾蓮이라 불리기도 한다.

꽃은 흰색과 연분홍색, 두 종류가 있으며 7~8월에 피어난다. 보통 식물들은 꽃이 먼저 피고 그 꽃이 진 다음 열매를 맺는 데 반해 연꽃은 꽃과 열매가 동시에 생장한다. 뿌리줄기는 흰색으로 굵고 옆으로 길게 뻗으며 마디가 많고 가을에는 특히 끝 부분이 굵어진다. 잎은 뿌리줄기에서 나와서 높이 1~2미터로 자란 잎자루 끝에 달리고 둥글다. 잎사귀는 원형이며 잎자루에 방패 모양으로 붙고 지름은 30센티미터쯤 된다. 잎 표면에 무수히 많은 작은 돌기가 있어 물방울이 멈추었다 흐르곤 한다. 씨앗은 넓은 타원형으로 길이 1센티미터 정도며 검고 단단한 껍질이 있다. 종자의 수명이 길어 2,000년 된 씨앗이 발아했다는 얘기를 들은 적이 있다.

연잎을 채취하러 갈 때는 가슴 위까지 올라오는 긴 장화를 신어야 한다. 장화라기보다는 온몸을 덮고 있어 고무 옷이라 불러야 마땅할 것이다. 멀리서 보면 마치 우주복을 입은 사람처럼 보인다. 허리까지 빠지는 수렁이 나오는 경우와 지겹게 달라붙는 거머리와 물뱀을 막기 위해서다. 광주리만 한 크기의 용기를 물 위에 띄워놓고 낫으로 연잎을 하나씩 베어 담는다. 진흙 속에 푹 빠질지 모르니 옆으로 발을 살살 옮겨야 한다. 수렁을 만나 발이 쑥 들어가면 순간적으로 놀라 연잎을 붙들고 서서히 발을 옮겨 디딘다. 이렇듯 채집하는 데 어려움이 많지만 연잎이 커서 일이 더디지 않은 것을 그나마 다행으로 생각한다.

채취한 연잎의 절단 부분에서는 젖처럼 하얀 수액이 계속 흘러나온다. 비릿한 냄새가 나는 연잎을 깨끗이 씻어 줄기를 다듬고 물기를 말린다. 그늘에서 한참 말려야 비릿한 냄새를 제거할 수 있다. 마른 연잎을 1~2밀리미터로 가늘게 썰어 녹차를 덖는 것과 똑같은 방식으로 덖어 말리기를 세 번 반복한다.

차를 마실 때는 적당량을 다관에 담아 뜨거운 물을 부어 우려 마시기도 하고 달여서 마셔도 된다. 차를 한 모금 머금으면 입 안 가득 연잎 특유의 향기가 고인다. 연꽃 방죽 옆을 거닐 때 공기 중에 떠다니던 향기가 그대로 찻잔 속에 담겨 있다. 녹차에 비해 부드럽고 마시면 마실수록 입 안에 단맛이 고인다. 어떤 사람은 차향이 연꽃 향기와 똑같다고 말하기도 한다.

얼마 전에 아주 인상적인 말을 들었다. 어릴 때 소여물을 쌓아 놓은 외양간에 들어간 적이 있는데 그때 맡았던 풀 냄새와 연잎차의 향이 비슷하다는 것이다. 그 말을 들었을 때는 이 향긋한 차에 웬 소여물이냐며 웃어버렸지만 뒤에 생각하니 참 그럴싸한 말이었다. 아마도 연잎 특유의 어떤 향이 그 사람에게 추억을 불러일으켰으리라. 요즘에야 어디 가서 그런 풀 냄새나 풀이 발효하면서 내는 쿰쿰한 냄새를 맡을 수 있겠는가.

인공적인 향수가 아닌, 은은하면서 웬만큼 주의를 기울이지 않으면 그냥 지나칠 미미한 생명의 냄새를 나는 연잎차에서 맡곤 한다. 자극적이고 직설적이지 않으면 돌아보지도 않는 문화가 생겨난 후로 광고라는 이름으로 세상은 점점 더 노골적인 표현 방식을 선호하게 되었다. 노골적이고 흥미로운 것은 당장은 사람의 눈을 끌지 몰라도 금방 싫증나게 되어 있다. 자연스러운 멋과 자연의 맛은 사람의 감각과 마음을 서서히 끌어들이지만, 오래 남아 쉽게 잊히지 않는다. 아주 어릴 때 맡았던 어머니의 젖가슴에서 나는 살냄새와 푸성귀로만 차려진 그 시절의 밥상이 아직도 우리의 기억 속에 남아 있는 것과 같은 이치다.

연잎차를 마시면 잊고 있던 옛날 마을, 옛날 부엌, 옛날 마당, 옛날 뜨락 냄새가 떠오르곤 한다. 그리움의 냄새, 자연의 냄새다.

연꽃의 상징은 풍요, 번영, 장수, 건강, 나아가 재생과 영생불사다. 이집트 신화나 그리스 신화에서도 연꽃은 사랑과 여성의 생식을 상징했다. 태양신을 숭배하던 고대 이집트에서는 연꽃을 태양의 상징으로 신성시했다. 기원전 2700년경 페르넵 왕의 분묘 벽면 돌조각에 연꽃을 그릇에 꽂은 모습이 등장한 이래로 수많은 이집트 벽화에는 손에 연꽃을 든 여자들의 모습이 보인다. 연꽃은 또 국왕의 대관식 때 파피루스와 함께 신에게 반드시 바치는 꽃이었다. 현재 이집트의 국화도 연꽃이다.

중국에서는 진흙탕 속에서 티 없는 꽃을 피우는 연꽃을 순수의 상징으로 삼고 속세의 번거로운 일에 물들지 않은 꽃이라 해서 군자화라고도 불렀다. 우리나라의 경우 《심청전》에서 연꽃은 재생의 상징으로 나오며, 고려 때는 신성한 부처님의 택좌로 우러렀다. 연에 종자가 많은 것을 보고 민간에서는 다산의 상징으로 여겨 여성의 옷에 연꽃 무늬를 새겨 자손을 많이 낳기를 기원했다. 예부터 선조들이 아주 귀하게 여겼던 식물 가운데 하나가 바로 이 연꽃이다.

연꽃과 같은 미나리아재비목 수련과에 속하는 수련에는 재미있는 이야기가 전해 내려온다.

옛날에 아름다운 세 딸을 둔 그리스 여신이 있었다. 큰딸은 물의 신이 되고자 하여 큰 바다의 수신水神이 되었고, 둘째 딸은 물을 떠나지 않겠다 하여 내해內海의 신이 되었다. 막내딸은 명하는 대로 따르겠다 하여 샘물의 여신이 되었다. 막내딸은 여름이 되면 아름답게 치장을 하고 수련으로 피어났다고 한다. 그래서 수련을 물의 요정이라는 뜻의 워터 님프water nymph라고 부른다.

연꽃은 예로부터 불로식이라 하여 식용과 약용으로 많이 애용되어왔다. 《본초습유》에는 오래도록 마시면 늙지 않고 흰머리가 검게 된다는 기록이 보인다. 《동의보감》에도 "장복하면 온갖 병을 낫게 하고 마음을 맑게 하고 기분을 좋게 한다"는 내용이 있다.

연의 거의 모든 부분은 약용으로 쓰인다. 한방에서는 연뿌리의 마디를 우절, 잎을 하엽, 잎자루를 하경, 꽃의 수술을 연수, 열매와 종자를 연실, 꽃턱을 연방이라 하여 생약으로 쓴다. 잎·수술·열매·종자에는 알칼로이드 성분이 들어 있어 다른 생약과 배합하여 위궤양·자궁 출혈 등의 치료제로 쓴다. 또 연꽃의 씨는 열과 갈증을 다스리고 나쁜 피를 없애주며 단백질이 우수한 영양식품으로 소화 기능이 약해서 생기는 전신 쇠약, 신경성 심장병 등에 좋다. 심장을 싸고 있는 막인 심포心包에 열이 쌓이지 않도록 하는 청심淸心 작용을 한다.

하엽荷葉이라고 부르는 연잎은 여름에 설사를 그치게 하고 두통과 어지럼증을 해소시킨다. 연은 수렴하는 성질이 뛰어나 토혈, 코피, 대변 출혈, 자궁 출혈을 그치게 하고 산후에 어혈로 인한 어지럼증 치료에 효능이 있다. 민간에서는 야뇨증과 어린아이들의 경기驚氣를 치료하는 약으로 썼다.

지혈제로 효과가 있는 연뿌리는 연근조림을 해서 반찬으로 먹어도 좋고 즙을 내서 먹기도 한다. 몸에 열이 많거나 코피가 자주 나는 사람은 공복 시에 생연근을 즙 내어 마시면 좋다. 몸이 차고 소화력이 약한 사람은 생즙 대신 연근조림을 먹으면 된다. 말린 연근을 가루로 빻아서 차로 끓이거나 밥 지을 때 함께 넣어 먹어도 좋다.

그런데 수초에 해당하는 연잎차도 과연 산야초차에 속하는지 의아해하는 사람이 있을 것이다. 연잎차는 예부터 연꽃의 약성 때문에 절에서 스님들이 상음해왔던 차라 개발하게 된 것이다. 처음 내가 이 차를 만들 때만 해도 거의 알려져 있지 않았는데, 요즘에는 피를 맑게 해서 마음을 편안하게 해주고 입 안의 냄새와 니코틴을 제거한다 하여 마시는 사람이 차츰 늘고 있다. 갈증을 해소하는 기능 때문에 숙취 해소에 도움이 된다. 여행 가서 물이 바뀌어 고생할 때도 마시면 좋다. 연잎 삶은 물에 목욕을 하면 피부가 고와지고 피부병에도 효과를 볼 수 있다.

햇차가 나오면 차 맛이 어떤지 으레껏 사람들에게 묻곤 한다. 마침 새 차가 나왔는지 궁금해 들렀다면서 방문한 광주비엔날레 사무차장을 지낸 김상윤 선생님과 서양화가 송필용 씨에게 연잎차를 끓여주었다. 혀끝에 약간 아릿한 맛이 돌지만 자꾸 마시니 입 안에 단맛이 고인다며, 연잎차는 역시 향기가 일품이라고 고개를 끄덕거렸다. 식물이 제각기 가지고 있는 향기와 맛에 매번 감복하는 사람이 나만이 아니라는 사실이 반가웠다.

김상윤 선생님은 시·서·화 등 우리 문화에 관심이 많아 역사기행도 자주 다니고 산야초차 사랑도 대단하신 분이다. 소나무와 금강산을 주로 그리는 송필용 화가도 자연에서 얻은 차의 참맛에 탄복하며 자신에게까지 맛볼 기회를 주어서 고맙다고 하셨다.

차로 말미암아 빚어진 인연들과 자연의 베풂에 저절로 감사하는 마음이 솟는다.

황토 염색

천연 염색, 우리 문화에 대한 생각

며칠 동안 산야초를 채취하고 하루쯤 집에서 쉴 때는 손댈 일이 한두 가지가 아니다. 쉬는 게 쉬는 게 아닐 때가 많다.

집 안에 사소한 것 하나도 사람 손이 닿아야 굴러가는 게 살림이다 보니 잠시 손을 놓으면 어떤 일이 벌어질지 뻔하다. 청소와 빨래를 하다 보면 한나절이 훌쩍 가버린다. 집에 손볼 데가 있어서 가구를 옮기다가 어느새 대청소를 하게 된다.

진열해놓은 차의 위치를 바꾼다 어쩐다 법석을 떤다. 한두 가지 하려 했던 일이 커져서 하루 종일 허리 펼 새가 없을 때도 있다.

어떤 날은 아예 빈둥거릴 작정으로 일을 벌이지 않는다. 그래도 마냥 놀 수만은 없어서 심심파적 삼아 하는 일이 염색이다. 먹물, 치자, 황토 등 몇 가지 간단한 천연 염색 재료를 갖고 있다가 필요할 때마다 물들여 입는다. 천연 염색한 옷은 입을수록 정이 가고 어떤 옷, 어떤 피부색에도 잘 어울린다.

옛 조상들이 경험과 시행착오를 거쳐 만들어낸 지혜는 최근 과학적으로 그 효용이 속속 증명되고 있다. 호들갑스럽게 옛사람들의 지혜를 떠드는 우리에게 노인들은 그런 건 누구나 저절로 다 아는 것 아니냐고 말한다. 과학의 충고에 기댈 필요 없이 자꾸 하다 보면 스스로 터득할 수 있게 된다는 것이다. 한 번 두 번 반복하다 보면 자신에게 가장 적합한 결론을 찾아내게 된다는 것이다.

생활 속에서의 실천이 그만큼 중요하다. 내가 실천하고 내 옆 사람이 실천하다 보면 그것이 또 하나의 생활문화로 자리 잡게 될 것이고, 그러다 보면 건강을 유지하는 방향으로 우리 사회가 변해가는 것도 그리 공허하고 먼 얘기만은 아닐 것이다. 그런 점에서 나는 요즘 학자나 전문가들이 우리 전통문화를 너무 어렵고 복잡하게만 소개하는 점에 아쉬움을 느낀다.

예를 들면 황토 염색도 황톳물에 천연 섬유의 옷을 담아 골고루 주무른 다음 소금이나 백반을 넣고 푹푹 끓였다 널면 된다. 이보다 더 간단한 방법이 있을까. 그런데 이 작업을 몇 도에서 끓이고 몇 분을 담가야 한다는 등의 복잡한 과정을 만들어 왜 지레 도망치게 하는지 알 수 없다. 누구나 한두 번만 해보면 그 농도와 요령을 저절로 깨우치게 되고 재미를 알 텐데, 왜 애초에 접근해볼 엄두가 안 나게 거창하게 소개하는지……. 생활에 파고들지 못하고 몇몇 호사가들의 취미에 머물 때 그것은 이미 전통도 그 무엇도 아닌 것

천연 염색한 옷은 입을수록 정이 가고 어떤 옷, 어떤 피부색에도 잘 어울린다.

이 되고 만다. 그런 전통문화는 죽은 문화요, 박물관에 진열된 전시 문화일 뿐이다.

자기 몸을 보호하는 옷은 스스로 만들어 입는다는 정신만 있다면 재료는 무궁무진하다. 양파, 밤 껍질, 감, 치자, 쑥, 솔잎, 머위 등 우리 주변에 염색 재료로 활용할 수 있는 소재는 널려 있다. 쑥을 활용한 염색의 경우는 쑥을 망이나 자루에 넣고 삶아서 우려낸 물에 옷을 넣고 다시 삶으면 된다. 머위 뿌리는 갈아서 즙을 내어 똑같은 방법으로 그 물에 옷을 넣고 삶는다. 삶는다는 말에서 알 수 있듯이 반드시 면이나 광목 같은 자연 소재를 사용해야 한다.

양파 염색을 하면 은은하게 초록빛이 밴 미색이 나오는데, 겉껍질을 까낸 양파의 속 색깔과 같은 빛깔이다. 밤 껍질은 초콜릿색, 감은 붉은빛을 띤 고동색, 치자는 노란색을 뽑아낸다. 각자 자신이 품은 빛깔로 색을 내지만 한 가지 공통점은 천연 염색한 천으로 옷을 만들면 누구에게나 잘 어울린다는 점이다. 염료 재료의 농도에 따라 색깔은 각자의 취향에 맞춰 진하게도 옅게도 할 수 있다.

얼마 전 모시옷 한 벌을 얻었다. 보라색으로 염색하고 싶어서 지초芝草 뿌리를 사다가 소금과 함께 넣고 삶았다. 그런데 이상하게 보라색이 아니라 회색으로 염색이 되었다. 지초의 뿌리는 분명 보라색인데 어찌된 일인지 알 수 없었다. 이럴 때면 자문을 구하는 사람이 있다. 언니 동생 하며 지내는 '햇살'이라는 이름을 가진 맹렬 여성이다. 햇살 언니에게 전화를 걸어 자초지종을 얘기했다. 언니는 그런 실수는 흔히 하는 것이라며 지초 뿌리는 삶지 말고 메틸알코올에 담갔다가 그 물에 옷을 넣는 거라고 일러주었다.

아닌 게 아니라 지초를 메틸알코올에 담그니 진짜 보라색 물이 나왔다. 무슨 일에든 전문가는 따로 있나 보다.

여수에서 '햇살이 가득한 집'이라는 천연 염색 전문회사를 운영하는 그녀는 자신의 일이 자연에서 소재를 찾는 것이라서 그런지 자연에서 빚어낸 우리 전통차를 좋아한다. 산야초차에 대한 사랑도 대단하다. 계절별로 만든 산야초차를 구하러 올 때면 우리 문화에 대한 얘기도 함께 나누곤 한다. 전통문화를 지켜가는 일이 얼마나 어려운지 잘 알기 때문에 서로 힘이 된다.

피부가 숨 쉴 수 있는 자연 섬유에 천연 염색한 옷을 입으면 몸이 편안하고 건강에 좋은 것은 당연한 이치다. 그래서 우리 생활에 꼭 필요하지만 대수롭지 않게 여기는 이불, 베갯잇, 침구류와 속옷, 다포, 스카프, 커튼 등도 천연 염색을 하면 우리의 눈과 마음을 편안하게 가라앉히는 자연색을 즐길 수 있다.

예전에 천연 염색 상품 전시장을 돌아보고 천연 염색의 다양한 빛깔에 입을 다물지 못한 적이 있다. 칙칙한 무채색만을 떠올렸는데 쪽이나 치자, 황련 말고도 우리 주변의 어떤 식물도 다 원료가 될 수 있고, 그런 만큼 색깔도 화학 염료가 낼 수 있는 것 이상으로 다채로웠다. 자연, 그 이상의 아름다움은 없을 것이라는 생각을 다시금 하게 된다.

감잎차

산중에 숨은 고욤나무

감나무가 언제부터 우리나라에서 재배되기 시작했는지 확실한 기록은 없으나 우리나라의 토박이 과수였던 것은 분명하다.

조선 성종 때의 《국조오례의》에는 감을 중추절의 제물로 사용했다는 기록이 있다. '조율이시, 홍동백서'라는 말에 알 수 있듯이 이때부터 감을 중요한 과일 중 하나로 여긴 듯하다.

《서양잡조》라고 하는 옛 책에서는 감나무의 특색을 일곱 가지로 꼽고 있다. "수명이 길고 그늘이 많으며 새들이 둥지를 틀지 아니하고 벌레가 끼지 않으며 서리가 내려 잎이 떨어진 뒤에야 더욱 볼만하고 열매가 아름다우며, 마지막으로 낙엽은 썩어 이듬해 거름으로 좋다." 《본초강목》에서는 상약上藥으로 구분하는데, 상약은 독이 없고 오래 복용하여도 사람을 상하게 하지 않고, 몸을 가볍게 하고 기를 도우며, 늙지 않고 오래 살게 하는 약이라는 의미다.

감나무 하면 제일 먼저 떠오르는 곳이 문수골이다. 얼마 전 문수골의 꼭대기에 있는 밤재마을에 산야초를 채취하러 간 적이 있다. 문수골은 상수원 보호지역이라 개발이 안 돼 청정한 자연을 그대로 유지하고 있는 곳이어서 산야초 따기에 더할 나위 없이 좋은 곳이다. 마을 입구에 들어서면 큰 저수지가 보이는데 그 물이 이 지역 사람들이 사용하는 식수다. 600고지를 넘어 산으로 오르던 길이었다. 밤재마을을 지나다가 분지의 우거진 숲에서 감나무 서너 그루를 발견했다.

큰 나무가 푸르게 가지를 뻗고 자라고 있었다. 보통 산에 뽕나무나 감나무가 있으면 예전에 거기 사람이 살았었다는 뜻이다. 집이 흔적 없이 사라진 뒤에도 그 집의 마당을 내려다보던 감나무는 저렇게 홀로 푸르다니…….

그런 나무들을 볼 때면 만감이 교차하며 사람살이에 대해 생각하지 않을 수 없다. 너른 땅 다 놔두고 이토록 높은 곳까지 올라와 보금자리를 만든 사람들은 대체 누구이며, 또 무슨 까닭으로 정든 땅을 버리고 떠났을까. 그런 생각을 하다 보면 자연히 내 생활에 대해서도 되짚어 보게 되고 하루하루의 삶이 소중하게 느껴진다.

사람이 살기에 좋은 환경이 있는 것과 마찬가지로 감나무도 물빠짐이 좋고 땅심이 깊은 참땅이나 질창땅에서 잘 자란다. 한여름의 따가운 햇살을 좋아해 양지바른 곳에서 쉽게 볼 수 있다. 따뜻한 봄에 잎을 피우고 초여름에 꽃을 활짝 피운다. 부지런한 벌들이 꽃가루를 감꽃에 묻혀주면 어린 감을 맺는다.

감나무에도 암꽃과 수꽃이 따로 있다는 사실을 아는 사람은 아마 많지 않을 것이다. 수꽃은 보통 암꽃의 4분의 1 크기인데, 꽃대에 일고여덟 개가 넘는 꽃이 맺히지만 감이 열리지 않고 꽃가루만 나누어주는 역할을 한다. 조홍시, 학동시, 쏙소리, 산감 같은 나무는 암꽃과 수꽃이 한 나무에 같이 핀다.

감은 어떤 과일이나 채소보다도 월등히 많은 비타민 C를 함유하고 있어 감기를 예방하고 저항력을 길러준다. 보통 천연 비타민 C하면 레몬이나 귤을 연상하는데, 감잎에는 레몬의 17배, 귤의 37배, 사과보다는 무려 300배나 많은 양이 함유되어 있다. 또한 비타민 C 이외에도 비타민 E, 카로틴, 미네랄 등이 풍부하게 들어 있다.

또한 감에 들어 있는 비타민 C는 콜라겐이라는 섬유 단백질을 합성하여 혈관을 튼튼하게 해주므로 고혈압이나 혈관 계통의 질병과 순환기 계통의 질병을 예방하고 치료 효과 또한 뛰어나다고 한다. 이뇨작용, 괴혈병, 빈혈에 효과가 있으며 고혈압 환자가 장복하면 혈압이 내려가고 머리가 가벼워진다. 태아의 골격 형성에 필요한 성분도 있어 임산부에게도 좋다. 또 감꼭지 말린 것과 생강을 넣고 달여 마시면 딸꾹질이 멈춘다.

감의 주성분인 타닌산은 점막 표면 조직의 수렴 작용을 통해 설사를 멎게 하고, 기관지 확장, 폐결핵, 폐종양, 자궁 출혈 등으로 인한 체내 출혈을 억제하는 지혈 효과가 매우 우수하다. 아기가 설사를 계속하고 낫지 않으면 곶감을 달여서 몇 번 먹이면 낫는다.

감잎의 떫은맛을 내는 타닌 물질은 차의 타닌과 유사한데, 뜨거운 물에 우려내거나 알코올 또는 탄산가스에 처리하면 떫은맛이 없어진다. 타닌 성분은 철분과 결합하여 인체 안의 철분 흡수를 저해, 빈혈을 일으키기도 하기 때문에 떫은 감을 먹으면 '냉하다' 하여 감의 약성을 한방에서는 차갑고 달고 떫다고 한다.

이러한 타닌은 섬유질을 단단하고 강하게 하는 성질이 있어 방부제나 옷의 염색제로, 또는 어망이나 밧줄, 양잠망을 염색하는 데도 쓰인다. 단백질과 응고하는 성질을 이용하여 술을 만들 때 청정제로 사용하기도 한다.

감 자체를 과일로서 먹어도 좋고 말려서 곶감으로 먹어도 되지만, 대변이 늘 묽게 풀어지고 설사가 잦은 사람에게는 감잎차와 수정과가 좋다. 커피나 홍차 대신에 감잎차를, 청량음료 대신에 수정과를 마시는 습관을 붙이면 장을 튼튼히 하는 데 효과를 볼 수 있다. 감잎차는 뒷맛이 깨끗해서 유아부터 노인에 이르기까지 즐겨 마실 수 있는 차다. 단, 변비가 심한 사람은 피하는 게 좋다.

감잎을 채취하는 데 가장 적당한 시기는 7, 8월이다. 정오 무렵, 오전 11시에서 오후 2시 사이, 즉 햇볕이 가장 강할 때 채취하는 것이 좋다. 고욤이나 산에서 채취한 감잎이 가장 좋다. 주로 피아골 농평마을이나 골이 깊은 의산마을 뒤편에서 채취한다. 정확히 말하면 감잎이라기보다 산에서 저절로 씨앗을 떨어뜨리고 자란 고욤나무 잎이라고 해야 할 것이다.

현재 과실로 이용되고 있는 감나무는 크게 나누어 감나무와 고욤나무가 있다. 거기에 산에서 야생으로 자라는 산감나무까지 감잎 세 종류를 두루 섞어 차를 만든다. 감은 흔히 식용으로 이용하지만 고욤은 쥐밤만큼이나 작은 데다 씨가 많이 들어 있어 과일로는 먹기가 힘들다. 항아리에 담아두고 물러진 다음에 으깨어 수저로 떠먹기도 하나 대체로 생즙을 내어 약용이나 염료로 많이 사용한다.

고양나무 혹은 소시小柹라고도 불리는 고욤나무는 가지에 고욤이 다닥다닥 열리며 높이는 약 10미터 정도 된다. 껍질은 회갈색이고 잔가지에 회색 털이 있으나 차차 없어진다.

꽃은 암수딴그루이고 항아리 모양이며, 6월에 검은 자줏빛으로 피고 가지 밑 부분의 잎겨드랑이에 달린다. 열매는 10월에 누르스름하게 익는다. 덜 익은 것을 따서 저장하였다가 먹기도 하는데, 열매의 생김새에 따라 여러 가지 품종으로 나뉜다.

한방에서는 열매를 따서 말린 것을 군천자君遷子라 하여 소갈消渴·번열증煩熱症 등에 처방한다. 씨를 뿌려서 자란 고욤나무는 흔히 감나무를 접목할 때 대목용으로 쓰며, 목재는 여러 가지 도구의 재료로 쓰기도 한다.

채취한 감잎은 씻어서 물기를 뺀 뒤 한 잎 한 잎 실에 꿰어 통풍이 잘되는 곳에서 말린다. 그리고 하루 정도 그늘에서 시들시들해질 때까지 말린 감잎에서 주맥을 떼어낸 뒤 3밀리미터 정도로 가늘게 썬다. 썬 감잎은 항아리 시루에 3센티미터 두께로 담아 1분 30초가량 찐다. 꺼내어 30초가량 식힌 다음, 식을 때까지 망에 펴서 통풍이 잘되는 그늘에서 말린 다음 다시 찌고 다시 말리기를 세 번 반복한다.

완전히 말린 감잎은 햇볕과 습기를 피해 비닐봉지에 잘 보관해 둔다. 금속 용기는 피하고 비닐봉지에 넣어 창호지로 싸서 그늘에 보관하는 것이 좋다. 여름철에 만들어 잘 보관했다가 비타민이 부족한 겨울철에 우려 마시면 감기 예방에 아주 좋다. 저항력이 약한 아이들이나 노인에게 감잎차를 끓여두었다가 물처럼 마시게 하면 비타민의 공급원 노릇을 해서 감기에 걸리지 않는 것은 물론이고 몸도 건강해진다. 감잎에는 비타민 C, 비타민 A, 클로로필이 많이 들어 있어 예부터 건강차로 애용되어왔다.

감잎차를 끓일 때는 질그릇 등에 생수를 끓여 60~70도로 식힌 뒤 감잎을 적당히 넣고 5~10분이 지나면 감잎을 건져낸다. 두세 번 정도 더 우려먹어도 된다. 물 1리터에 감잎 10그램 정도가 적당하다. 또한 감과 마찬가지로 괴혈병, 빈혈에 약효가 있으며 고혈압 환자가 오래 복용하면 혈압이 내려가고 머리가 가벼워진다. 당뇨가 있어 갈증을 일으키는 사람이 복용해도 좋다.

어린 감잎은 다른 야채와 곁들여 쌈을 싸서 먹거나 양념을 넣고 겉절이로 무쳐 먹으면 기가 막힌 산야초 반찬이 된다.

지구 위의 모든 동물은 식물이 햇빛과 물과 공기로 광합성 작용을 하여 만든 영양분으로 살아간다. 이런 유기적인 과정이 제대로 이루어져야 사람도 자연도 건강함을 유지할 수 있다. 햇볕과 물과 공기를 제대로 받지 않고 인공적인 손길이 가해진 재배 야채를 경계하는 것도 이 때문이다. 신토불이라는 말의 깊은 뜻도 아마 이런 것이 아닐까.

바람 부는 봄날에는 감나무 잎뿐 아니라 꽃도 우수수 떨어진다. 그 감꽃을 주워 빠른 속도로 응달에 말려두었다가 꽃차로 우려 마시면 그 특유의 향이 또한 일품이다. 어릴 때는 주워서 먹기도 했고 목걸이로 만들어 걸고 놀기도 했다.

어찌 감이 몸에만 좋을까. 아름다운 자태로 1년 내내 우리의 마음을 푸근하게 해준다. 유난히 크고 윤이 나는 초록색 이파리는 여름내 눈을 시원하게 하고 가을에는 주황빛으로 곱게 물든 잎과 열매를 매달고 서 있다. 마당이 있는 집에서 가장 많이 심는 정원수도 감나무다. 어린 시절의 고향과 흙냄새를 전해주는 감나무 한 그루를 분주히 살아가는 우리 곁에 오래 두고 싶은 마음 때문일 것이다.

엉겅퀴 꽃, 속없이 저 혼자 피었네

'엉겅퀴 꽃 속없이 저 혼자 피었네.'

서양화가 한희원 씨가 나무 널빤지에다 그린 엉겅퀴 꽃 그림 옆에 이 글귀가 쓰여 있다. 산이나 들 어디를 가도 지천인 엉겅퀴 꽃을 보면 예쁘다는 생각에 앞서 눈길이 한 번 더 간다.

가끔 소일거리 삼아 집에서 야생화 그림을 그리곤 하는데 제일 많이 그리는 꽃이 엉겅퀴 꽃이다.

1월 중순에 태어난 사람의 탄생화이기도 한 엉겅퀴 꽃은 가시가 있기 때문인지 그때 태어난 사람은 독특한 매력의 소유자라고 한다. 공부나 일에 의욕적으로 열중하는 반면, 가슴 깊숙한 곳에서는 자신만의 공상적인 취미 세계를 간직하고 있다는 것이다.

엉겅퀴는 옛날에 스코틀랜드에 침입한 바이킹의 척후병이 성 밑에 나 있던 엉겅퀴 가시에 찔려 비명을 지르는 바람에, 성 안의 병사들이 깨어나 바이킹을 물리쳤다 하여 구국의 공로로 스코틀랜드의 국화가 된 것으로도 유명한 식물이다.

계절의 여왕이라는 5월이 되면 찔레꽃이 피고, 아카시아 향이 멀리까지 퍼져 나가고, 엉겅퀴가 사방에서 피어난다. 양지바른 개울가나 들판에 피어난 엉겅퀴 꽃에 나비 한 마리가 잠시 날개를 접고 앉아 있다가 발자국 소리를 듣고 멀리 사라진다.

엉겅퀴는 여러해살이풀로 잎은 여러 갈래로 갈라져 있다. 잎 끝에 가시가 나 있고 잎 뒷면에 솜 같은 털이 있어서 독특한 향기가 난다. 이름 때문인지 어쩐지 사람들은 보통 괴상한 모양을 상상하는데 가시가 있어서 그렇지 모양이나 색깔이 예쁜 꽃이다. 나비가 많이 찾아드는 것을 보면 향기도 좋은 것 같다. 붉은 자주색과 옅은 보라색 꽃이 핀다. 엉겅퀴는 '가시나물'이라 하여 결각缺刻진 잎의 톱니가 모두 가시로 되어 있어서 찔리면 따끔거린다.

어린잎은 된장국을 끓여 먹거나 데쳐 나물로 먹기도 한다. 잎의 가시가 부드러우며 울릉도에 자생하는 섬엉겅퀴, 유럽 원산으로 귀화 토착화된 지느러미엉겅퀴, 고려엉겅퀴, 도깨비엉겅퀴, 가시엉경퀴, 참엉겅퀴 등이 흔히 어린순을 식용하는 종류다. 엉겅퀴는 잎이나 줄기에 단백질, 탄수화물, 지방, 무기질, 비타민 등이 함유되어 있는 영양가 높은 식품이다.

우리나라에서는 흔히 봄에 돋아나는 비교적 가시가 연한 어린잎을 이용하여 살짝 데쳐서 약간 쓴맛을 우려낸 뒤 나물로 무치기도 하고 볶기도 하며 국거리로도 이용한다.

나도 엉겅퀴 꽃을 그려보고 싶었다.

그러나 일본이나 미국, 유럽 등지에서는 어린순보다 크게 자란 줄기를 이용한다. 억세지 않은 것을 잘라 잎을 쳐내 버리고 껍질을 벗긴 후 엉겅퀴의 대궁을 샐러드나 국거리, 튀김 등에 생으로 이용하며, 삶아서 볶음이나 조림, 절임 등 다양하게 조리하는데, 향기롭고 맛도 좋으며 씹을 때 사각거리는 맛을 즐겨서 어린순보다 더 좋아한다.

엉겅퀴는 민간약으로도 긴히 쓰였다. 잎의 생즙은 관절염에 잘 듣는다고 하여 즐겨 먹었다. 또 줄기나 잎을 삶은 물은 치질에 걸렸을 대 세척제로 이용하면 효과가 있다. 뿌리는 잘게 썰어서 볕에 말렸다가 달여 약용하는데 건위, 강장, 소염, 해독, 이뇨제 등으로 쓰이며 신경통에도 잘 듣는다. 잎을 말렸다가 쓰면 토혈, 출혈 등의 지혈제로도 효과가 있다.

엉겅퀴는 주로 뿌리를 혈액순환 약재로 쓰는데, 차로 달여 마시기에 그리 적합한 식물은 아니다. 찌거나 데쳐서 차를 만들어도 건조하는 과정에서 꽃송이가 홀씨가 되어 날아가 버리기 때문이다. 꽃차의 특징인 꽃 자체의 아름다움을 감상하지 못하는 아쉬움이 있다.

웬만한 바람에는 자신의 몸을 맡기지 않고 꼿꼿하게 서 있는 엉겅퀴 꽃을 보다가 비애감을 느낄 때가 있다. 결코 예쁘다고 할 수 없는 모양새도 그렇고 뻣뻣하고 두툼한 줄기와 잎사귀에다 가시라니. 누군가의 사랑을 받기에는 너무 거친 모습이다. 그럼에도 노래나 시에 이 꽃이 때때로 등장하는 걸 보면 아무리 미운 꽃이라도 이 꽃을 보면서 위안을 받는 사람이 있다는 말일 것이다.

가만히 멈춰 서서 연보랏빛 꽃을 들여다보니 뜻밖에 부드럽고, 색깔 또한 몽환적이다. 사람이 사랑 없이는 살기 힘든 것처럼 꽃 또한 보여주는 이 없으면 얼마나 쓸쓸할 것인가. 인간에게는 사랑받고 싶은 욕구만큼이나 사랑을 주고 싶은 욕구 또한 강하다고 한다. 그래서 자식을 키우고 애완동물을 키우는 것이리라.

바쁘게 살다가 잠깐 시간이 날 때면 알콩달콩 사랑을 주고받는 삶에서 내가 얼마나 멀리 왔는가 생각해보곤 한다. 어렸을 때는 부모로부터 밥 먹는 법, 옷 입는 법, 친구 사귀는 법, 세상에서 도리를 지키며 사는 법을 배웠다. 커서는 그것 말고도 배워야 할 것이 너무도 많아, 그 대부분을 친구로부터 배웠다. 자전거를 배우고, 운전을 배우고, 자신을 표현하는 법과 심지어는 술 마시는 법도 배웠다.

지금의 나는 그동안 만나왔던 수많은 사람의 흔적들로 이루어졌는지도 모른다. 한때 사랑이라는 것을 했지만 헤어지고 나서 남는 것은 그에게서 배운 것들, 그리고 서글픈 추억뿐이다. 이해할 수 없다. 왜 남자와 여자는 결혼으로 이어지지 않으면 대부분 악연이 되기 쉬운 것인지. 한 시절 서로의 삶을 풍요롭게 했던 사이였는데 왜 그렇게밖에 되지 못하는 걸까.

두 사람이 만나 각자의 개성을 잃지 않고 서로에게 버팀목이 되어준다는 확신만 있다면 누군들 결혼을 망설이겠는가. 진정한 사랑은 없다는 말이 떠도는, 사랑에 대해 말도 많고 탈도 많은 세상에서 나는 과연 사랑에 대해 얼마나 자신 있게 말할 수 있는지 되새겨볼 때가 있다.

어쩌면 혼자인 것보다 못한 둘이 되는 것이 두려워 사람들은 혹은 나는 자연의 일부가 되어 살기로 했는지도 모른다. 엉겅퀴를 볼 때마다 홀로 사는 사람들의 삶을 생각한다면 지나친 감상의 비약일까.

꿀풀

꿀이 많아 꿀풀?

양지바른 무덤가에 도란도란 무리 지어 피어 있는 보라색 꽃 꿀풀. 어느새 설렘으로 발길은 꽃 앞에 이른다. 지금쯤 어머니의 무덤가에도 꿀풀 꽃이 피어 있을지 모른다는 생각에 발길이 쉽게 떨어지지 않는다. 보라색 꽃잎을 하나 따서 빨아 먹어본다. 다디단 화분花粉이 혀끝에 느껴진다.

문득문득 어머니를 기억나게 하는 꽃들을 만날 때마다 그리움으로 가슴이 먹먹해진다. 해를 향해 고개를 쳐든 작달막한 꿀풀은 어머니의 모습과 닮았다.

산에 다니다 보면 군락을 이룬 꿀풀을 쉽게 만난다. 그런데 다닥다닥 붙은 꽃이 다 피어난 꿀풀을 보기가 어렵다. 윗부분에만 작은 꽃이 몇 개 피었거나 아니면 아래에 조금 피어 있다. 한꺼번에 피는 것이 아니라 몇 개씩 번갈아가면서 피는 게 아닌가 싶다. 꿀방망이라고도 부르는 꿀풀에는 꿀이 많다고 하는데, 웬일인지 나비나 벌이 모여드는 것은 별로 보지 못했다.

꿀풀은 전국 각지의 양지바른 산지에서 자라는 여러해살이풀이다. 30센티미터의 높이로 자라며 5~7월 사이에 보라색 꽃이 피고 6월부터 종자가 익는다. 하지가 지나면 시든다 하여 하고초란 이름이 붙었다.

꽃이 다갈색으로 변할 무렵 꽃과 잎을 함께 채취하여 말려두었다가 수시로 달여 마시면 더위를 물리치는 효과가 있다. 특히 신장염, 방광염으로 몸이 부어오를 때 마시면 좋다. 또한 꽃잎이 갈색으로 변할 때쯤 되면 잎과 줄기를 함께 채취하여 술에 담갔다가 두 달 후 약재는 건져 버리고 술은 그늘에서 숙성시킨다. 이 술을 매일 소주컵 한 잔씩 장복해도 차로 우려 마시는 것처럼 몸이 부어오르는 질병 예방에 좋다고 한다. 또 어린잎을 덖어 말린 후 녹차처럼 우려 마시기도 한다.

꿀풀의 효험은 민간요법에 의해 이미 두루 알려져 있다. 꿀풀의 약효에 대한 기록을 살펴보면 각종 암 치료 처방에 첨가 약재로 자주 쓰인 것을 알 수 있다. 경험의학에서도 편도선염, 가래, 기침, 이뇨, 소화불량, 젖앓이, 안질환, 구내염, 결핵, 전염성 간염, 신장염 등 그 적용 효과가 참으로 많다고 밝히고 있다. 옛날부터 이뇨제로 임질을 고치는 데 써오기도 했다. 임질에는 20그램을 물 720밀리리터에 넣고 절반이 될 때까지 달여 식후 세 번에 나누어 마신다.

특히 초기의 고혈압으로 인한 증상에는 꿀풀과 결명자를 반반

꿀풀 꽃
하지가 지나면 시든다 하여 하고초란 이름이 붙었다. 꽃과 어린잎으로 튀김을 해놓으면 보랏빛 꽃송이의 멋과 향기로 인해 식탁이 한껏 우아해진다.

씩 섞어 복용하면 효과가 있다고 한다. 또 달인 물로 머리를 자주 씻어내면 비듬이 없어진다고도 전해진다.

약초로 사용할 때는 꽃을 포함한 줄기와 잎을 약재로 쓴다. 채취 시기는 꽃이 반 정도 갈색으로 변할 때에 채취하여 말려두었다가 달여 마시거나 말린 물로 환부를 씻어내면 좋다.

어린순은 나물로 해서 먹는데 쓴맛이 강하므로 데쳐서 찬물에 하루 정도 우려낸 다음 요리를 한다. 꽃과 어린잎으로 튀김을 해놓으면 보랏빛 꽃송이의 멋과 향기로 인해 식탁이 한껏 우아해진다.

나는 자주 달개비나 토끼풀, 백일홍, 토란잎으로 식탁을 장식한다. 젓가락이 갈 때마다 꽃 한 번 보고 반찬 한 번 먹으면 밥맛이 절로 난다. 신기하게도 아무리 무뚝뚝한 사람도 작고 풋풋한 꽃이 담긴 그릇을 보면 감탄의 말 한마디는 꼭 하고 나서야 수저를 든다.

바쁜 일상에서 일부러 하기는 힘들지만, 어쩌다 주변에서 꽃이나 풀잎을 발견하면 따다가 한번 시도해보라. 색다른 기분을 경험할 수 있을 것이다. 정서의 순화가 일상 속의 작은 변화에서 이루어진다는 걸 몸으로 겪으면서 깨달았다.

닭의장풀
남보랏빛 달개비

왕시루봉 능선을 타고 내려오면 산 아래에 파도리라는 마을이 있다. 양지바른 곳이라서 그런지 다른 마을에 비해 사람이 많이 산다.

마을을 거쳐 산자락을 따라 올라가면 오랫동안 버려져 황무지가 된 다락논들이 나온다. 잡초나 잡목들이 산을 이룬 그곳을 지나 채집도 할 겸 등산 삼아 시루봉 쪽으로 갔다.

큰 바위가 있어 잠시 쉬었다 가려는데 바위 밑에 군락을 이루고 있는 달개비가 보였다. 언뜻 보기에 꽃 색깔로는 좀 생소하다 싶은 남색에 가까운 보랏빛의 달개비. 꼼꼼히 살펴보면 꽃송이도 이파리도 좀 별나게 생겼다.

꽃잎 두 장이 'V'자형으로 붙어 있고 아래로 노란 꽃술이 뻣뻣한 질감의 줄기에 모여서 나 있다. 어릴 때부터 주위에서 흔히 보아왔던 그 꽃이 닭의장풀이라는 점잖은 이름으로 불리는, 몸에도 좋은 약초다. 닭의장풀이라는 이름에는 나름의 유래가 있는데 그 내용이 재미있다.

옛날 어느 마을에 두 남정네가 서로 힘자랑을 하기로 했다. 처음에는 멀리 바위 들어 던지기, 그 다음에는 높이 바위 뛰기를 했는데, 결국 비기고 말았다. 두 사람은 한참을 생각하다가 다음 날 바위를 안고 깊이 가라앉기를 하기로 했다. 두 사람의 부인은 자신의 남편이 죽을 수도 있다는 생각에 닭이 울어 날이 새지 않도록 닭장 옆을 지켰다. 그러나 아무리 울지 못하도록 껴안고 모가지를 비틀어도 닭은 홰를 치고 날이 밝았음을 알리고 말았다. 부인들은 그만 애가 타서 그 자리에서 죽고 말았다. 거기에서 이 꽃들이 피어났다고 하여 닭의장풀이라는 이름이 붙여졌다.

흔히 달개비로도 불리는 닭의장풀은 당뇨병의 민간약으로 알려져 있는 식물로, 열을 내리게 하고 독을 풀어준다. 이뇨 작용을 돕고 간염에도 좋다. 어디에서나 흔히 자라는 한해살이풀이다. 또 번식력이 좋아 봄부터 가을까지 쉽게 채취할 수 있다. 달개비차를 만들어 마실 때는 전초를 씻어 건조, 보관한 후 달여 마시기도 하고 어린잎을 따서 덖음차로 우려 마실 수도 있다.

맛이 순하여 많이 먹어도 해롭지 않다. 생잎과 줄기를 따서 겉절이로 무치거나 끓는 물에 살짝 데쳐서 마늘과 참기름, 볶은 깨를 넣고 된장에 무쳐서 밥상에 놓으면 훌륭한 산야초 반찬이 된다. 평소 흔한 들풀이라고 생각했던 달개비가 그냥 풀이 아니라 우리 몸에 아주 좋은 야생 채소인 것이다.

6월부터 9월까지 꽃이 피는데 조개 모양의 턱잎에 둘러싸여 남보랏빛으로 피어난다. 꽃잎이 우아하고 품위가 있어서, 잎의 줄기를 무침으로 해서 접시 위에 담아놓고 꽃을 따서 살짝 장식으로 얹어 놓으면 식욕을 돋울 뿐만 아니라 먹는 즐거움도 한층 더할 것이다.

질경이

언제 어느 때고 집 밖을 나설 때면 산야초 채집을 해야 한다는 생각 때문에 내 옷차림은 늘 허름한 작업복이다. 나무에 오르고 바위를 타다 보면 어차피 찢기고 모양새가 망가지니 새 옷도 소용이 없다.

나뭇가지에 얼굴이 긁히지 않고 눈이 찔리지 않도록 밀짚모자와 선글라스도 꼭 착용한다. 어떤 이는 우스갯소리로 거지 차림새로 어디 가느냐고 묻는다. 대답 대신 빙긋이 웃고 만다. 곡성에 있는 관음사에도 들를 겸 절 주변의 질경이를 캐러 가던 길이었다.

차를 몰고 산골을 가다 보면 성덕마을을 지나 깊은 골짜기에 다다른다. 관음사는 큰길에서 4킬로미터나 들어간 곳에 있다. 원래는 큰 사찰이었으나 6·25 때 불에 타버려 지금은 원통전과 요사채 건물 두 채만이 남아 있다. 고요한 절 마당에서 풀을 뽑고 있던 나이 든 보살님이 나를 보고 뛰어나오며 또다시 깔깔 웃는다. 옷차림새

©김선규

질경이

가 그게 뭐냐고 핀잔을 주는데, 얼굴에는 반가움이 가득하다. 옆에서 계시던 지인 스님이 여기까지 오느라 힘들었을 텐데 차나 한 잔 마시고 채집하라며 방으로 이끌었다. 산야초차 몇 가지를 함께 마시며 스님은 고생이 많다고 위로해주신다.

질경이는 사람들의 눈길을 끌기에는 너무 소박하지만 약초로 두루 쓰이는 좋은 식물이다. 꽃도 아름답지 않아 사람들에게 야생화로 대접받지 못하고, 잡초로 취급당하는 것에도 아랑곳하지 않으며, 아무리 밟혀도 다시 피어난다. 사람 역시 고운 옷이 아니라도 제 나름에 맞는 차림새로 사는 게 제일 편하고 보기에도 좋다.

식물들이 깊이 뿌리를 내려 잘 뽑히지 않으면 비로소 여름이 왔음을 실감한다. 이때 한여름 길가에서 제일 흔하게 볼 수 있는 풀이 바로 질경이다.

이 식물은 이름만큼 질기고 생명력이 강하다. 어릴 적에 질경이 꽃이 핀 줄기를 꺾어서 친구들과 어느 것이 더 질긴지 끊기 내기를 했던 기억이 난다. 번식력도 대단히 강한 질경이는 너무 흔해서 발에 밟힐 정도다. 그러나 이 풀은 인삼, 녹용에 못지않은 훌륭한 약초로서 민간에서는 만병통치약으로 부를 만큼 그 활용 범위가 넓고 약효도 뛰어나다. 장마철이 되면 좁쌀 같은 흰 꽃을 피운다. 이것이 깨알보다 더 작은 검은 씨앗으로 맺혀질 시기에 비가 내린다. 빗방울이 씨앗에 부딪치면 그 탄력으로 멀리까지 날아가서 번식을 한다.

예부터 한방에서 신장염, 방광염, 요도염 등에 약으로 써왔고 민간에서는 임질, 안질, 심장병, 난산, 변비, 천식, 관절염, 위궤양, 십이지장궤양, 신경쇠약, 두통, 축농증, 산후 복통, 뇌질환 같은 질병들을 치료 또는 예방하는 데 두루 써왔던 약초다.

급·만성 세균성 이질에는 질경이를 한 번에 60~200그램씩 하루 서너 차례 차처럼 달여 일주일 정도 마시면 대개 효과를 본다. 또 피부진균을 억제하는 효능도 있어서 피부궤양이나 상처에 찧어 붙이면 새살이 빨리 나온다. 최근에는 질경이 씨앗(차전자車前子)이 암세포의 진행을 80퍼센트 억제한다는 연구보고도 발표되었다.

한편 질경이 씨앗은 간 기능을 활발하게 하는 작용이 있어 황달에도 효과가 있다. 기침, 가래는 물론 과잉 축적된 콜레스테롤을 저하시키며 고혈압이나 만성 위염에도 효과가 좋은 것으로 알려져 있다.

이처럼 약용 범위가 넓은 질경이를 차로 덖어서 일상생활에서 즐겨 마시면 건강에 더없이 좋을 것이다. 채취한 질경이는 잘 씻은 다음 그늘에서 말려야 한다. 보리차 대용으로 전초를 넣고 적당히 끓여 마시면 아주 좋다.

또 질경이 생잎을 따서 쌈을 싸 먹거나 된장국을 끓여 먹기도 한다. 살짝 데쳐 나물로 무쳐 먹거나 역시 살짝 데쳐서 말려두었다가 겨울철 묵나물로 이용하면 좋다.

불청객

산야초를 채취한다고 하면 사람들이 제일 많이 묻는 것이 "무섭지 않아요? 뱀 만나면 어떻게 해요?"라는 질문이다.

뱀도 만나고 벌도 만날 뿐만 아니라 허방에 빠진 적도 숱하게 많다. 산에 돌아다니다 보면 갖가지 예측하지 못한 일들이 생기곤 한다. 떼 지어 몰려다니는 멧돼지를 만나 바위 뒤에 가만히 숨어서 멧돼지들이 빨리 지나가길 기다린 적도 있다. 약초를 구해다 어머니의 목숨을 살려야겠다는 굳은 결심이 없었다면 견뎌내지 못했을 것이다. 그렇게 보낸 세월이 몇 년이 넘다 보니 나중에는 저절로 산에 익숙해지고 산의 섭리에 나 자신을 맡기게 되었다.

또 새로 알아낸 자연요법에 그 약초가 필요하다는데 산이 무섭다고 그만둘 수는 없는 상황이었다. 그 당시 나에게는 좋은 약을 구하는 일 말고는 아무것도 눈에 들어오지 않았다.

사람들의 예측처럼 숲이 우거질 때 가장 두려운 존재 가운데 하나가 뱀이다. 공격적이지 않은 작은 뱀을 만났을 때야 가만히 사라지기를 기다리면 되지만 종종 기세 좋게 덤비는 사나운 놈을 만나기도 한다.

이럴 때는 조용히 속으로 뱀에게 주문을 건다. 너는 너 갈 길 가고 나는 내 갈 길 가면 되는 거다. 단숨에 물어뜯을 것처럼 바로 코 앞까지 사납게 다가오는 뱀을 만났을 때는 순간적으로 자포자기하게 된다. 그래, 이제 정말 끝이로구나. 뱀은 그렇게 얼마 동안 버티고 있다 슬그머니 사라져버린다. 뭘 모를 때는 놀라서 소리도 치고 도망가려고도 했지만 경험이 쌓이면서 차츰 의연하게 대처한다. 호들갑 떨어봤자 소용이 없다는 걸 알기 때문이다. 아직까지는 크게 물린 적 없이 지나왔다.

뭐니 뭐니 해도 제일 무서운 건 사람이라는 어른들 말씀을 떠올릴 끔찍한 일도 겪었다.

어느 해 초여름 무렵이었다. 벌교 부용산에 산야초를 채취하러 갔을 때의 일이다. 산 정상 가까이 올랐을 때 텐트 세 개가 눈에 들어왔다. 등산 온 사람들이 하루나 이틀쯤 산에서 묵을 계획인가 보다 하고 대수롭지 않게 여겼다.

초여름 정오의 햇살이 워낙 뜨거웠던 터라 텐트 속에서 더위를 피하고 있는 것으로 생각하고 근처에 널려 있는 산야초를 땄다. 한참 따다 보니 상당한 양이 돼서 배낭에다 담고 있는데, 어디선가 기분 나쁜 휘파람 소리가 들렸다. 한 텐트에서 세 남자가 나오더니 나한테 가까이 오라고 손짓을 했다. 가만히 그 자리에 서 있었다.

남자들은 존칭을 생략하고 대뜸 막말을 해대는 폼이 교양과는 거리가 먼 무뢰한들 같았다. 산에 올라와서까지 사람들과 시비를 하거나 싸우고 싶지 않았다. 병든 어머니에게 달여 먹일 약초를 캐고 있으니 그냥 내버려둬 달라고 말했다. 한 남자가 명령조로 수청 한 번 들어주고 나서 약초를 캐라면서 야비한 웃음을 흘리자 옆에서 두 남자도 따라 웃었다. 나는 지지 않고 그들을 노려보았다. 남자 셋이서 힘을 믿고 여자를 욕보이는 것은 비겁하고 더러운 짓이라고 쏘아붙였다.

그들은 화가 나서 얼굴이 벌게지더니 내게로 다가왔다. 나는 들고 있던 지팡이를 짚고 서서 가까이 오지 말라고 소리쳤다. 내 고함소리가 오히려 그들을 자극했는지 서슴지 않고 달려들어 나를 붙잡으려고 했다. 나는 몸을 빼면서 맨 앞의 사내를 지팡이로 내리쳤다. 비명을 지르며 남자가 고꾸라졌다. 두 번째 사내한테도 지팡이를 휘두르자 큰소리를 지르며 곤두박질쳤다. 그 꼴을 지켜본 나머지 한 명이 정신없이 도망치기 시작했다.

그들로부터 벗어나 겨우 위기를 모면한 나는 주저앉아서 한숨을 몰아쉬었다. 여자도 자신을 지키기 위해서는 검도나 태권도를 비롯한 호신술을 익혀둘 필요가 있다며 검도를 배우도록 충고해준 대학 선배한테 새삼 고마움을 느꼈다. 그때는 검도가 이런 상황에서 나를 지켜줄 줄 짐작도 하지 못했다.

산에서 꼭 나쁜 일만 겪은 것은 아니다. 일을 하다 잠깐 쉴 때면 하늘과 나무와 꽃과 새소리만이 나를 둘러싸고 있다는 사실을 어느 순간 깨닫는다. 무섭다는 생각이 드는 것은 아주 잠깐이다. 절대 고독이 찾아오면 말할 수 없는 충일감을 느낀다. 완전한 나와 완전한 자연이 만난 느낌이다. 그 순간만큼은 세상의 모든 시름을 잊을 수 있다.

자연에서 피어나는 꽃은 아름답다는 표현으로는 부족한, 가슴을 꽉 채우는 어떤 존재다. 속상한 일이 있을 때나 복잡한 세상사에 휘둘릴 때는 하던 일을 멈추고 벌떡 일어나 산으로 달려간다.

그곳에는 오래된 듬직한 벗 같은 산이 있고, 늘 웃는 얼굴로 나를 맞아주는 꽃과 풀들이 있다. 천천히 마음을 달래고 다시금 호흡을 가다듬는다. 내 마음이 자연과 멀어질 때 상처받고 공허해진다는 사실을 새삼 깨닫고 돌아온다.

자신의 말을 잘 들어주는 친구가 가장 좋은 친구라고 한다. 고민에 빠져본 적이 있는 사람은 알 것이다. 남의 얘기를 잘 들어주는 사람을 만나기가 얼마나 어려운 일인지. 마음 깊이 내 얘기를 듣고 함께 그 고통을 나누고자 하는 친구가 있다면 그 사람은 분명 부자다.

나는 때로 그런 만족감을 자연에서 찾곤 한다. 자연은 내 하소연을 듣고 넓은 가슴으로 응답한다. 때론 대답 없이 묵묵히 듣기만 해도 내 마음은 벌써 안식을 찾는다. 혹시 내가 골치 아픈 문제를 친구에게 전가하는 것은 아닌가, 나 때문에 저 친구가 마음 불편해지는 것은 아닌가 하는 자괴감에 두고두고 마음 쓸 필요도 없다.

삶과 인간과 자연에 대한 성찰을 할 수 있는 정직하고 가난한 시간들. 이제는 사람으로 하여금 한 곳만 바라보게 하고 오직 한 가지 일을 위해 자신을 혹사시키는 도시에서의 삶은 다시는 선택하고 싶지 않다. 삶의 변수를 어찌 미리 알겠는가만 그렇게 되지 않기를 바랄 뿐이다.

가을

겨울이 오기 전까지의 꿈같은 시간.
가을은 짧아서 늘 아쉬움 속에 보낸다.
백로가 되면 땅에는 지난 계절 땀 흘려 씨 뿌리고 보살폈던
곡식과 채소를 거두는 추수의 계절이 찾아온다.

산색이 고운 날

장마와 태풍이 무더위와 함께 지나고 나니 청량한 가을 바람이 땀을 식힌다. 입추가 되면 신기하게도 더위는 한풀 꺾이고 바람에 찬기가 느껴진다.

햇살도 많이 누그러진다. 겨울이 오기 전까지의 이 꿈 같은 시간. 가을은 짧아서 늘 아쉬움 속에 보낸다. 백로가 되면 땅에는 지난 계절 땀 흘려 씨 뿌리고 보살폈던 곡식과 채소를 거두는 추수의 계절이 찾아온다. 첫서리가 내린다는 상강霜降 때는 추수 끝냈다고 마음 놓고 허리 펼 틈도 없이 보리를 갈아야 한다.

중부지방에서는 입추가 되면 김장배추를 심기 시작하고 남부지방에서는 처서가 되어야 배추 씨를 뿌린다. 다른 작물은 다 추수를 기다리고 있는데, 겨울에 대비해 김장배추를 심는 농부들을 보면 자연의 알뜰한 섭리를 보는 것 같다.

추수기가 되면 드는 생각이 많아진다. 가을을 사색의 계절이라고 부르는 이유도 이와 무관하지 않을 것이다. 해마다 가을로 가는 길목 앞에서 나는 자신과의 약속을 이행했는가 곰곰이 더듬어본다.

땅 위에 사는 사람들이 다음 계절을 위한 채비로 분주한 가운데 자연은 조용히 자신의 때를 맞이한다. 푸르던 잎들은 울긋불긋한 옷으로 갈아입고 열매들은 무르익어간다. 봄 산이 꽃으로 물든 것처럼 가을 산은 꽃 같은 나뭇잎들이 온통 산을 물들인다.

특히 피아골 단풍은 가히 장관이다. 가을에 피아골에 가보면 피보다 더 붉고 선명한 단풍이 어찌 그리도 고운지……. 골짜기를 뒤덮은 그 붉은빛을 뭐라고 표현해야 좋을지 말을 찾기 어렵다.

바람 부는 창가에 서면 저만치 몸부림치는 강물과 뻿뻿하게 서 있는 전신주가 눈에 들어온다. 가을이 깊어지면서 강가에 늘어선 단풍나무들은 온몸을 뒤채면서 일제히 이파리를 떨어뜨린다. 나무가 잎을 떨구듯 내 마음속 찌꺼기도 다 털어낼 수 있다면……. 떨어진 낙엽이 스스로에게 거름이 되는 지혜를 배우고 싶다. 마음속으로 조용히 기도한다.

'나무가 햇볕과 비를 맞아 제 속에 향기로운 열매를 키우듯이 설움과 고통이 있다면 잘 다스려 인생의 가르침으로 삼을 수 있는 용기를 주소서.'

가을이 되면 신기하게도 봄철의 산나물이 다시 자라 올라오는 것을 볼 수 있다. 산나물은 초겨울까지 싱싱한 잎을 자랑한다. 봄 여름에 꽃을 피워 씨앗을 맺었다가 떨어진 것이 다시 자란 것이다.

가을에 유달리 숙연해지는 이유도 따지고 보면 겨울 양식을 위한 준비가 눈물겹기 때문인지 모른다.

가을 산야초에는 필수아미노산인 트립토판이 전혀 없다고 한다. 봄철 성장기에는 식물의 생장활성 호르몬인 옥신의 대사 경로에 의해 새순이 막 돋아나는 생장점에 트립토판이 많이 생성된다. 인체에 필수적인 트립토판을 공급받으려면 봄철의 새순을 섭취해야 한다. 사람도 어릴 때, 젊을 때, 늙을 때의 미덕과 결함이 각각 다르듯 식물 또한 자기만의 성장 리듬이 있는 것이다. 단지 경험과 지혜가 부족하다고 어린 사람을 탓할 수 없듯이 힘이 달린다고 노인을 무시할 수 없는 것은 우리 모두가 그 순환의 고리를 피할 수 없다는 자연의 섭리를 알기 때문이다.

역대 노벨상 수상자에 대한 설문조사에 눈길을 끄는 대목이 있었다. 취미가 뭐냐고 묻는 항목에 가장 많은 사람이 대답한 것이 산책이었다. 산책이라는 말에는 많은 것이 포함되어 있다. 몸의 긴장을 이완시키고 남은 열량을 태워버리는 것은 물론이고, 명상과 자기 관리를 할 수 있는 기회가 되기도 한다.

얼마 전 한 귀농인을 만난 적이 있었는데 그에게 아주 흥미로운 말을 들었다. 악양 미서마을로 귀농한 오윤수, 이오생 부부 얘기다.

자연 안에서 건강을 지키며 살겠다고 시골로 내려와 농사를 짓게 되면서 하지 않게 된 것이 하나 있다고 했다. 내가 눈을 크게 뜨고 그게 뭐냐고 묻자 돌아온 그의 대답은 아주 간단했다.

"산책입니다. 예전엔 여행 다니는 것도 좋아하고 매일 집 근처를 산책하곤 했는데, 여기서는 그런 욕구가 별로 일어나지 않아요."

그 말에 고개가 저절로 끄덕여졌다. 아마도 산책을 따로 할 필요가 없었을 것이다. 그에게는 일터에 해당하는 논이나 밭으로 걸어가는 과정이 산책이고 명상의 시간이 되었을 테니까.

가을에는 영화도 시도 쓸쓸한 것에만 눈이 간다. 함민복 시인의 〈찬밥〉이란 시를 그냥 넘기지 못하는 것도 조락의 계절의 스산함을 떨치지 못하기 때문이리라.

〈찬밥〉

가을이 되면 찬밥은 쓸쓸하다
찬밥을 먹는 사람도 쓸쓸하다
이 세상에서 나는 찬밥이었다
사랑하는 이여
낙엽이 지는 날 그대의 저녁 밥상 위에
나는 김 나는 뜨끈한 국밥이 되고 싶다

이렇게 자신을 찬밥에 비유하던 시인은 시 몇 편 써주고 원고료를 챙겨 돌아오는 날 뜨거운 목소리로 밥 한 그릇의 위대함을 노래했다. 먹고사는 문제 앞에서는 누구나 겸손하고 비감해지지 않을 도리가 없다. 가을에 유달리 숙연해지는 이유도 따지고 보면 겨울 양식을 위한 준비가 눈물겹기 때문인지 모른다.

〈긍정적인 밥〉

시 한 편에 삼만 원이면
너무 박하다 싶다가도
쌀이 두 말인데 생각하면
금방 마음이 따뜻한 밥이 되네

시집 한 권에 삼천 원이면
든 공에 비해 헐하다 싶다가도
국밥이 한 그릇인데
내 시집이 국밥 한 그릇만큼
사람들 가슴을 따뜻하게 데워줄 수 있을까
생각하면 아직 멀기만 하네

시집이 한 권 팔리면
내게 삼백 원이 돌아온다
박리다 싶다가도
굵은 소금이 한 됫박인데 생각하면
푸른 바다처럼 상할 마음 하나 없네

대추차

한약에 빠져서는 안 되는 약재

대추는 수천 년 동안 한방에서 노화를 방지하고 부인병에 특효가 있는 신비로운 식품으로 여겨왔다. '대추 보고 안 먹으면 늙는다'는 말이 있을 만큼 몸에 좋다.

중국의 황제나 황후는 불로장생식의 하나로 대추를 즐겨 먹었다. 이를 뒷받침하는 사실들이 《동의보감》, 《향약집성방》, 《본초경소론》 등에 다음과 같이 기록되어 있다.

"위장을 튼튼히 하는 힘이 있어 상식常食함이 좋고 경맥을 도와서 그 부족을 보한다." "속을 편안하게 하며 비장을 보하고 진액과 기운 부족을 낫게 하며 온갖 약의 성질을 조화한다." "오래 먹으면 몸이 가벼워지면서 늙지 않게 된다."

대추나무는 갈매나무과에 속하는 낙엽 고목으로 가지에는 무딘 가시가 듬성듬성 나 있고, 잎은 타원형이며 매끄럽고, 앞뒤에 세 개의 잎맥이 뚜렷하다. 대추나무의 원산지는 유럽 동남부와 아시

아의 동남부라는 설이 가장 유력하다. 우리나라의 경우 고려 명종 18년(1188년)에 대추나무를 심으라고 권장한 기록이 보인다. 열매는 약용이나 식용으로 쓰고, 목재는 인쇄용 관재로 쓰기 위한 목적이었다.

대추나무의 열매는 조棗 또는 목밀木蜜이라고도 한다. 표면은 적갈색이며 타원형이고 길이는 1.5~2.5센티미터 정도로 빨갛게 익으면 단맛이 난다. 과실은 날로 먹기도 하고 따서 말리면 건과(乾果)로서 과자, 요리용이나 약용으로 쓰인다.

《신농본초경》에서는 "대추는 속을 편안하게 하고 비장의 기운을 길러주며 위장을 튼튼하게 한다"고 했다. 비위(비장과 위장, 즉 소화기)를 튼튼하게 하여 식욕부진이나 소화불량인 사람이 복용하면 속을 편하게 하며 식욕을 촉진시킨다.

특히 체질상으로는 소음인에게 좋다. 대추나무의 잎을 달여 마시면 고혈압 치료와 이뇨, 신부전증에 이롭고, 특히 어린이의 콩팥염 치료에 효과가 좋다는 기록이 있다. 대추 달인 물을 수시로 마시면 오줌의 흐름이 원활해져 살을 빼는 데도 도움이 된다. 그러나 특이하게도 대추는 몸이 비대한 사람에게는 좋은 음식이지만 마른 사람에게는 그다지 도움을 주지 못한다. 마른 사람은 조금씩 먹어야 한다.

또 잎을 갈분에 버무려 땀띠에 문지르면 효과가 좋다고 한다. 민간약으로 많이 사용되어온 대추는 심장과 폐를 윤택하게 하고 기침을 낫게 한다. 근육의 긴장을 풀어주어 염증을 가라앉히는 소염·진통 작용도 있어 관절염이나 류머티즘 등에 좋다.

현대인들은 끝없는 스트레스로 인해 자신도 모르게 짜증이 늘고 우울하며 히스테리가 겹치고 거기에 불면증까지 생기는 경우가 허다하다. 소위 '주부병'이라고 이름 붙은 이러한 증상은 예로부터 흔한 병이었다. 이럴 때는 마음을 안정시키는 효과가 있는 대추가 무엇보다 좋은 약이 된다.

대추가 가지고 있는 신경 완화 작용은 긴장을 풀어주고 흥분을 가라앉혀 주기 때문에 수험생들에게도 좋다. 대추씨에는 신경을 이완시켜 잠이 잘 오게 하는 성분이 다량 함유되어 있다. 한마디로 천연 수면제라고 할 수 있는데, 씨를 빼지 않고 통째로 삶아서 먹든지 그렇지 않으면 대추씨(산조인酸棗仁)를 가루로 내어 물에 타 먹으면 좋다.

또한 대추는 성질이 따뜻한 음식으로 예부터 냉증 치료에 이용되었다. 말린 대추를 달여 먹으면 몸이 훈훈해질 뿐 아니라 혈액순환이 잘 되어 피부도 윤택해진다.

냉이 많을 경우 한방에서는 물 반 통에 구절초 반 단과 대추 한 홉을 넣고 물이 반으로 졸아들 때까지 끓여 하루 세 번 한 컵씩 마시거나 뒷물을 하면 효과를 볼 수 있다고 했다. 대추는 예전부터 남자보다 여자들에게 더 인기가 있었다. 산후에 허리가 아플 때는 진하게 달여 먹으면 좋고, 임신으로 몸이 허약해졌을 때도 효과가 있다.

대추의 주성분은 탄수화물이며 철분과 칼슘도 풍부하다. 생대추에는 비타민 C가 60밀리그램이나 들어 있다. 대추에 함유되어 있는 비타민류나 식이성 섬유, 플라보노이드, 미네랄 등에는 노화 방지는 물론 항암 효과도 있다고 한다. 대추의 식이성 섬유는 발암물질을 흡착, 배출해 몸 밖으로 밀어내는 역할을 한다. 뿐만 아니라 대추에 함유된 베타카로틴은 체내에 유해한 활성산소를 제독하는 힘을 갖고 있다.

또한 대추는 약물의 작용을 완화시키며 독성과 자극성을 덜어주고 약을 먹기 좋게 하는 특성을 갖고 있다. 대부분의 한약에 대추와 생강을 넣고 달이는 이유가 바로 이 때문이다.

잘 익은 대추를 쪄서 말렸다가 달여 먹으면 열을 내리게 하고 변을 묽게 해 변비를 없애는 효과가 있다. 기침이 심할 때는 씨 뺀 대추 스무 알을 미지근한 우유에 담갔다가 하나씩 씹어 먹으면 잘 듣는다. 오줌소태나 출산 후 방광의 기능이 시원치 않을 때는 물 1리터에 대추 대여섯 알을 넣어 달여 하루 세 번씩 나누어 먹으면 좋다.

이렇듯 몸에 좋은 대추는 차로 만들어 마셔도 좋다. 대추차가 몸에 좋다는 것은 이미 오래전부터 잘 알려진 사실이다. 근래 들어서는 과학적으로도 그 사실이 속속 입증되고 있다. 대추차는 간을 보호하고 해독제로도 좋으며, 오장을 보하고 12경맥을 돕는다고 한다. 또 심장을 도와 혈액을 잘 돌게 하고 폐와 기관지를 도와 기침을 멎게 한다.

대추에 물을 붓고 대추가 완전히 흐물흐물해질 때까지 푹 고아서 베로 만든 보자기나 거즈 등에 싸서 꼭 짠다. 여기서 나온 즙을 다시 솥에 붓고 은근한 불에 달여서 물엿같이 만든다. 이때 주걱으로 자주 저어 밑이 눋지 않도록 주의해야 한다. 대추차에 3 대 1의 비율로 물을 섞고 뜨거운 물에 두세 숟가락씩 타서 매일 아침저녁 식사 후에 마시면 좋다. 열매뿐 아니라 잎도 차의 좋은 재료가 된다. 아무 때나 따서 그늘에서 건조시켜 잘 보관한 후 차로 끓여 마시면 대추잎차가 된다. 어린잎은 따서 나물로도 무쳐 먹는다. 대추나무의 열매를 푹 달여 마시면 대추차가 되고, 잎을 달여 마시면 대추잎차가 되며, 어린잎 또한 산야초 요리가 되니 버릴 게 하나도 없는 셈이다.

비타민과 탄수화물이 풍부하고 약재의 성분을 완화시켜주는 효과가 있어 과일보다는 약으로 더 많이 인식되고 있는 대추. 토실토실 알이 꽉 차 오른 가을 대추는 특히 각종 여성 질환에 탁월한 효과가 있다.

옛 어른들이 결혼식 날 폐백을 받으며 자식들한테 대추를 던져주는 이유도 단지 자식을 많이 낳으라는 것만은 아닌 것 같다. 부모로서 마지막으로 몸에 좋은 음식을 주고 싶은 마음이 거기에는 담겨 있지 않을까.

국화차

가을의 향기

국화는 《양화소록》에 의하면 고려 충숙왕 때 전래된 것으로 기록되어 있다. 황국黃菊은 신비한 영약으로 이를 달여 마시면 장수한다고 믿어왔으며 장수화로 환갑, 진갑 등의 헌화로도 사용하였다.

중양절重陽節에 국화주를 마시면 무병장수한다고 했는데, 고려가요 〈동동〉의 9월령에 그 내용이 나타나는 것으로 미루어 그 역사가 오래된 듯하다.

국화는 일찍부터 매화, 난초, 대나무와 함께 사군자의 하나로 고고한 기품과 절개를 지키는 군자에 비겼으며, 도연명陶淵明이 애상愛賞한 데서 군자와 국화는 불가분의 관계처럼 여겨졌다. 은일화隱逸花라 하여 속세를 떠나 숨어사는 은자隱者로 비유되기도 하였다. 예부터 여러 가지 쓰임새로 사랑을 받아왔던 국화는 서리를 맞아도 시들거나 죽지 않는 오연하고 꿋꿋한 기상 덕분에 절개와 지조를 덕

국화차

국화차는 몸 안의 열을 없애주고 신경안정제 역할을 한다.
그윽한 국화차 한 잔에 물러가는 가을의 끝자락을 잠시나마 느껴볼 수 있다.

목으로 삼았던 선비들이 특히 아꼈다. 유교적 관념에 비추어볼 때 의를 지켜 꺾이지 않는 선비 정신과 부합되기 때문일 것이다.

국화꽃은 10월 20일경부터 위쪽 지방에서 피기 시작하여 점점 아래로 내려오기 시작하며, 한줄기에 일곱 송이부터 많게는 열다섯 송이까지 20일 정도 핀다. 10월 25일경쯤 되면 한 줄기에 서너 송이씩 국화꽃이 만개하므로 꽃을 따기 시작하는데, 마지막 꽃이 필 때까지 꽃 따기는 계속된다. 국화꽃은 피고 질 때까지 보통 60일 정도 걸리는데 그사이에 찬 서리를 보름가량 맞아야 약성이 좋다. 무서리가 내리거나 찬 서리가 열흘 이하로 내리는 지역에서 난 국화는 약으로 효과가 없다.

국화꽃을 말려서 만든 국화차는 몸 안의 열을 없애주고 신경안정제 역할을 한다. 국화는 혈압을 낮추고 풍을 막아주는 역할을 한다고 해서 한약 재료로도 쓰인다. 차로 마시지 않고 약으로 쓰는 경우에는 백국화, 황국화 등을 증상에 따라 사용한다. 두통에는 황국화를 쓰고 눈이 침침할 때는 백국화를 쓴다고 한다.

국화는 버릴 것이 하나도 없는 식물이다. 봄에 난 새싹은 나물로 데쳐 먹고, 여름에 난 무성한 잎은 솎아서 떡에 넣어 먹거나 생즙을 내어 마시며, 가을에 만개한 꽃잎은 술과 차와 떡으로 먹는다. 또 말려서 베갯속이나 이불 속에 넣어 향기로운 잠에 취해볼 수도 있다.

줄기와 뿌리는 말려서 약으로 쓴다. 국화는 독특한 향이 머리를

산국
국화꽃은 10월 20일경부터 위쪽 지방에서 피기 시작하여 점점 아래로 내려오기 시작한다. 한 줄기에 일곱 송이부터 많게는 열다섯 송이까지 20일 정도 핀다.

맑게 해주는 효능을 지녀 화분이나 생화를 집 안에 꽂아만 놓아도 피로감을 푸는 데 도움이 된다. 국화는 독이 거의 없고 독이 있다는 제충국除蟲菊조차 옛날에는 해충을 잡는 농약으로 사용했다고 하니, 하나에서 열까지 쓸모 있는 꽃이다.

국화는 다년생 숙근초로서 겨울이면 말라 죽지만 뿌리도 월동한다. 꽃은 두상화頭狀花(꽃대에 많은 꽃이 뭉쳐서 사람 머리 모양으로 피는 꽃)로 줄기 끝에 피는데, 가운데는 관상화管狀花, 주변부는 설상화舌狀花다. 설상화는 암술만 가진 단성화고 관상화는 암·수술을 모두 가진 양성화다. 색깔은 노란색, 흰색, 빨간색, 보라색 등 품종에 따라 다양하고, 크기나 모양도 품종에 따라 다르다. 꽃의 지름은 작은 것이 1센티미터, 큰 것은 3~5센티미터다.

현재 한국의 산과 들에서 자생하는 야생 국화로는 산국, 감국, 산구절초 등이 있다. 산국은 산과 들에서 자라며, 높이는 60~90센티미터이고 위쪽에서 가지를 많이 치며 흰 털이 나 있다. 9~10월에 가지 끝에서 다수의 두상화가 피는데, 지름이 1.5센티미터 정도로 설상화는 황색이다. 감국은 산국과 비슷하나 꽃이 좀 커서 지름이 2.5센티미터 정도다. 10~11월에 흰색 설상화와 노란색 관상화로 된 두상화가 가지 끝에 여럿 핀다. 산구절초는 산과 들에서 자라며, 높이는 10~60센티미터 정도다. 원줄기 끝과 가지 끝에 한 개씩 피며 지름은 3~6센티미터고, 꽃은 보통 흰색이지만 붉은빛이 도는 것도 있다.

국화는 장야長夜성 식물이라 밤이 길어야 꽃이 핀다. 추분이 지나 가을밤이 길어지면 어느새 꽃잎을 펼친다. 봄여름 내내 잠잠히 있다가 가을에야 꽃을 피우는 국화의 인내에 감동하는 순간이다. 다른 꽃들은 다 열매 맺을 때 혼자 피기 시작하여 쓸쓸한 가을을 화사하게 밝혀주는 귀한 꽃이다.

어릴 때부터 길가나 교실에서 쉽게 보아왔던 꽃이어서 그런지 국화꽃에는 추억도 많이 어려 있다. 그때는 어느 집이나 국화 화분 하나씩은 있었다. 지금처럼 다양하고 고급스러운 원예수가 없어서 화분 하면 국화 아니면 고무나무가 고작이었다.

국화꽃은 가만히 있어도 웃고 있는 것 같다. 그러나 국화도 계절과 함께 시든다. 자연은 변화무쌍하기 때문에 위대하다고 하지만 시커멓게 색깔이 죽으면서 시들어가는 국화꽃을 보고 있으면 왠지 마음이 착잡하다. 자신을 완전히 버렸다가 새로 태어나는 삶을 우리에게 가르치려는 것일까.

감국차

단맛이 나는 국화

국화 가운데 식용과 약용으로 두루 쓰이는 종류가 바로 감국이다. 황국, 야국이라고도 불리며 주로 산에서 자라는 여러해살이풀이다. 봄에 묵은 뿌리에서 싹이 올라와 60~100센티미터 정도로 자라고 가지가 많이 갈라진다. 깊게 갈라진 잎은 어긋나며 가장자리가 톱니 모양을 하고 있다. 10~11월에 황색의 꽃이 피어나 우산 모양으로 달린다. 늦가을 고향 가는 길가나 산모퉁이에서 꽃잎에 찬 서리를 잔뜩 머금고 오가는 이들에게 살포시 미소를 보내주는 감국은 많은 들꽃 가운데에서도 그 향기가 특히 뛰어나다.

들국화의 주종을 이루는 산국과 감국은 둘 다 노란 빛깔인데, 산국은 꽃의 크기가 작아 1센티미터가 조금 넘는다. 감국이라는 이름은 '단맛이 나는 국화'란 뜻으로 먹을 수도 있고 약으로도 쓸 수 있다는 뜻을 담고 있다. 옛날에는 감국으로 여러 가지 요리를 만들어 먹었다 해서 요리국料理菊이라 부르기도 했다. 한방에서는 감국의 꽃을 주로 두통약으로 쓴다.

감국차는 작은 감국 꽃이 활짝 피기 전에 꽃망울을 따서 만든다. 차로 쓸 감국은 농약 등에 오염되지 않은 야생 감국을 이용한다.

꽃을 따러 갈 때는 채비를 단단히 하고 가야 한다. 가을에는 국화를 빼고는 꽃이 거의 피지 않기 때문에 벌들이 가장 기승을 부리는 때다. 두꺼운 옷에 면장갑을 끼고 꽃송이를 따도 벌이 옷감을 뚫고 쏜다. 벌의 입장에서 보면 나는 분명 적인 것이다. 벌들이 웬 난리인지 모르겠다고 짜증을 내다가도 똑같이 국화 덕 보면서 사는 처지에 사이좋게 나눠 먹자고 혼잣소리를 한다. 감국과 얼핏 비슷해 보이나 크기가 조금 작은 산국도 함께 딴다.

가을 이슬이 내릴 때 딴 자잘한 감국을 흐르는 물에 잘 씻은 다음 끓는 물에 넣었다 재빨리 꺼낸다. 살짝 데친 꽃은 소쿠리에 건져 물기를 빼고 불을 땐 방에 한지를 깐 뒤 잘 펴서 넌다. 되도록 빠른 시간 안에 말려야 한다. 꽃잎이 완전히 마르고 나면 시루에 다시 두 번을 쪄서 말린 뒤 밀봉해 보관한다. 감국은 독성이 있어 그냥 말려서 먹어서는 안 되고 꼭 끓는 물에 넣어 독성을 제거한 뒤 말려서 써야 한다.

차를 마실 때는 꽃 서너 송이 정도를 찻잔에 넣고 70~80도 정도의 따뜻한 물에 1분 정도 우려낸다. 정신이 맑아지고 한여름에는 갈증을 없애주는 효과가 있다.

눈의 충혈과 가려움증을 없애는 데도 도움이 된다. 네다섯 번 정도 우려 마실 수 있는데 세 번째가 더 맛이 좋다. 다완에서 2분 정도 혹은 두세 번 우리면 꽃잎이 처음 딸 때 모양으로 펼쳐진다. 찻잔 속에 활짝 핀 꽃이 곱다 못해 애처롭다. 감국차는 향이 그윽해서 마시기도 좋다.

《본초강목》에는 감국차를 "오랫동안 복용하면 혈기에 좋고 몸을 가볍게 하며 쉬 늙지 않는다. 위장을 평안케 하고 오장을 도우며 사지를 고르게 하고 감기, 두통, 현기증에 유효하다"고 기록되어 있다. 몸을 따뜻하게 해 꾸준히 마시면 월경불순, 냉증 등 부인병에 좋고 식후에 뜨겁게 마시면 소화가 잘된다.

또 꽃을 말려서 술을 담그기도 하고, 어린잎은 나물로 먹기도 한다. 국화주를 담가 먹으면 치매를 예방하며 소리가 잘 들린다는 얘기가 있다. 감국은 꽃과 잎을 모두 쓴다. 소주 1리터에 깨끗하게 씻어 물기를 없앤 국화 100그램을 넣고 꽉 막아서 서늘한 곳에 둔다. 한 달쯤 지나 술을 꺼내면, 향긋하면서도 독특한 맛의 담황색 국화주를 볼 수 있다. 이 술을 체로 걸러내 깨끗한 병에 간수한다. 국화주는 예부터 '늙지 않고 오래 살 수 있는 술'이라 하여 사랑을 받았다. 그 밖에도 위를 튼튼하게 하며, 피로회복에 좋을 뿐 아니라 장에도 좋고, 눈알이 단단해지고, 눈이 침침하며 무지개 같은 것이 어른거리는 녹내장에도 좋다.

국화전은 찹쌀가루를 뜨거운 물에 잘 반죽하여, 손바닥 반 넓이로 둥글게 편 다음에 감국의 연한 꽃잎을 모양 좋게 붙여, 달궈진 프라이팬에 기름을 두르고 지져내면 된다. 계절에 따라 국화전, 국화죽 등 별식의 재료로 이용되기도 하였다.

한번은 '섬진강' 노래방 주인 홍순 씨와 함께 국화꽃을 따러 간 적이 있다. 그녀는 지나가다 우리 집 마당에 내 차가 있으면 꼭 들른다. 집에 있는 날은 차를 마시며 담소를 나누지만 산야초 채집 갈 준비를 하던 중일 때는 심심한데 같이 가자며 따라나선다. 노래를 사랑하는 이라 손으로는 꽃을 따면서도 입에서는 끝없이 노래가 흘러나온다. 그 모습이 영락없이 천진난만한 어린애다. 귀엽고 작은 꽃송이에 은은한 빛깔의 들국화를 쏙 빼닮은 그녀. 들국화 속에서 그녀의 다정다감한 심성을 본다.

꽃과 함께 살다 보니 사람들을 만날 때면 그 사람의 이미지에 맞는 꽃이 자연스럽게 떠오른다. 어떤 사람은 패랭이꽃이나 호박꽃이 되기도 하고 또 어떤 사람은 목련이나 도라지꽃으로 불리기도 한다. 여자들은 대개 꽃을 닮기를 원해서 예쁜 꽃에 비유하면 금세 얼굴 표정이 환해진다. 장난기가 발동해 별로 예쁘지 않은 꽃 이름을 대면 바로 표정이 굳어진다. 예쁜 꽃 미운 꽃 따로 없이 모든 꽃이 아름답듯이 사람의 얼굴 또한 제각기 다른 아름다움을 가지고 있다. 어려운 일이 있으면 언제든지 부르라며 홍순 씨는 들국화빛 미소를 짓는다.

구절초차

신선보다 고결한 꽃

가을 들녘에서 가녀린 꽃잎의 청초한 모습과 향기로 피어나 정취를 더하는 꽃이 바로 들국화로 더 잘 알려진 구절초다. 그러나 4,000여 종이 담겨 있는 야생화 도감에도 들국화란 이름을 가진 꽃은 없다.

사람들이 들국화라고 부르는 꽃은 가을에 피는 국화과 식물인 구절초, 쑥부쟁이, 개미취, 해국과 같은 종류를 총칭해서 부르는 말이다. 모두 국화과 식물로 생김새도 비슷해 보통 소국小菊으로 통한다. 소국은 보통 줄기가 많이 갈라지고 그 끝에 모두 꽃이 피는데 구절초는 꽃이 줄기 끝에 한 송이만 핀다.

구절초는 국화과의 여러해살이풀로 땅속의 뿌리가 옆으로 길게 뻗어가면서 번식한다. 번식력도 대단히 강해서 외래 식물인 코스모스와 경쟁할 만한 우리의 가을꽃이다.

가을이 되면 국화, 감국, 개미취, 쑥부쟁이, 벌개미취 등은 방방

구절초 꽃
구절초는 선모초라고 불리기도 하는데, 이는 흰 꽃잎이 신선보다 더 돋보인다 하여 붙여진 이름이다.

곡곡에서 꽃을 피운다. 이들은 주로 높고 깊은 산에서 군락을 형성하며 자란다. 꽃은 흰색이지만 약간 붉은빛이 도는 것도 있으며, 가운데 부분은 붉은빛이 도는 노란색이다. 잎이 갈라지는 모양에 따라 산구절초, 바위구절초 등으로 구분된다. 5월 단오에는 줄기가 다섯 마디가 되고 9월 9일(음력)이 되면 아홉 마디가 된다 하여 구절초九節草라 불린다. 또 구절초는 선모초仙母草라고 불리기도 하는데, 이는 흰 꽃잎이 신선보다 더 돋보인다 하여 붙여진 명칭이다.

무릎 높이쯤까지 자라는 구절초는 국화잎처럼 깊게 두 번 갈라진 잎을 달고 가을이 한창 무르익을 즈음 가지 끝마다 큼직한 꽃송이를 맺는다. 꽃을 자세히 관찰하면 수술, 암술, 꽃잎, 꽃받침을 모두 갖춘 꽃이 여러 송이 보인다. 그런데 꽃잎의 모양이 확연히 다르다. 바깥쪽에 있는 꽃은 꽃잎이 매우 크며 화려한 색깔이지만, 안쪽의 꽃들은 암술과 수술만 있는 것처럼 보인다. 이런 형태를 띠는 것은 꽃가루를 옮겨주는 곤충을 효과적으로 유인하기 위해서다. 바깥쪽의 꽃은 화려한 꽃잎으로 곤충을 유인하고, 안쪽의 꽃은 곤충의 도움을 받아 꽃가루받이를 하여 건강한 씨를 맺게 하는 각각의 고유한 임무를 띠고 있다.

구절초는 건조한 공기에도 매우 강하고 특별한 관리를 하지 않아도 잘 자라므로 마당이나 화분에 심어 베란다에 놓으면 가을 내내 멋진 꽃 빛깔과 진한 향기를 즐길 수 있다.

이렇듯 꽃과 향으로 우리 눈과 코를 즐겁게 해주는 구절초는 우리나라에서 널리 이용되는 민간약의 하나이기도 하다. 전초를 감기, 몸살, 신경통, 요통 등의 치료약으로 쓴다. 한방에서 구절초는 예전부터 부인병을 다스리는 식물로 유명하다. 몸을 따뜻하게 해주고 월경을 고르게 하므로 주로 생리불순, 냉증, 불임증에 쓰였다. 특히 월경 장애에 효과가 있어 약재 시장에 가면 구절초가 수북이 쌓여 있을 정도다. 소화가 안 되거나 위가 냉한 사람에게도 효과가 있다.

약으로 쓸 때는 주로 말린 것을 물에 달여 쓰지만 식초에 담갔다가 볶아서도 쓰고 환약을 만들어 정기적으로 복용하기도 한다. 더러는 꽃으로 술을 담가 그 향기를 즐기기도 하고 어린순은 나물로, 잎은 향과 색을 내는 데 사용하기도 한다. 꽃을 말려서 베개 속에 넣으면 두통이나 탈모에 효과가 있고, 흰머리가 생기는 것을 방지한다.

구절초에는 플라보노이드 배당체인 리나린 성분이 함유되어 있다. 그러나 그 밖의 유효 성분은 아직까지 밝혀지지 않고 있다. 우리의 전통 약물로 암치료제 등의 신약을 개발하려는 노력이 최근 일고 있는데, 하루빨리 구절초와 같은 전통 약초의 연구가 이루어져 이를 뒷받침하는 날이 왔으면 하는 바람이다.

지리산, 지리산 사람들

지리산은 경남 함양군 산청군 하동군, 전남 구례군, 전북 남원시에 걸쳐 있는 해발 1,915미터의 산이다.

토질이 비옥해서 다양한 종류의 온·한대 식물이 무성하게 분포해 있다. 산세가 빼어나 걸출한 산사도 여러 개고 서식하는 동식물도 다양하다.

흔히 설악산이 남성에 비유되는 데 반해 지리산은 여성에 비유된다. 계곡과 산으로 깊이 둘러싸인 너른 산자락 때문일 것이다.

화개장에서 쌍계사까지 이르는 벚꽃 터널과 여름이면 신록과 더불어 불일폭포가 그 위용을 자랑하고, 가을이면 피아골 직전 부락에서 산장까지 8킬로미터를 물들이는 단풍과 만복대 등산길의 억새풀밭이 장관이다. 겨울이면 드넓은 산에 펼쳐진 설경 또한 숨이 막힐 정도로 아름답다.

계곡과 골짜기 틈바구니에 자리 잡은 산마을에도 여느 곳처럼

지리산 사람들
지리산 산행을 늘 같이하는 가까운 친구들

사람들이 산다. 이곳에서 태어나 이곳에서 자란 사람들도 있고 반평생을 다른 곳에서 살다가 옮겨와 터를 잡은 사람도 있다. 산을 오르는 능선만큼이나 다양한 삶이 거기에 둥지를 틀고 있다.

나 또한 지리산의 기운을 빌려 살기로 작정하고 이곳에 온 사람으로 늘 주변의 여러 사람들로부터 도움과 관심을 빚지며 살고 있다. 품앗이 일에서부터 찻잎 딸 때 필요한 일손을 사는 일까지 언제나 이웃의 도움을 받으며 살아간다.

그 가운데 일손뿐만 아니라 좋은 벗까지 돼주고 있는 따뜻한 사람들에게 대한 얘기를 들려주고 싶다.

선정 스님

살다 보면 아무리 단속해도 간혹 마음이 어수선해지는 일이 생긴다. 누구를 찾아가 얘기라도 하고 나면 속 시원할 것 같지만 속사정을 일일이 설명하는 것도 그렇고, 말이란 해놓고 나면 후회하는 일이 대부분이라 혼자 삭혀야 할 경우가 더 많다.

산야초 만드는 일을 거들던 제자가 갑자기 떠나버렸다.

책상에 앉아 공부밖에 해본 일이라곤 없는, 도시생활에 익숙한 사람에게 하루 종일 산을 헤매며 산야초를 채취하고 드나드는 손님 뒷수발하는 일이 힘에 부쳤을 것이다.

상당한 노동량을 감당하고 있다는 것을 알면서도 나는 마음속으로 몇 번이나 '조금만 더 버텨라', 그 말밖에 할 수 없었다. 어떤 일이든 처음 얼마간은 몸으로 치러야 하는 과정이 반드시 따른다는 것을 제자가 알아주길 바랐다.

한 달 전에 귀농학교를 졸업한 제자가 산야초 공부를 하고 싶다고 찾아왔을 때 쉽지 않을 거라고 얘기해주었다. 그래도 열심히 해보겠다는 결의를 내보이는 사람한테 일단 기회를 주자고 마음먹었다. 그러나 한 달도 채 버티지 못하고 손을 든 것이다. 처음부터 끝까지 몸으로, 손으로 직접 해야 하는 이 일이 버거웠을 것이다. 내가 자신을 혹사했다고 원망하며 떠나는 제자를 보면서 말할 수 없이 속이 상했다. 그리고 서운함보다 안타까움이 더 컸다. 모든 게 수행 과정이라고 생각하고 조금만 더 버텨주길 바라고 바랐는데……. 진정성을 가지고 전력투구하는 사람한테는 생명의 기운이 뿜어져 나와 언젠가는 그것이 상대에게 전달된다고 믿었다.

제자가 힘들어할 때 제대로 위로해주고 챙기지 못한 것이 가장 큰 불찰이었다. 제 깜냥에는 열심히 했는데도 내 기대에는 미치지 못한다고 생각하니 더 의욕을 잃은 것 같았다. 어려운 일이 있을 때마다 그때그때 다독이고 격려를 했어야 하는데, 알겠지 하면서 덮고 넘어간 것이 뒤늦게 후회되었다. 상대가 수용할 수 있는지 좀 더 배려하고 살펴야 했는데……. 한꺼번에 많은 것을 가르쳐주고 싶다는 욕심이 너무 앞섰던 것이다.

산이 아름다운 것은 그 속에 침묵이 깃들어 있기 때문이라고 한다. 그때만큼 이 말을 절실히 느낀 때도 없었다. 의사소통은 감정의 교류에 있지 말을 주고받는 데 있지 않다.

말은 자주 나를 당황하게 한다. 누구나 한 번은 경험한 적 있겠

찻잎을 처음 딸 때의 향과 아홉 번 덖은 뒤에 손으로 차향을 맡았을 때의 향이 같아야 진정한 선종차라고 할 수 있다.

지만 어떤 때는 속마음과 전혀 다른 엉뚱한 말이 입 밖으로 튀어나오기도 한다. 그리고 입을 여는 순간 진실은 왜곡되고 엉뚱하게 전달된다. 상대가 내 말을 듣고 상처를 받을 때면 '나는 왜 이렇게 사람의 마음을 읽는 데 서투른가' 하고 자괴감마저 든다. 그런 경험이 몇 번 이어지면 대인관계에 자신감을 잃고 의기소침해질 수밖에 없다.

내 마음을 전하는 데 실패했다는 생각 때문에 더 마음이 아팠다. 이런저런 생각을 되작이면서도 여전히 좀 더 참아주지 못한 제자가 야속했다. '세상살이에 거저먹는 것이 없다'는 말이 있듯이 힘들더라도 조금만 더 버텨보지, 그래서 일이 몸에 익으면 할 만한 일인데……. 나는 속으로 그렇게 아쉬움을 달래는 수밖에 달리 도리가 없었다.

하지만 함께 일하다가 문득 떠난 그 제자에 대한 생각이 머리에서 떠나지 않아 하루 종일 마음이 어지럽고 일이 손에 잡히지 않았다. 든 자리는 몰라도 난 자리는 안다더니, 사람이 왔다 간 빈자리가 너무나 크고 허전했다.

앞으로 자신이 어떤 일을 해야 할지 결정하는 것은 참으로 어렵다. 그러나 그보다 열 배는 어려운 것이 그 결정을 실천에 옮기는 것이고, 오래 지속적으로 해나가는 일이다. 그 고답적이기까지 한 진실을 환기시키는 일에 부딪힐 때마다 나는 마음을 다잡곤 한다. 그리고 언젠가는 내 곁을 떠난 그 제자도 내 마음을 알아줄 거라고 자위해본다.

혼란스러운 생각을 속으로 묵새기고 있자니 가슴이 답답해서 도저히 견딜 수가 없었다. 차를 몰고 무작정 집을 나섰다. 산꼭대기에 올라가서 소리라도 지르고 나면 속이 후련해지겠지, 산골짜기를 헤매며 산야초를 따다 보면 마음이 좀 가라앉겠지, 하는 생각이었다.

피아골이 가까워지자 갑자기 선정 스님 생각이 났다. 스님의 제다실製茶室이 근처에 있다. 혹시 거기 계시면 차나 한 잔 얻어 마실까 해서 들러봤다. 선정 스님은 미혼모가 남긴 아이 셋을 키우며 거제도에서 관음사 주지로 계신 비구니 스님이다. 녹차 만드는 시기라 혹 거제도에서 올라오지 않으셨을까 하는 기대가 있었다.

아닌 게 아니라 마당에서 왔다 갔다 하는 스님의 모습이 먼발치에서 보였다. 까맣게 반짝거리는 눈망울과 동그란 얼굴이 동자승 인형을 닮은 선정 스님을 보자 나는 어머니를 만난 것처럼 가슴이 먹먹했다. 스님은 내 두 손을 꼭 붙잡고 반가워했다. 마당에서는 아주머니 몇 분이 초파일에 신도들에게 나눠줄 차를 포장하고 있었다.

"일 년 내내 부처님께 보시하는 신도를 위해 내가 뭐 줄 게 있나, 차나 같이 나눠 마시는 것밖에."

스님은 특유의 천진한 웃음을 지으며 말했다. 괜찮다는데도 바쁘게 일하다 말고 굳이 나를 방으로 이끌고 가서 차를 준비했다. 구증구포九蒸九曝한 차라 맛이 좋을 거라고 하셨다.

스님이 내미는 찻잔을 코 가까이 가져가자 은은한 향기가 코끝에 감겼다. 입 안 가득 퍼지는 순한 맛의 차가 목을 타고 부드럽게 흘러내려갔다. 이런 맛을 현묘玄妙하다고 하는 건가. 맑은 차가 몸에 번지며 마음이 차분히 가라앉았다. 차를 만들 때 아홉 번 덖고 아홉 번을 비비는 구증구포는 전통 우리 다법이다.

주로 한약재를 만들 때 쓰는 방법으로 알려져 있는데, 그 비법이 선종차 제다법에 전승되어온 사실이 최근에 밝혀졌다. 일창이기一槍二旗, 두 낱의 어린 차의 싹을 따서 가마솥에 아홉 번 덖어 아홉 번 비벼도 잎 하나 파괴되지 않는 선종 특유의 제다법이다.

거의 고행에 가까운 제다법이라 선뜻 선택하기 어렵다. 이 방법으로 차를 만드는 스님들은 '수행의 일부'로 인식하고 단 몇 통을 만들더라도 전통 방식을 고집한다. '찻잎을 처음 딸 때의 향과 아홉 번 덖은 뒤 손으로 차향을 맡았을 때의 향이 같아야 진정한 선종차'라고 할 수 있다. 찻잎을 자신의 손으로 채취하지 않으면 진정한 차의 오미는 느낄 수 없다고 말하는 사람도 있다. 그만큼 차를 만드는 일이 중요하다는 말이다.

차를 또 한 번 우려내기 위해 다관에 물을 따르는 스님의 손에 문득 눈길이 갔다. 손마디가 굵은 것은 말할 것도 없고 손가락 끝이 갈라지고 굳은살이 닥지닥지 앉아 있었다. 나는 홀린 듯 한참을 바라보았다. 솥에 차를 넣고 덖다 생긴 상처에 또 다른 상처가 생겨 아예 굳은살이 된 것이다.

내 눈길이 부담스러웠던지 스님은 나에게 차를 만들다 보니 손이 말이 아니라며 겸연쩍게 웃어 보인다. 하지만 내겐 그 어떤 말보다 더 큰 위로가 되는 손이었다. '내 제자에게 스님의 저 손을 보여 드렸다면 어땠을까' 하는 생각이 들자 다시 한 번 가슴이 싸해왔다.

"나 하는 건 아무것도 아니야. 언젠가 내가 차를 제대로 만드는 법을 찾다가 중국 용정에 간 적이 있었거든. 허드렛일 거들며 제다법을 배우려고 막일하는 사람으로 변장하고 차 만드는 집에 들어갔어. 그런데 글쎄, 마당에 먼지 하나 없이 깨끗이 청소한 후 하얀 천을 깔고 그 위에서 작업을 하는 거야. 찻잎을 만지는 손길 하나하나가 그렇게 정성스러울 수가 없었어. 그 사람들한테는 차가 곧 부처야. 부처님 모시듯 차를 만드는 걸 보고 내가 여태 만든 건 차도 아니라는 생각이 들었어. 거기서 한 달 공부하고 오니까 무엇을 해도 불평이 안 나와. 이 정도는 아무것도 아니라는 생각만 자꾸 들고……."

나는 다섯 번이나 우려 마셔도 첫맛과 똑같은 스님의 차를 마시면서 절로 고개가 끄덕여졌다. 천 마디 말보다 더 큰 가르침이 그 찻잔 속에 있었다. 종일 애끓던 속과 다친 마음이 죄다 씻겨 내려가는 듯했다. 차를 천천히 음미하면서 마셨다. 그리고 생각했다.

내가 만든 산야초차를 마신 사람 가운데 단 몇 명만이라도 내가 지금 느낀 이 맛을 느껴준다면 이보다 더 큰 기쁨, 더 큰 보상이 어디 있을까 하고…….

어머니의 품처럼 넉넉하고 푸근한 지리산 자락

지리산 시인 이원규

요즘 그의 얼굴은 검붉은 구릿빛이다. 원래부터 하얀 편이 아닌데, 새만금 간척지 반대 '삼보일배' 운동에 참여하는 동안 가뜩이나 검은 얼굴이 더 시커메졌다.

어디든 그가 나타나면 시선이 전부 그에게 쏠린다. 그가 빼어난 외모의 소유자라서가 아니다. 그를 실어 나르는 그 이름도 유명한 할리 데이비슨이라는 오토바이 때문이다.

시인이라는 사람이, 그것도 지리산을 지킨다는 소위 생태주의 삶에 관심이 많은 사람이 오토바이라니……. 다들 고개를 갸웃거린다. 검은 가죽 재킷에 헬멧을 쓰고 지나가는 그를 경찰관으로 착각하는 사람도 꽤 많다. 그의 속내야 잘 알 수 없지만, 서울을 단숨에 주파할 수 있다고 말하는 그의 표정에는 오토바이에 대한 숨길 수 없는 애정이 드러난다.

그의 이런 모습 때문에 사람들은 그를 기인쯤으로 알기 쉬운데

지리산에 머물며 오토바이를 타고 다니는 이원규 시인
그와 한 번이라도 대화를 나눠본 사람이라면
그의 가슴속이 지리산을 닮았다는 것을 금세 알 수 있다.

그와 한 번이라도 대화를 나눠본 사람이라면 그의 속이 얼마나 넓고 지리산을 사랑하는 속 깊은 사람인지 금방 알 수 있다. 어떤 상대와 대화를 나누어도 막힘이 없고 그 사람에게서 끌어낼 수 있는 많은 것들을 풀어내는 재주가 있다.

지리산 주변 마을에 빈집이 생기면 사람들은 한결같이 그에게 알려온다. 그는 한곳에서 그리 오래 정착하지 못한다. 짐도 단출해서 언제든 가방 하나 챙겨들고 일어설 준비가 되어 있다. 그가 자신의 시에서 스스로를 '바람의 아들'이라고 표현한 것처럼 그는 정말 바람처럼 언제 왔다가 언제 가는지 모르게 사라지는 사람이다.

언젠가 이원규 시인이 관음사 주지인 지인 스님과 함께 들른 적이 있다. 자주 만나지는 못해도 찻잔을 마주하고 앉으면 지리산 자락의 소식을 전하며 서로의 안부를 확인한다. 우연히 만난 아름다운 지리산 풍광에 대한 의견도 나누고, 때로는 어처구니없이 훼손된 자연에 대해서도 함께 개탄한다. 시인은 반야봉 근처에 백작약 군락지가 있었는데 지금은 아예 찾아볼 수가 없다며 안타까워했다. 사람들이 마구 캐가서 씨가 말라버린 것이다. 이원규 시인의 지리산 사랑을 잘 말해주는 시가 있어 여기 소개한다.

〈행여 지리산에 오시려거든〉

행여 지리산에 오시려거든

천왕봉 일출을 보러 오시라

삼 대째 내리 적선한 사람만 볼 수 있으니

아무나 오지 마시고

노고단 구름바다에 빠지려면

원추리 꽃나무에 흑심을 품지 않는

이슬의 눈으로 오시라

행여 반야봉 저녁노을을 품으려면

여인의 둔부를 스치는 바람으로 오고

피아골의 단풍을 만나려면

먼저 온몸이 달아 오른 절정으로 오시라

굳이 지리산에 오려거든

불일폭포의 물방망이를 맞으러

벌 받는 아이처럼 등짝 시퍼렇게 오고

벽소령의 눈 시린 달빛을 받으려면

뼈마저 부스러지는 회한으로 오시라

그래도 지리산에 오려거든

세석평전의 철쭉꽃 길을 따라

온몸 불사르는 혁명의 이름으로 오고

최후의 처녀림 칠선계곡에는

아무 죄도 없는 나무꾼으로만 오시라

진실로 진실로 지리산에 오려거든

섬진강 푸른 산 그림자 속으로

백사장의 모래알처럼 겸허하게 오고

연하봉의 벼랑과 고사목을 보려면

툭하면 자살을 꿈꾸는 이만 반성하러 오시라

그러나 굳이 지리산에 오고 싶다면

언제 어느 곳이든 아무렇게나 오시라

그대는 나날이 변덕스럽지만

지리산은 변하면서도 언제나 첫마음이니

행여 견딜 만하다면 제발 오지 마시라

백작약 여인

강렬한 햇볕 아래서 몇 시간 동안 산야초를 채취하고 나면 목이 몹시 마르다. 아침에 1리터짜리 물병에 물을 가득 담아가도 어느새 바닥이 나서 갈증을 못 참아 도중에 산을 내려올 때도 있다.

칠불사에 들러 물을 한 바가지 퍼서 벌컥벌컥 마신다. 산에서 나오는 약수가 몸속으로 들어가니 죽다가 살아난 듯 기운이 펄펄 난다.

칠불사七佛寺는 지리산 토끼봉 아래 800미터 고지에 위치한 절로, 가락국 수로왕과 인도의 허 왕비 사이에 낳은 일곱 왕자가 출가하여 성불하였다 하여 붙여진 이름이다. 서산대사 등 수많은 선사를 배출한 동방 제일의 선원으로 알려진 지리산의 사찰이다.

일반에는 '아자방亞字房' 때문에 유명해졌지만 내게는 산야초를 채취하러 가기 전에 들러 무사히 하루를 보내게 해달라고 기도를 올리는 곳이다.

찻집 '녹향'의 주인 신옥 씨

나를 보자마자 예의 그 단아한 웃음을 지으며 차 한 잔 마시고 가라고 붙잡는다.

신라 효공왕 때 담공 선사가 지은 칠불사의 아자방은 세계건축 대사전에도 기록될 정도로 독특한 양식이다. 한 번 불을 때면 한 달 반 동안이나 그 온기가 지속되어 겨울에도 두 번만 불을 때면 되는 온돌 구조로 되어 있다고 한다. 일반적인 방과 달리 방의 양쪽이 돌출되어서 아亞자 모양을 이룬다고 해서 아자방이라고 불린다.

아자방에서 수도를 통해 득도한 고승은 수없이 많다. 칠불사 창건설화 못지않게 아자방은 오랜 세월을 보내면서 수많은 설화를 간직한 채 오늘에 이르고 있다.

그러나 지금 있는 아자방은 천 년 전 그 아자방이 아니다. 1951년 화재로 불에 타 초가로 복원하였다가 근래 들어 지금과 같은 형태로 재복원되었다.

칠불사에 들렀다 산을 내려오면 벌써 사위가 어둑어둑하다.

화개마을로 내려왔을 때 차 한 잔 마시고 싶은 생각이 나면 들르는 곳이 찻집 '녹향'이다. '녹향'의 주인인 신옥 씨가 나를 보자마자 예의 그 단아한 웃음을 지으며 차 한 잔 마시고 가라고 붙잡는다. 오랫동안 다원을 경영하면서 다도가 몸에 배어 손놀림과 표정이 늘 조심스럽고 고요하다. 그런 겉모습 때문에 그녀가 순하다고만 생각했다가는 큰코다친다. 자신의 생각과 다른 일은 꼭 짚고 넘어가고 못마땅한 일을 보면 참지 못하는, 어디 한 군데 허술한 구석이 없는 사람이다.

그런 그녀를 꽃에 비유한 적이 있다. 무슨 꽃일까 잔뜩 호기심

어린 눈으로 나를 보던 그녀는 탱자 꽃이라는 내 말에 실망하는 눈치였다. 하얗고 향기가 짙은 탱자 꽃이 얼마나 예쁜지 아는 사람은 그게 칭찬인 줄 알겠지만, 귤보다 한 단계 낮은 열매로만 탱자를 인식하는 사람들은 대번에 얼굴을 찌푸릴 별명이다.

탱자 울타리에 가득 핀 탱자 꽃은 아무리 예뻐도 함부로 손을 댈 수 없다. 고동을 빼먹을 정도로 굵고 튼튼한 가시가 도사리고 있기 때문이다. 새침해 있던 신옥 씨가 자기 꽃은 따로 있다고 말했다. 무슨 꽃이냐고 묻자 조금 망설이는 듯하다가 대답했다. 백작약이라고. 그 말을 떨어뜨리면서 수줍게 웃었다.

꽃떨기가 크고 우윳빛을 띤 산작약인 백작약은 유난히 피부가 희고 잘 웃는 신옥 씨의 이미지와 꼭 맞았다. 그러나 나에게 신옥 씨는 여전히 탱자 꽃의 여인이다.

나와는 동갑내기라 차 생각이 날 때면 부담 없이 들러 수다도 떨고 가끔 밥도 같이 먹는다. 화개가 탯자리이기도 한 그녀는 차와 지리산에 대해 누구보다 잘 알고 그 애정 또한 웅숭깊다.

산속 깊은 곳에서 따온, 전혀 비료를 주지 않은 야생 녹차라며 맛이 어떠냐고 진지하게 묻는 그녀를 볼 때마다 평생 차를 마시고 차를 사랑하면서 살 사람이라는 생각이 든다. 그녀가 지키고 있는 '녹향'은 오늘도 초록빛 녹차와 향기로 가득하다.

피아골 주유소 청년

최근에 산야초에 대해 사람들이 관심을 갖기 시작하면서 한 가지 어려움이 생겼다. 다들 습관처럼 인터넷 홈페이지를 물어온다. 나는 이제껏 인터넷은커녕 컴퓨터 자체를 사용하지 않고도 별 불편 없이 살아왔다.

그런데 이런저런 일들로 컴퓨터가 필요하게 되어 급기야 아는 사람이 쓰던 컴퓨터 한 대를 얻어다 갖다 놓긴 했는데 나에게는 무용지물이나 다름없었다. 켜는 것에서부터 글자판을 두드리고 인터넷 사이트를 방문하는 하나하나의 동작이 어색하기 그지없었다.

남들이 키보드에 손가락만 갖다 대면 마치 신들린 듯 저절로 두드려대기에 쉽게 생각했는데 막상 해보니 그게 아니었다. 어쩔 수 없이 토지면에서 컴퓨터 박사로 소문난 동준 씨를 찾아가 아쉬운 소리를 할 수밖에 없었다. 피아골 주유소 한쪽에 '맥가이버 하비'라는 간판을 단 그의 작업실이 있다. 예전에 식당으로 쓰던 건물이라 꽤 넓은 방이 여러 개인 건물을 그는 임시로 사용하고 있었다.

처음 그의 작업실에 들어가 보고 나는 놀라서 입을 다물지 못했다. 그곳에 그의 전 재산인 컴퓨터와 '밥줄'이 있었다. 밥줄이라고 하기엔 다소 겸연쩍을 수도 있는 '무선 모형 자동차'들이 걸음을 막아섰다. 수십 대, 아니 거의 100대쯤 되려나. 조립된 것과 조립 중인 모형 자동차가 뒤섞여 방 안을 가득 채우고 있었다.

애들 장난감도 아니고 이게 뭐냐고 언뜻 이해가 안 가서 물으니 인터넷을 통해 판매도 하고 수리도 한다며 웃으면서 대답한다. 무선 모형 관련 잡지가 방 한쪽에 잔뜩 쌓여 있었다. 나로서는 짐작도 못할 분야라 그냥 구경만 했지만 무척 신기해 보였다.

'맥가이버'라는 상호가 무색하지 않게 그는 손으로 무엇이든 만들어내고 다 고쳐낸다. 취미를 넘어 직업으로 삼을 만큼 뛰어난 솜씨는 이미 아는 사람은 다 알아준다. 지리산 자락과 전혀 어울리지 않을 것 같은 업종이라고 생각하는 사람도 그의 순진무구한 미소를 보면 고개를 끄덕거릴 것이다.

마침 그때 나는 〈사람과 산〉이라는 월간지에 '지리산에서 보낸 산야초 이야기'를 연재하고 있었다. 마감 날짜에 맞춰 원고를 보내야 하는데 그럴 때는 누군가의 도움을 청할 수밖에 없다. 염치없지만 원고를 타자로 쳐서 이메일로 보내달라고 동준 씨에게 부탁한다. 그는 그 일을 대신 해주고 덤으로 컴퓨터 선생님 노릇까지 해준다.

진지하게 컴퓨터에 대해 설명하는 동준 씨를 볼 때마다 그의 고모님 얼굴이 떠오른다. '선정다원'이라는 제다실을 열고 차를 만드는 선정 스님이 바로 그의 고모다. 둥그렇게 큰 눈이 꼭 닮았다.

이제 서른 살이 된 이 청년은 나이에 맞지 않게 '이런 것들도 재미있지만 정말 재미있는 것은 사람'이라고 말한다. 사람들에게 배울 것이 많고 그들 속에 무궁무진한 세계가 숨어 있다는 비의秘意를 알아차린, 청년의 정신을 갖고 있는 그는 진짜 청년이다. 그가 좋은 사람들과 더불어 많은 것을 배우는 삶을 살아가기를 진심으로 바란다.

남의 집 지어주는 집 없는 목수

골짜기 틈새마다, 들판의 빈 땅 어디나 살 만하다 싶은 곳엔 집들이 자리 잡고 있다. 사람들이 저 살 곳 찾아가는 걸 보면 참 대단하다는 생각이 든다. 햇살이 따사롭고 조그만 밭이라도 있는 곳이면 어김없이 사람이 산다. 살 만한 곳은 용케도 누군가 알아보고 터를 잡았다. 그곳이 어디든 그들에게는 삶의 보금자리요, 생활의 터전이다.

사람이 살아가는 데 필요한 게 무엇이 있을까. 옷, 밥, 집, 이웃, 일. 갖다 붙이자면 끝도 없을 것이다. 터전을 마련하자면 비를 피하고 햇볕을 가릴 둥지인 집을 반드시 지어야 한다. 몸이 거할 집을 마련하고 그 안에서 나머지 일들을 하나씩 만들고 이루어나가면 삶이 되는 것이다.

섬진강변 작은 마을에 대목大木이 한 사람 살고 있다. 그는 못과 시멘트를 사용하지 않고 나무를 깎아 끼워 맞추는 방법으로 집을 짓는다. 산자락에는 시멘트나 벽돌로 지은 집보다 나무와 돌과 흙으로 지은 집이 더 잘 어울린다. 그 목수는 남의 집은 잘도 지어주면서 정작 자신은 집이 없다. 차도 없이 오토바이를 타고 다니다 동네에서 일손이 필요한 집을 만나면 그냥 지나치지 못하고 들어가 거든다.

남 아쉬운 것 가만히 못 보고 자기 것 퍼주지 못해 안달하는 이 사람은 애초에 공부를 하러 지리산에 내려왔다고 한다. 유불선儒佛禪을 망라한 공부가 깊어 동네 사람들은 문제가 생기면 그를 찾아간다는 말도 들린다. 원래 전공은 사학인 사람이 무슨 깊은 뜻이 있어 지리산에 내려와 혼자 살면서 공부에 전념하는지 나로서는 알 길이 없다. 다만 그가 행동으로 보여주는 삶, 자신보다 남의 입장을 돌보고 한 걸음 앞서서 사태를 바라보는 넓은 눈을 통해 그의 공부가 예사롭지 않다는 것만을 짐작할 뿐이다.

집 한쪽에 제다실을 만들면서 건물의 외관과 실내를 대폭 손봐야 했다. 그는 나무를 쪼개서 건물 벽에 붙이고 옛날식 대문을 만들어 다는 일을 한 달 이상 몸 아끼지 않고 도와주었다. 그런데도 끝내 공사비를 거절해서 나를 난처하게 만들었다. 나중에 알고 보니 나한테만 그런 게 아니라 누구에게나 그 정도의 수고는 기꺼이 나서서 도와준다고 했다. 집 한 채 지어주는 값을 나무와 돌과 기본적인 인건비만 받고 해준다니 옆에서 보고 있자면 답답해서 자기 실속도 좀 차리며 살라고 충고하고 싶어진다.

언젠가 황토 염색에 쓸 황토를 얻으러 그가 집을 짓는 공사현장에 들른 적이 있었다. 소나무를 깎아 서까래와 기둥을 주춧돌 위에 세우는 중이었다. 건물의 틀이 거의 완성된 상태였다. 그 광경을 보고 있자니 신영복 선생님이 들려준 목수 이야기가 생각났다. 감옥에서 우연히 늙은 목수와 함께 집 그림을 그리게 되었다. 선생님은 아무 의심 없이 먼저 지붕부터 그리고 그 다음에 집의 몸통을 그렸다. 사실 우리도 미술 시간에 깊이 생각해보지 않고 사다리꼴의 지붕부터 그려오지 않았나. 그런데 옆에 있는 목수의 그림은 전혀 달랐다.

목수의 그림은 신영복 선생님에게 큰 충격을 주었다. 목수는 맨 먼저 주춧돌을 그리고, 그 다음에 기둥과 서까래를 그리고 나서 맨 나중에 지붕을 그렸다. 그 순서는 집을 짓는 순서와 정확하게 일치한다. 선생님은 부끄러움에 얼굴이 뜨거워졌다. 그 후 그 일은 손으로 살지 않고 머리로 사는 삶을 경계하는 계기가 되었다는 고백을 읽은 적이 있다.

선생님 말씀을 생각하면서 돌 하나, 나무 하나를 쌓아 올리는 목수의 손길이 새삼 귀하게 느껴졌다. 다른 사람의 몸과 마음이 깃들 공간인 집을 짓는 일은 이 세상 어느 직업보다 소중하다는 생각이 들었다. 어느 사진작가가 세상에서 가장 위대한 예술은 건축과 음악이라는 말을 했는데 이제야 그 말의 의미를 알 수 있었다. 집 짓는 일은 예술로 그치는 것이 아니다. 집은 삶 자체이며 생활이며 인생의 희로애락이 고스란히 담겨 있다.

삶에 대한 그의 진중한 태도를 신뢰하기 때문에 나도 이 동네 사람처럼 어려운 일이 생기면 그를 먼저 부르게 된다. 사람 때문에 생긴 마음의 상처, 내 힘으로 버거운 집 안팎의 대소사들을 처리할 때 그의 힘을 빌려도 부끄럽거나 망설여지지 않는 것은 세상사의 앞과 뒤를 그가 다 꿰뚫어보고 있다는 믿음에서 비롯되었을 것이다. 때로는 무조건 남의 입장에서 생각해보라며 너무 공자님 말씀만 해서 하소연하고 싶은 내 마음을 몰라주는 게 야속하기도 하다. 하지만 돌아서서 생각하면 그보다 더 맞는 말이 어디 있겠나, 하고 고개를 끄덕인다.

언젠가 그가 짓게 될 그의 집은 과연 어떤 모습일까 상상해본다.

밥상이 아니라 천상을 차리는 보살

청학동은 한문과 전통예절을 가르치는 곳으로 사람들에게 널리 알려진 동네다. 골이 깊고 산수가 유려해 공부하기도 좋고 마음을 수련하기에도 그만한 곳이 없다. 소위 도를 공부하는 사람들이나 자기 작업에 집중하려는 사람들이 청학동을 찾는 것도 그런 이유 때문이다. 공부와 수련은 물론이고 전통적으로 내려오는 방법으로 차나 된장, 도자기 등을 만들며 사는 사람들도 많다. 그곳도 그곳 나름의 한 세계가 있는 것이다.

청학동 골짜기에 한문을 공부하고 가르치며 차도 만드는 분이 있다. 가끔 차 끓일 물을 길러 청학동에서 우리 집까지 온다. 동서남북 골짜기마다 해를 먼저 받느냐 나중에 받느냐에 따라 물맛이 어떤가 알아보기 위해서다. 지형, 기후, 햇볕이 물맛을 어떻게 다르게 만드나 궁금해서 차를 내려 맛을 보았다. 무색, 무향, 무취로 차 맛은 크게 다르지 않았다. 그는 어떤 물이든 마시면 물이 담고 있는 기운을 금방 느낄 만큼 기가 맑은 사람이다. 당연히 차에 대한 얘기도 서로 잘 통하고 지리산 자락에서 일어난 일들에 대해 공유할 부분도 적지 않아 만나면 시간 가는 줄 모른다.

그가 우리 집에 왔다가고 또 얼마가 지나면 내가 청학동에 갈 일이 있다. 그럴 때면 그의 집에 들러서 밥도 얻어먹고 차도 얻어 마신다. 그의 아내는 도깨비방망이라도 있는지 금방 뚝딱뚝딱 밥상을 차려 내온다. 집 주변에서 따온 푸성귀로 밥상이 한 가득이다. 곰취, 참나물, 취나물, 땅두릅, 산미나리, 음나무순, 들무나물, 고사리, 죽순, 더덕잎 무침이 철따라 상을 채운다. 나는 이곳에서 밥을 얻어먹을 때마다 입버릇처럼 이렇게 말하곤 한다.

"이건 밥상이 아니라 하늘에서 내려온 천상이네요."

맛도 맛이지만 산채가 가득한 밥상은 보기만 해도 배가 부르고 든든하다. 밥이 아니라 하늘에서 내려준 보약이었다. 점심을 얻어먹은 김에 마루에서 잠깐 휴식 시간을 갖는다. 식곤증에 눈꺼풀이 감기면 그대로 한참을 누워 있다. 서늘한 바람에 땀을 식히고 어디서 흘러온 풀 냄새를 맡으며 나는 생각한다. 나를 둘러싸고 있는 고귀한 자연, 그보다 더 귀한 사람들이 있기에 내가 내 삶을 원하는 방향으로 이끌고 갈 수 있었구나.

차를 마실 때는 내내 옆에서 흐르는 개울 물소리를 듣는다. 가만히 감각을 한곳에 모으면 바람소리에 묻어온 나무 향도 맡을 수 있고 벌레들의 움직임도 느껴진다. 그는 차를 내리며 상선약수上善若

©이원식

익모초

산에는 밥도 되고 보약도 되는 꽃과 나무와 풀들이 사철 피어난다.
이보다 아름답고 감사한 것이 어디 또 있으랴.

水를 얘기한다. 가장 좋은 것은 물과 같아야 한다는 말은 우리에게 얼마나 많은 삶의 교훈을 깨우쳐주었나. 돌을 만나면 돌과 부딪치면서도 물길이 돌을 돌아가고 낭떠러지를 만나면 또 그대로 아래로 떨어진다. 한 가지 변하지 않는 사실은 물은 아래로만 흐른다는 점이다. 부처님이 말씀하신 하심下心의 이치를 가르치려 함이리라. 자연 속에서는 물소리 하나도 허투루 들을 수 없다.

밥과 차를 잘 얻어먹고 그 집을 나설 때, 그의 아내에게 고마움을 표현하고 싶은데 내 마음을 딱 떨어지게 전할 말이 없어 농담 한마디를 던진다.

"오늘 하루 남편 빌려줘서 고마워요. 잘 쓰고 제자리에 놓고 갑니다."

그의 아내는 보름달같이 환하게 웃으며 손사래를 친다.

"저 사람 저 얼굴로 이 산골짝에서 어떻게 전 선생님 같은 미인하고 마주앉아 차를 마시겠어예. 우리 남편 호강시켜줬으니 내가 더 고맙지예."

농담을 좀 할 줄 아는군, 하는 표정으로 서로 웃음을 주고받는다. 그의 아내 얼굴은 영락없는 보살상이다. 후덕하고 포근한 얼굴을 보는 사람에게 그 덕과 마음이 저절로 전달된다. 관상이 곧 복상이고 심상인 사람이다. 도처에 살고 있는 이런 좋은 사람들이 세상에 거칠고 메마른 상처들을 어루만져 치유하는 부처고 보살임을 다시 되새긴다.

깊은 밤 잠자리에 들면 낮에 있었던 일, 사람들의 표정이 하나 하나 떠오른다. 언짢았던 일을 말끔히 잊을 수 있을 만큼 힘이 되는 사람들이 주위에 있다는 사실이 가슴 벅차다. 아름다운 것들을 보면 공연히 슬퍼진다. 그 아름다움은 곧 더럽혀지지나 않을까, 금방 깨지지나 않을까, 쓸데없는 걱정으로 속을 태운다. 곧 마음을 바꾼다. 아름다운 것은 아름다움 자체로 이미 제 할 일을 다 한 거라고, 그것이 복이고 덕이라고 다시 깨닫는다.

산당귀

다른 풀이나 꽃에 비해 키가 훌쩍 커서 바람이 불면 자줏빛 꽃송이를 마치 고개를 끄덕이듯 흔든다. 우산처럼 옆으로 넓게 퍼진 꽃은 깨알만 한 꽃이 다닥다닥 붙어 큰 송이를 이루고 있다.

습한 땅에서 잘 자라는 당귀는 두해살이풀 또는 세해살이풀이다. 주로 뿌리를 약재로 쓴다. 뿌리를 캐어 잘라보면 젖빛 즙이 나오고 아주 강한 향이 난다. 가을이나 이른 봄에 뿌리를 캐내어 흙을 깨끗이 씻은 후 햇볕에 말렸다가 쓴다. 말린 뿌리를 1회에 2~4그램씩 물 200밀리리터에 은근하게 달여 마시거나 가루로 만들어 복용한다.

당귀는 혈액순환이 잘 안 되거나 몸이 허약한 사람에게 효과가 있을 뿐만 아니라 월경불순, 두통, 현기증, 어혈, 관절통, 타박상, 변비, 복통 등의 질환을 다스린다고 알려져 있다.

산야초 요리 가운데에서 빠질 수 없는 것이 당귀 잎 무침이다. 연한 잎을 채취해서 초고추장을 넣고 생채로 무쳐 먹기도 하고 데쳐서 찬물에 헹군 후 역시 초고추장에 깨소금을 넣어 무쳐 먹는다. 약간 매운맛이 느껴지지만 맛과 향이 좋아 입맛을 돋운다.

차로 마실 때는 어린잎을 잘게 썰어 살짝 덖어낸 후 그늘에서 말려 잘 밀봉해두고 녹차처럼 우려 마신다. 또 꽃이 활짝 피기 직전에 채취해서 햇볕에 말린 후 가루로 만들어놓고 가루차로 타서 마신다.

긴요한 약재로 쓰이는 뿌리는 겨울철에 캐서 잘 씻은 다음 그늘에서 말린다. 밀봉해두었다가 보리차처럼 대추 몇 알을 넣고 달여 마시면 좋다. 허브와 흡사한 당귀의 독특한 향이 오래도록 입 안 가득 남아 기분이 상쾌해진다.

구기자차

시골 울타리에 척척 늘어진 빨간 열매

장수마을로 알려진 곳을 찾아가봤더니 마을 한가운데 아름드리 구기자나무가 우물을 향해 뿌리를 뻗고 있더라는 말이 전해진다.

그만큼 약효가 뛰어나다는 얘기다. 사람이 사는 곳이면 어디서든 쉽게 볼 수 있다. 가을이면 시골 울타리에 빨간 구슬이 다닥다닥 열리는 나무가 바로 구기자다.

낙엽 활엽수인 구기자나무는 가지에 가시가 돋쳐 있고 땅 쪽으로 휘어지면서 자란다. 6~9월에 연보랏빛으로 꽃이 피고 난 후 파란 열매가 생겨나고 가을에 붉게 익는다. 익은 열매(구기자)를 주로 약재로 쓰며 뿌리껍질(지골피地骨皮) 또한 약으로 쓰인다.

구기자는 자양강장제로 널리 쓰이며 간 질환과 신체 허약한 증세, 양기 부족, 신경쇠약, 두통, 당뇨병, 만성 간염, 현기증, 시력 감퇴에 좋은 효과가 있다. 지골피는 소염, 해열, 폐결핵 등에 좋다.

말린 약재를 1회에 4~8그램씩 물 200밀리리터에 달여 복용하거나 10배의 소주에 담가 구기주로 마시면 몸이 허약한 사람에게 아주 좋다고 한다. 예부터 불로장생약으로 알려진 구기자는 한방약이나 민간약으로 자주 이용되어 만병통치약처럼 오용되는 경우도 종종 있었다. 그러나 아무리 좋은 것이라고 해도 지나치게 마시는 것은 몸을 오히려 해치므로 적당량을 복용해야 한다. 우리 선조들은 약술을 담가놓고 마실 때도 식사를 할 때에 반주 또는 약주라 하여 소주컵 한 잔 정도를 건강주로 즐겼다.

차로 마실 때는 어린잎을 따서 먼지를 씻어내고 한 번 가볍게 덖어내어 그늘에서 말려 우려 마신다. 구기자를 말려서 물에 넣고 끓인 후 보리차 대용으로 수시로 마셔도 좋다. 뿌리는 흙을 깨끗이 씻어낸 후 말려서 잘게 썰어 보관해두고 달여서 건강차로 마시면 좋다.

잎과 열매는 차로 만들어 먹거나 술을 담그며, 어린잎은 나물로 무쳐 먹거나 가볍게 데쳐 찬물에 헹군 후 입맛에 맞게 조리해 먹는다. 쓴맛과 떫은맛이 없기 때문에 연한 잎을 잘게 썰어 밥을 할 때 넣어 나물밥을 해서 먹기도 한다. 갖은 양념을 해서 요리한 나물을 접시에 담아놓고 연보랏빛 꽃을 따서 한쪽에 장식하면 입과 눈이 모두 즐겁다.

구기자 열매는 냉수에 재빨리 씻어 건지고, 물을 넣고 고운 빛이 우러날 때까지 끓인다. 찻잔에 따르고 경우에 따라서 설탕이나 꿀을 타서 마신다. 신경쇠약, 시력 감퇴, 정력 감퇴 등의 증상에도 효과가 있으며 생장호르몬의 촉진작용, 콜레스테롤의 침착 제거 외에도 간장에 축적되어 있는 지방을 분해하고 혈액 내의 혈당을 감소시킨다.

겨울

나무는 최후의 한 잎까지 다 떨어뜨리고 겨울을 맞이한다.
한때 화려함을 자랑하며 피었던 꽃과 무성했던 나뭇잎이 사라진,
기둥과 가지로만 자신을 버티고 있는 군더더기 없는 나무의 자태는
감동을 자아낸다. 새잎과 꽃을 피우기 위해 참아내는
긴 인동의 시간을 바라보는 사람들의 눈길은 저절로 깊어진다.

지리산의 겨울나기

혼자 있는 시간

나무는 최후의 한 잎까지 다 떨어뜨리고 겨울을 맞이한다. 한때 화려함을 자랑하며 피었던 꽃과 무성했던 나뭇잎이 사라진, 기둥과 가지로만 자신을 버티고 있는 군더더기 없는 나무의 자태는 감동을 자아낸다. 새잎과 꽃을 피우기 위해 참아내는 긴 인동의 시간을 바라보는 사람들의 눈길은 저절로 깊어진다. 인디언들은 12월을 다른 세상의 달, 침묵하는 달이라고 부른다.

해마다 겨울 한가운데서 생뚱맞게 듣게 되는 소식이 있다. 남녘 어딘가에 개나리가 피었고 개구리가 돌아다닌다는 것이다. 오리털 외투로 무장하고서 외출하던 길에 그런 소식을 들으면 돌연 어리둥절해진다.

하지만 사실 여부와 상관없이 잠시 마음이 설렌다. 밖은 꽁꽁 얼어붙어 문만 열면 매서운 바람이 쌩쌩 부는데 노란 빛깔의 꽃이나 초록색의 개구리라니……. 떠올리는 것만으로도 마음에 생기가 돈다. 몇몇 사람에게 그 소식을 전하자 "곧 봄이 올랑가베, 세월 참 금방이여", 하며 웃는다.

반가운 마음도 잠깐, 꽃이 피다 말고 얼어붙지나 않을까 측은한 생각이 든다. 얼마나 갑갑하면 이 추위를 무릅쓰고 밖으로 얼굴을 내밀었을까. 목숨 지닌 것의 삶에 대해 잠시 쓸쓸한 기분에 젖는다.

〈일주문 앞〉

갈잎나무 이파리 다 떨어진 절길

일주문 앞

비닐 천막을 친 노점에서

젊은 스님이

꼬치오뎅을 사 먹는다

귀영하는 사병처럼 서둘러

국물까지 후루룩 마신다

산속에는 추위가 빨리 온다

겨울이 두렵지는 않지만

튼튼하고 힘이 있어야

참선도 할 수 있다

1년을 마감하는 끝자리에 겨울이 있다는 것은 자신의 내면에 들어앉아 깊이 들여다보라는 자연의 가르침이 아닐까.

산 근처에서 쉽사리 볼 수 있는 장면이지만 그냥 지나쳐지지 않는 풍경이다. 겨울 한가운데서 문득 김광규 시인의 이 시가 떠오르곤 한다. 생명 가진 모든 것에게 어쨌거나 견디기 쉽지 않은 계절이다. 그래서 더욱 서로에게 따뜻한 시선을 보내게 되는 듯싶다.

아무리 아름다운 들꽃도 누군가 이름을 불러주기 전까지 그 존재는 의미가 없다. 인생의 의미와 가치 또한 스스로 그것을 선택하고 마음을 다하지 않으면 하나의 몸짓에 지나지 않는다. 나는 무엇이 되고 싶어서 지난 계절 그리도 분주히 움직였던가.

산을 풍성하게 했던 꽃과 열매와 이파리들은 차 한 잔이 되어 긴 겨울 우리 곁에서 자연의 아름다움을 일깨워준다.

겨울은 봄, 여름, 가을 세 계절의 노고와 땀방울 때문에 존재할 수 있는 계절이다. 1년을 마감하는 끝자리에 겨울이 있다는 게 우연만은 아닐 것이다. 자신만의 내면에 들어앉아 깊이 들여다보라는 자연의 가르침이 아닐까. 한 해가 춘삼월이 아닌 1월에 시작하는 까닭 역시 자칫 마음을 어지럽혀 삶의 경건함을 잃게 될 것을 염려해서일 것이다. 거기엔 조용히 1년을 계획하고 마음을 다잡으라는 속 깊은 뜻이 담겨 있다.

낮에는 비록 혼자 있어도 눈에 들어오는 모든 사물과 풍경이 가까이 있어 견딜 만하다. 그러나 밤이 되고 사위가 어둠 속에 잠기면 때때로 홀로 남은 느낌이 들 때가 있다.

밤에 혼자 있는 시간이 문득 무겁게 느껴질 때는 촛불을 켠다.

촛불은 뜨거운 눈물을 흘리며 자기 몸을 연료로 홀로 빛을 낸다.

인간 또한 번잡한 일을 뒤로하고 내면을 응시하는 혼자만의 시간이 필요하리라. 고독이라는 피할 수 있는 복병을 만나더라도 진정한 자신과 정면대결하지 않는 한 아무것도 할 수 없으리라는 절박함에 가만히 촛불을 응시한다.

모든 활동이 휴지기에 들어가는 것처럼 보이는 겨울에도 자잘한 일거리들이 기다리고 있다.

적당한 노동은 정신과 생활에 활력을 준다는 말을 절감하는 것도 겨울이다. 움직임과 쉼의 균형을 유지하는 것이 몸과 마음의 건강에 중요하다는 사실은 이미 입이 아프도록 얘기했다. 입동이 지나 날이 추워지기 시작하면 김장을 시작으로 이것저것 마무리할 일이 많다.

겨울철 반찬으로 말려놓은 나물이나 버섯도 잘 챙겨두고 장아찌 등 밑반찬도 만들어야 한다. 그중에서도 제일 큰일은 1년 내내 정성들여 만든 산야초 효소를 갈무리하는 작업이다.

산야초 효소

우리 몸속에는 수천 개의 효소가 있어 생명 유지에 필요한 필수적인 작용을 한다. 현재까지 밝혀진 체내 효소만 해도 2,700여 종에 이르고 있으나 이것조차 효소의 정체와 역할 가운데 극히 일부분에 불과하다는 게 과학자들의 주장이다.

생명이 잉태되는 과정에서부터 발육, 성장 등에 관여하여 죽을 때까지 끊임없이 작용하는 효소는 생리적인 역할에 따라 소화효소, 발효효소, 호흡효소, 근육효소, 응유효소, 응혈효소 등으로 나누어진다. 내장기관의 활동, 근육 활동, 신경 활동, 두뇌의 활동 등 효소는 인간 생명의 모든 작용에 관여하지 않는 곳이 없다. 효소 없이는 한시도 살아갈 수 없다고 해도 과언이 아니다. 한마디로 체내에 효소가 없다면 그 순간부터가 죽음이다.

체내의 효소는 알맞은 체온과 pH(체액의 산도), 적당한 보효소補酵素(유기산과 미네랄)를 갖추어야 활발한 작용을 하게 된다. 이 최적

조건이 갖추어지지 않으면 효소는 감소하거나 그 활성이 저하되고 결과적으로 각 체내 장기의 기능이 약화되므로 건강상태가 무너지게 된다.

효소는 음식물의 소화 과정을 통해 각 장기에서 생성되지만 공기·식수·토양 등의 오염, 화학비료, 농약, 인스턴트식품 등이 직·간접적으로 효소를 감소시키거나 그 활성을 떨어뜨려 모든 조직의 세포 활력을 저하시키고 체력을 약화시킨다.

이런 상태가 오랫동안 계속되면 체내의 밸런스가 깨져 병에 걸리게 된다. 또 암과 같은 악성 종양, 위궤양, 방광염 등의 세균성 질환이 발병하기 쉽다.

이를 막기 위해서는 식생활을 개선해야 한다. 하지만 경제성과 편의성만을 추구하는 오늘날의 산업사회는 이를 용납하지 않을 뿐만 아니라 오히려 효소 부족을 더욱 심화시킨다. 따라서 가장 합리적인 방법은 체내의 효소와 똑같은 효소를 체외로부터 보충하여 깨진 밸런스를 바로잡는 것이다.

산야초 효소는 봄부터 겨울까지 산과 들에서 나는 초목들 가운데 뿌리, 잎, 껍질, 열매, 꽃 등을 채취하여 발효시켜 숙성한 것을 말한다. 투병 중인 환자나 허약한 사람에게 산야초 효소처럼 좋은 보조식품도 없다. 저혈당이나 빈혈 증상이 있는 경우에도 좋은 효과를 낸다.

만드는 법은 우선 나무의 잎과 뿌리 그리고 부드러운 순을 적어도 100여 가지 이상이 되도록 채취해야 한다.

봄에는 새순이나 꽃, 이파리를 주로 딴다. 매화, 질경이, 민들레, 으름덩굴순과 꽃, 칡순, 솔순, 진달래꽃, 아카시아 꽃, 찔레꽃과 순, 두릅순, 쑥, 동백꽃 등이다. 여름 산야초로는 연잎, 인동초 꽃(금은화), 감잎, 앵두, 파리똥 열매, 버찌, 오디, 살구, 칡꽃, 매실, 뽕잎 등이 있다. 가을에는 주로 열매와 꽃을 딴다. 감국, 구절초, 황국, 백국 같은 산국화와 용담, 탱자, 유자, 개복숭아, 오미자, 머루, 모과, 개다래, 산수유, 돌배 등이 있다. 겨울에는 칡, 우슬, 당귀, 도라지, 더덕, 잔대, 지초, 우엉, 삽주 등 주로 뿌리식물을 캔다.

채취한 산야초는 물에 깨끗이 씻은 다음 물기를 완전히 제거한다. 효소에는 개복숭아, 버찌, 파리똥, 오디, 으름, 산사과, 돌배 등 산열매와 여러 가지 꽃이 들어가야 맛이 좋다. 100가지 이상의 산야초와 야생 열매 등으로 만든 효소는 백초효소라고도 한다. 항아리에 산야초 한 둘금, 벌꿀이나 황설탕 한 둘금을 차곡차곡 눌러 담는다. 백설탕은 내용물이 발효되는 속도에 비해 너무 빨리 녹고 반대로 흑설탕은 너무 늦기 때문에 반드시 황설탕을 사용해야 한다. 항아리는 완전히 밀봉하여 그늘에 보관한다.

보통 100일 정도 지나면 발효가 되는데, 100일 후에 발효된 찌꺼기를 걸러서 짜낸 후 그 원액을 약 6개월 정도 숙성시키면 산야초 효소가 된다. 봄, 여름, 가을에 그때그때 걸러낸 산야초 효소 액을 나중에 모두 섞는다. 각각의 효소에 들어 있는 성분이 더해지면서 더 좋은 약성을 발휘한다.

온도 조절에 의해 자연 추출된 원액(즙)을 6개월 내지 1년 이상 서늘한 곳에서 충분히 성숙 발효시켜야만, 설탕이 세포와 뇌의 활력에 필수적인 포도당과 과당으로 분해되어 설탕의 해가 없어지고 소화된 상태가 된다. 간혹 뚜껑을 열면 샴페인처럼 펑 하고 효소액이 솟아오르는 경우가 있는데, 이러한 현상은 완전히 발효가 되지 않은 것이므로 좀 더 발효를 시키면 된다.

완전히 숙성된 산야초 효소를 생수 100밀리리터에 효소 10밀리리터 정도의 비율로 혼합하여 아침저녁으로 먹는다. 또 녹즙을 먹을 때 산야초 효소를 10밀리리터 정도 혼합하면 훨씬 흡수가 잘된다. 그리고 저혈당(빈혈)이나 병약자가 단식 중일 때는 1일 2~3회 생수에 효소를 타서 음용하면 단식의 효과를 높일 수 있다.

산야초 효소는 소화를 촉진시켜주고, 체내의 각종 노폐물을 분해시켜주며, 항염·항균 작용과 더불어 피를 맑게 해주고, 혈액순환을 돕는 등 여러 가지 효과가 있다. 일반 음료와 달리 효소의 단맛을 내는 성분은 6개월 이상 발효 과정을 거치면서 과당으로 변하기 때문에 인체에 해롭지 않다.

삽주

창출 또는 백출이라고도 불리는 국화과에 속하는 여러해살이풀인 삽주는 주로 양지바른 산지에서 잘 자라는 약용, 식용 식물이다. 딱딱한 뿌리줄기가 창출이고 끝 부분에서 밤톨처럼 알뿌리로 뭉치는 것이 백출이다. 약용으로 쓰이는 뿌리는 가을, 겨울, 이른 봄에 캔다.

삽주 뿌리는 위를 튼튼하게 하고 기운을 북돋워주는 작용을 하며 만성 위장병이나 소화불량, 식욕부진, 신장기능 장애, 팔다리 통증, 감기, 해열, 이뇨, 건위, 진통 등의 증상에 쓰인다.

감기에 걸렸거나 열이 잘 내리지 않을 때도 삽주 뿌리 달인 물을 복용하면 효과가 있다. 중풍에는 백출을 약으로 쓴다. 중풍으로 입을 다문 채 기절한 사람에게는 백출을 1회에 2~3그램씩 물 200밀리리터를 붓고 그 물이 반으로 줄 때까지 은근한 불로 달인 다음 마시게 하면 정신이 돌아온다고 한다.

어린순은 생나물로 무쳐 먹기도 하며 쌈을 싸서 먹기도 한다. 데쳐서 먹기도 하지만 부드러운 생잎을 무침으로 해서 먹으면 아주 독특한 맛과 향을 느낄 수 있다.

녹차 대용으로 사용할 때는 잎과 어린순을 채취하여 덖음차로 만들어놓았다가 우려 마시면 삽주잎차의 독특한 향과 함께 비타민을 비롯한 풍부한 영양분까지 섭취할 수 있다.

노스승의 가르침

노자老子가 늙어서 죽을 날이 얼마 남지 않은 스승, 상용商容을 찾아갔다. 스승은 자신의 몸도 겨우 가눌 정도로 병들고 노쇠해 있었다. 이제는 제자를 가르치기는커녕 움직일 때도 부축을 받아야 할 지경이었다.

"제자들에게 남겨 일러줄 교훈이 없으십니까?"

자신을 안쓰러운 눈으로 바라보는 노자에게 스승이 한마디 던졌다.

"고향을 지나다 수레에서 내리면 알게 될 것이다."

"고토故土를 잊어버리지 말라는 말씀이십니까?"

"높은 나무 밑을 지나다 보면 알게 되리라."

"노인을 공경하라는 가르침이 아닙니까?"

이에 상용이 입을 벌리며, "내 혀가 남아 있는가?"라고 물었다. 노자가 "남아 있습니다"라고 대답하였다. 스승은 다시 입을 크게

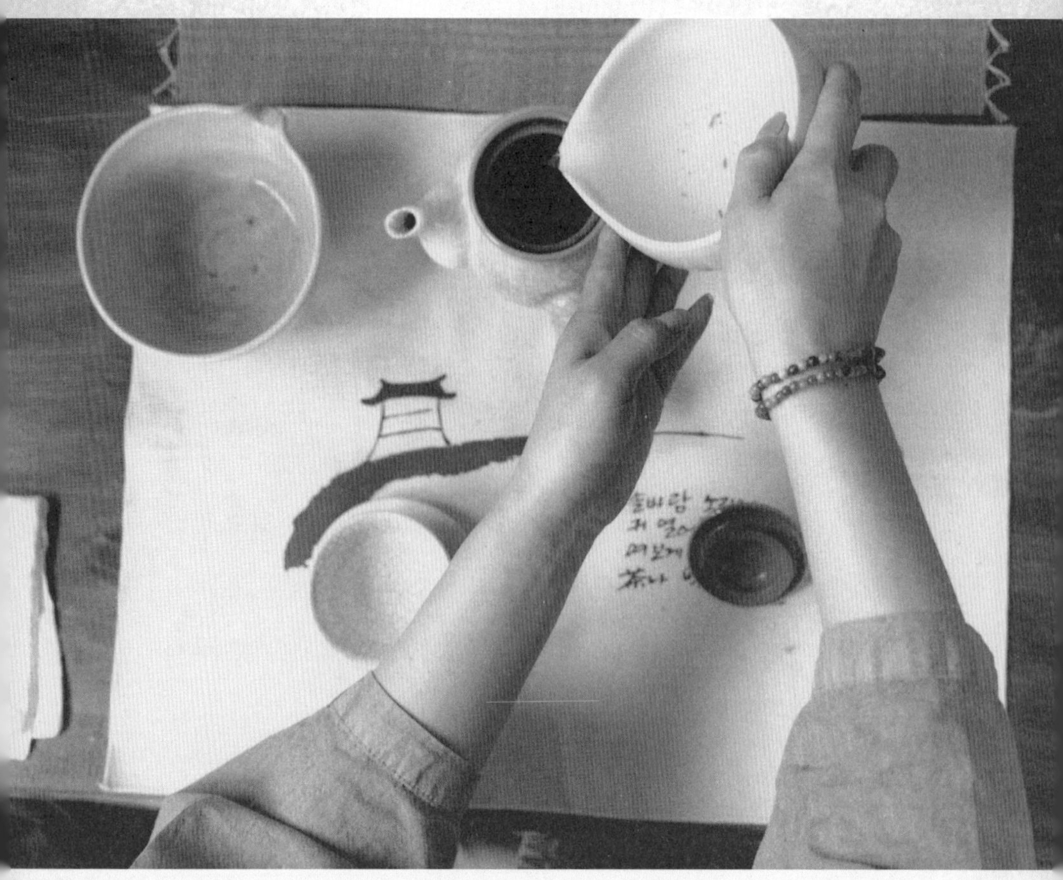

차를 내리고 마시는 일이 곧 명상이다.

벌렸다.

"그럼 내 이가 남아 있느냐?"

노자는 이가 몽땅 빠진 스승의 입속을 민망한 얼굴로 바라보다 고개를 저었다.

"없습니다!"

이번에는 큰 소리로 대답했지만 속으로는 '왜 갑자기 입을 벌리고 황당한 질문을 하시는 거지. 스승님이 드디어 치매에 걸리신 건 아닐까' 하는 불경스러운 마음이 도사리고 있었다.

"이것이 나의 마지막 가르침이니라. 알겠느냐?"

잠시 생각에 잠기더니 곧 스승의 깊은 속내를 알아차린 노자가 대답했다.

"강한 것은 없어지고, 약한 것은 남게 됨을 이르시는 것이 아닙니까?"

스승이 덧붙였다.

"천하의 일을 다 말했다."

강한 것보다 부드러운 것이 마지막까지 살아남는 법이라는 가르침이다. 노자는 스승이 이제는 아무 짝에도 쓸모없는 것처럼 쇠락한 육체를 통해 알려준 그 가르침, 평생을 써온 단단한 이보다 무르고 힘없어 보이는 혀가 마지막까지 남게 된다는 교훈을 가슴 깊이 새겼다.

이 얘기를 처음 들었을 때 나 역시 노자처럼 언뜻 무슨 말을 하는지 알아듣지 못했다. 알 것 같기도 하면서 뭐라고 딱 꼬집어 말할 수 없었다. 추진력을 갖고 일을 밀어붙이기 쉬운 젊은 제자에게 자신을 경계하라는 말이었을 것이라고 짐작해본다. 일을 하다 보면 힘 있게 밀어붙여야 할 순간이 있다. 그런 태도가 몸에 배면 무슨 일이든 잠시 뜸을 들여야 할 때가 있다는 걸 잊는다. 아이스크림을 먹을 때 이로 씹어서 먹으려 하는 것처럼 어리석은 태도다. 혀로 살살 녹여서 먹어야 할 것이 따로 있는 법이다.

요즘 전쟁과 환경 파괴가 극에 달하자 등장한 것이 '모성 회복' 구호다. 어머니의 정서를 담은 정책, 여성적인 관점에서 세상을 바라보고 발전시키자는 주장은, 강한 힘으로 밀고 나가는 방식으로 나라를 운영하다 결국 국토는 망가지고 사람들은 병들게 되었다는 자각에서 비롯되었을 것이다. 어머니의 따뜻하고 부드러운 마음으로 쓰다듬는 정책의 필요성이 어느 때보다 절실하다.

흔히 어머니로 비유되는 지리산의 둥그런 능선을 바라볼 때면 떠오르는 교훈이다. 어머니는 그 자체만으로도 의미가 있는 존재다. 전투와 싸움이 아니라 애정과 친밀함과 공감이 있는 세계다.

정신과 육체가 분리되어 있다는 서구의 믿음은 뇌와 신체 사이를 오가며 정보를 전달하는 신경세포들이 발견되면서 무너졌다. 정복하려 하기보다 보살피고 수용하고 협력하려는 여성적 가치와 질서를 받아들여야 할 때다. 본성적으로 생명을 낳고 보살피고 감싸는 데 능동적인 여성으로부터 그런 점을 배우자는 주장은 이미 몇몇 사회학자들의 입에서 회자되던 내용이다.

남성들과 달리 여성들의 삶은 그 과정 전체가 제의적이라고 할 만큼 위기와 그것을 넘어서는 성스러운 결단의 연속이다.

생리 주기가 그렇고 결혼과 출산, 육아의 과정과 자식을 다 키워 내보내고 홀로 남겨지는 중년 이후의 삶의 과정이 모두 그렇다. 그중에서도 출산의 과정은 자신의 죽음을 각오하고 행해져야 하는 철저히 외로운 작업이기에 그 고통은 말로 다 표현할 수 없다. 그래서 어떤 사람은 이런 말도 한다.

"잘났다는 놈 많이 만나봤는데 자식 안 낳아본 사람이 하는 말은 다 헛소리더라. 지들이 도를 닦았으면 얼마나 닦았겠어." 생명 키우는 일의 어려움을 토로한 말일 것이다. 하물며 그 자식을 낳는 일을 직접 수행한 여자들의 삶을 대하는 태도에 대해서는 더 말해 무엇하겠는가.

나뭇가지의 부드러움은 풍압과 적설의 이중 압력을 흡수해서 삼키면서 '복종하면서도 거역하는' 삶의 방식을 보여준다. 고산의 강한 풍압과 겨울의 두터운 적설의 무게라는 외적 조건에 대한 저항을 속으로 감춘 대응방식이다.

그런 삶의 방식은 역경을 켜켜이 품고 있기에 순조로운 환경에서 제멋대로 자란 것과는 달리 비대하지도 않고 높이 우뚝 서지도 못한다. 그러나 단단하다.

곡식과 채소를 길러내는 농부들의 마음이 바로 어머니의 마음이다. 간간이 방송으로 보도되는 '불량식품'은 최소의 면적에서 최대의 생산성과 생산고를 목적으로 하는 자본이 극대화하여 회전한 결과다. 누군가를 먹이는 음식이라는 사실을 망각하고 단순히 유통되는 물건이라고만 생각한다면 그것은 이미 어머니의 마음이 아니다.

현대의 농업은 먹을거리를 제공하는 본래의 기능에서 멀어져 돈을 창출하는 수단이 되었다. 농산물의 최종 소비자인 인간을 잊었다. 먹는다는 것은 모든 인간이 행하는 일상적인 행위다. 제 입으로 들어간 음식이 결국 그 인간을 만드는 원천인 것이다.

먹을거리를 통해 인간은 자연과 관계하고 자연의 일부가 된다. 농업을 바라보는 시선은 자연을 바라보는 시선이다. 농업의 중요성을 아는 사람이 자연을 존중할 줄 알고, 자연을 존중할 줄 아는 사람이 농업의 중요성을 안다.

어떤 기업체의 사장은 면접을 볼 때 시골 출신의 응시자에게는 가산점을 준다고 한다. 농사를 지어본 사람은 일의 순서와 자신의 주변을 돌볼 줄 아는 소위 '소견머리'가 있다는 것이다. 씨 뿌릴 때 씨 뿌리고 가꾸고 거두는 과정 사이사이에 수없이 손길이 가는 작업을 직접 해본 사람은 일을 할 때 기계적이지 않고 총체적인 상황에서 제 몫을 해낸다는 것이다. 수긍이 가는 부분이다.

그 농부의 손길이 바로 노자의 스승이 말한 부드러움의 세계관을 보여주는 살아 있는 가르침이다.

물

차를 만들고 건강에 관심을 갖기 시작하면서 가장 소중하게 생각하게 된 것이 물이다. 물처럼 중요한 것이 없으면서도 물만큼 소홀히 여기는 것도 없는 듯하다.

물은 공기처럼 조금만 부족해도 우리 몸에 이상을 일으키는 인체에 꼭 필요한 물질이다. 물이야말로 건강을 이루는 제1요소가 아닐까.

우리 몸의 3분의 2는 물로 구성되어 있다. 남성은 체중의 60~65퍼센트, 여성은 지방이 많아 50~60퍼센트가 수분이다. 갓 태어난 아기는 체중의 약 70퍼센트에 이를 정도로 많다.

물은 몸속에서 소화와 흡수, 순환, 배설에 관여하고 있다. 또 체액의 농도를 일정하게 하며, 체온을 조절하고, 건강한 피부와 근육을 유지하게 하며, 관절에는 윤활유 구실을 한다. 무기질과 산소, 영양분, 노폐물을 운반하는 혈액의 90퍼센트는 물이 차지하고 있다.

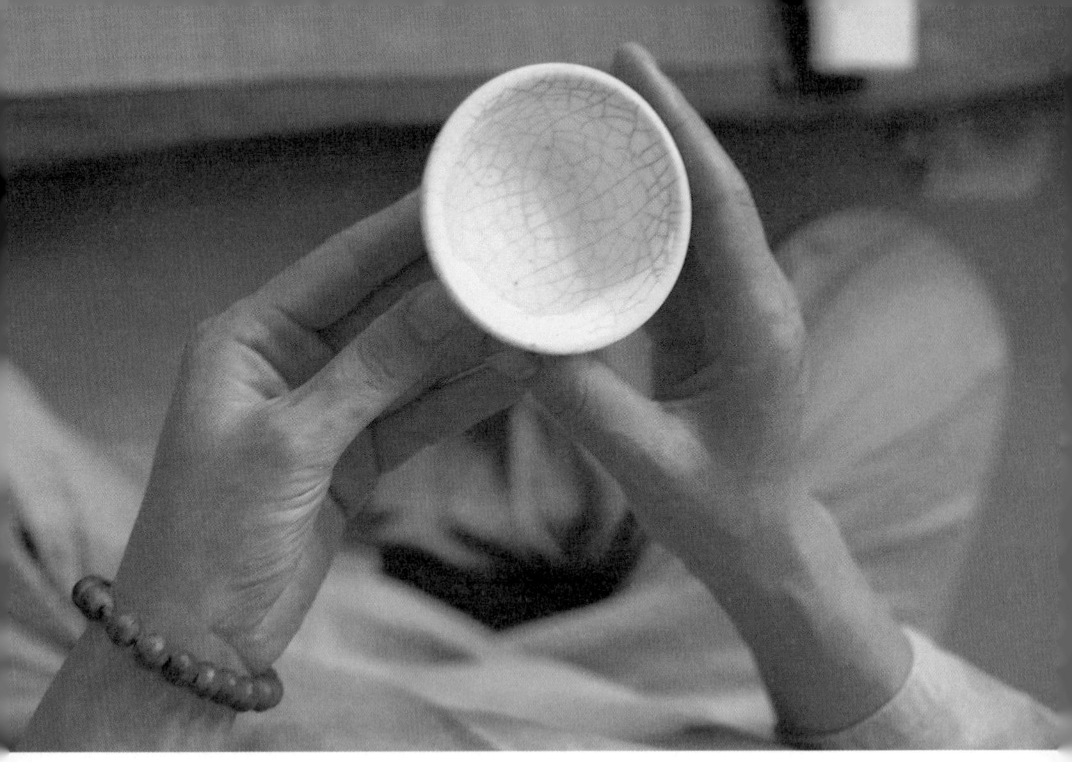

무색, 무취, 무향의 좋은 물이 향기로운 차를 빚어낸다.

매일 2.5리터가량의 물이 소변, 피부, 호흡, 대변의 대사과정을 통해 인체 밖으로 빠져나간다. 몸속의 물이 1~2퍼센트 부족하면 심한 갈증을 느끼고, 5퍼센트 부족하면 혼수상태에 빠지며, 12퍼센트 부족하면 생명까지 잃는다고 한다. 따라서 하루에 적어도 8컵 이상, 2리터 정도를 마시는 게 좋다. 하루에 음식물로 섭취하는 물의 양은 0.5리터 정도이기 때문에 나머지 2리터는 물로 마셔서 보충해줘야 한다.

요로결석은 콩팥이나 방광, 요관에 돌이 생기는 증세로 여름에 잘 생긴다. 더운 날씨에 땀을 많이 흘리면 혈액의 농도가 진해져 혈액 속의 칼슘이나 요산 성분이 콩팥에서 걸러질 때 소변으로 배설되지 않고 뭉치기 쉽기 때문이다. 심지어 탈모 증상에도 스트레스를 다스리고 숙면을 취하는 것 외에 물을 많이 마실 것을 권하고 있다.

시원한 냉수나 끓여서 식힌 차를 마시는 게 좋다. 조금씩 자주 천천히 마셔라. 아침에 일어나서 한 컵, 식사 30분 전에 한 컵, 자기 전에 한 컵, 그 외의 시간에는 30분 단위로 4분의 1컵 정도를 마신다. 물 한 컵은 3회에 걸쳐서 천천히 마신다.

좋은 물이 좋은 차를 만든다. 무색, 무취, 무향의 좋은 물이 향기로운 차를 빚어낸다.

차를 끓일 때는 물을 다루는 데도 정성이 필요하다. 옛날에는 반드시 새벽에 그날 사용할 양의 물을 길어 와야 했다. 새벽에 뜨는 청정수에는 좋은 기운이 담겨 있기 때문이다. 오후나 밤에 떠온 물을 쓰지 않은 것은 자연의 이치를 이해하는 데서 나온 생활의 지혜였다. 모든 샘물은 양의 기운(밤 12시에서 낮 12시 사이)이 돌고 있는 때가 좋고, 이른 아침 5시나 6시면 더욱 좋다.

옛사람들은 밭에서 따온 상추나 배추, 혹은 산속의 버섯, 산나물이라도 오전에 채취하는 것과 오후에 채취하는 것은 맛과 향의 기운이 다르다는 것을 알았다. 바위나 자갈, 모래와 흙이 잘 조화된 산에 있는 것을 좋은 것으로 쳤고, 큰 산을 모체로 작은 산의 중턱에서 나오는 석간수는 더할 나위 없는 상품으로 여겼다. 떠온 물은 오지항아리에 담아서 고요히 놔두면 성스러운 물이 된다.

명차名茶는 이러한 성수聖水와 만났을 때 색향미色香美를 오롯이 갖춘다는 게 옛사람들의 생각이었다. 번거롭고 복잡한 일이라고 치부할 수 없는 이치가 담겨 있다.

요즘처럼 수돗물이나 생수를 쓸 때는 자연 유약을 바른 용기에 물을 담아 여덟 시간 이상 침전시킨 후 사용해야 한다. 뚜껑은 밀폐된 것보다 삼베를 겹댄 대바구니나, 나무판자를 잘게 잇대어 만든 나무뚜껑이 좋다.

《동의보감》에서도 물에 대해 언급한 내용이 있다. 가장 으뜸은 새벽에 긷는 우물물로 정화수井華水를 꼽았고, 두 번째로는 찬 샘물인 한천수寒泉水, 세 번째로는 국화꽃으로 덮인 못에서 길어온 국화수菊花水를 좋은 물로 여겼다.

국화수는 성질이 온순하고 맛이 달며, 독이 없는 물이다. 국화는 사람에게는 약이 되나 벌레, 곤충 등을 제어하고 소독하는 성분이 있다는 사실을 우리 조상들은 이미 알고 있었던 것이다. 중풍 등으로 마비된 몸이나 어지럼증을 다스리며, 풍기를 제거하고 안색을 좋게 하며, 오래 마시면 수명이 길어지고 노화를 억제한다.

우리는 어쩌면 건강에 대한 상식과 지식을 지나치게 많이 알고 있는지도 모른다. 중병에 걸려 의사의 도움이 필요한 경우가 아니라면 상식으로 알고 있는 건강 지식만으로도 충분히 건강을 지킬 수 있다.

"음식을 오래 씹어서 먹어라. 현미밥, 잡곡밥을 먹고 편식하지 마라. 맑은 공기를 마셔라. 채소나 과일을 많이 먹어라. 운동을 해라."

많이 하라거나 아니면 하지 말라는 이 구체적인 지시 사항은 얼핏 보면 아주 간단한 일처럼 보인다. 그런데 왜 그토록 지키기 어려운 것일까. 그것은 우리의 삶이 자연에서 멀어졌기 때문이다. 자기가 심어서 거둔 음식을 먹는 게 아니라 가게에 가서 사 먹다 보니 자연히 저 좋아하는 것만 사게 돼 편식으로 이어진다.

옛날 같으면 집안 여기저기에 있는 콩이나 보리를 섞어 밥을 하면 되는데 이제는 일일이 잡곡을 사기가 귀찮으니 쌀밥만 먹게 된다. 항상 바쁘고 급하니 오래 씹지도 못한다. 운동을 할 시간도, 맑은 공기를 마시러 나갈 시간도 없다.

어느 순간 구태의연해 보이기까지 하는 건강 상식의 필요성을 절감할 때가 있다. 안타깝게도 너무 늦었을 때이기 쉽다. 건강을 잃고 몸이 위기에 빠졌을 때, 그때서야 비로소 자신의 삶을 돌아보게 되고 생활을 반추한다.

나 또한 예외가 아니었다. 어머니의 암 선고가 없었다면 아마 아직도 도시 한가운데에서 하루하루 쫓기는 삶 속에 몸담고 있을 것이다. 스스로를 돌아볼 틈도 없이 정신없는 하루가 끝나면 피곤에 지쳐 잠을 자고 다시 또 하루를 시작하는 악순환을 되풀이하고 있을 것이다. 그러고 보면 한번쯤 뭔가 큰 것을 잃어보는 것도 그리 나쁘지만은 않은 것 같다.

너무 늦기 전에 몸이 우리에게 건네는 이야기에 귀 기울이자. 큰 병이 나기 전에 어디가 아프거나 불편하다고 호소해올 것이다. 무엇이 필요한지도 미리 알려줄 것이다.

어떤 음식이 싫어지면 그 음식에 함유된 영양분이 우리 몸에 충분히 축적되어 있다는 뜻이다. 반대로 당기는 음식이 있으면 그 음식에 들어 있는 영양분이 몸에 부족하다는 뜻이다. 몸의 신호에 귀를 기울이는 것, 그것은 아무리 강조해도 지나치지 않는 건강의 첫 번째 원칙이다.

늘 흐르면서 자신을 정화하는 물은 살아 있는 것이다. 물은 생명에 필요한 영양분을 나르고 불순한 것들을 씻어내어 모든 것에 생명을 불어넣는다.

자연을 이루는 모든 생명체는 나름의 법칙에 따라 태어나고 또 사라져간다. 순환이야말로 대자연의 법칙이다.

차와 이야기

우리에게는 다담茶談 문화라는 것이 있다. 찻물을 끓이고 찻잔을 준비해서 차를 따라 마시는 일련의 과정을 치르면서 그윽한 차와 함께 이야기를 나누는 문화를 이른다.

이제는 옛 시절의 이야기가 되고 말았다. 요즘에는 어느 집에 가든 쉽게 "커피 한 잔 하실래요"라고 묻는다. 대체로 서둘러 원두커피를 뽑거나 물을 끓여 인스턴트커피를 탄다.

단 몇 분 만에 커피를 테이블에 올려놓는다. 차 한 잔을 우려 마시면서 대화를 나누고 서로 여유를 누릴 수 있는 문화는 이제 찾아보기 힘들어졌다.

지리산 자락, 특히 차를 생산하는 게 주산업인 화개에서는 늘 보는 이웃이나 우연히 아는 이와 길거리에서 얼굴이 마주치면 나오는 첫 마디가 한결같이 "차 한 잔 하고 가세요"다.

그중에서도 내가 눈에 띄기만 하면 어김없이 불러서 차를 권하는 곳이 '쌍계제다' 직판장이다. 나뿐만 아니라 누구라도 그 집에 들르면 당연한 듯 스스럼없이 차를 대접받는다. 언제나 웃는 얼굴로 차를 대접하는 정숙 언니는 차 인심만큼이나 마음 또한 넉넉한 사람이다.

차 한 잔 하라는 말은 언뜻 커피 한 잔 마시라는 말과 크게 다르지 않은 것 같지만, 그 속을 들여다보면 사뭇 다른 풍경을 만날 수 있다.

집집마다 제각기 차의 맛이 다 다르다. 차를 대접하면서 이 차는 무슨 차며 어느 계곡에서 채취한 찻잎으로 만들었고 어떻게 만들었는가로 시작된 대화는 어느새 동네 경조사와 사람들의 얘기로 퍼져나간다. 차를 마시는 동안 시간이 훌쩍 지나버려 아쉽게 찻잔을 내려놓고 일어서야 한다.

차를 사랑하는 사람들은 차 모임이나 행사에만 치중할 게 아니라 좋은 차 생산에도 관심을 가져야 한다. 만남을 위해 좋은 차를 만드는 것도 차 사랑의 즐거움이다. 혼자 음미하는 차도 좋지만 마음이 오가는 차 벗과 함께한다면 더욱 그윽한 맛을 느낄 수 있다.

차의 기본은 상대방을 공경하고 존중하는 것에서 시작된다. 조심스러운 손길로 차를 우려내 건네는 손길 하나하나에 정성이 담기고 받드는 마음이 녹아 있다. 조용한 가운데 찻물 따르는 소리가 마음을 다독인다. 시끄럽고 소란한 세상에서 찻잎처럼 마음을 가라앉히기 위해 차를 마신다. 자칫 움츠러들기 쉬운 겨울, 꽃잎이

우리에게는 다담 문화라는 것이 있다. 찻물을 끓이고 찻잔을 준비해서 차를 따라 마시는 일련의 과정을 치르면서 그윽한 차와 함께 이야기를 나누는 문화를 이른다.

동동 뜬 찻잔을 마주하고 잠시 지나간 계절에 대한 상념에 젖는다.

요즘 찻집에서 전통차라고 파는 차들은 대추, 유자, 모과 등 대부분 끓여 먹는 차다. 엽록소를 통한 비타민이나 미네랄을 공급받기 위해서는 이파리나 꽃 등 산야초로 만든 차가 좋다.

문제는 산야초차의 경우 맛이 생소하여 거부감이 들 수 있는데, 이럴 때는 녹차와 생강, 대추, 감초 등을 섞어 마시면 좋다. 산야초차의 독특한 맛과 향을 음미하면서 차츰 습관을 들이도록 한다. 산야초차 대여섯 종류를 함께 우려내는 것도 방법의 하나다. 각종 식물의 성분이 우러나와 차 맛을 좋게 할 뿐만 아니라 서로 상승 작용을 일으켜 몸에도 좋은 효과를 나타낸다.

산야초차를 음료 대용으로 1년 내내 마시면 식물의 좋은 영양소를 겨울에도 계속 우리 몸에 공급할 수 있다. 경제적이면서도 효과적인 건강 증진 방법이다.

다선일미茶禪一味 또는 선다일미禪茶一味라는 말이 있다. '차로 선의 경지에 다다른다'는 의미다. 술을 마실 줄 모르는 수행승들은 술이나 약 대신 차를 애음할 수밖에 없다. 수도자에게 있어서 차는 수마睡魔를 쫓아내고 정신을 맑게 할 뿐만 아니라, 차향이 끓어오를 때 좌선의 유적현묘幽寂玄妙함은 한층 드높아진다.

차를 즐기는 음다飮茶 풍속이 사원에서 기원이 되어 승려들에게 먼저 퍼지게 된 것은 필연적이고 자연스러운 흐름이다. 개인적인 경험으로도 누구보다 예민하게 산야초차가 갖고 있는 기운을 감지하는 사람들은 승려들이었다. 늘 차를 마셔왔기 때문에 차 맛에 대한 감각이 발달할 수밖에 없다. 찻잎을 따든 차를 마시든 모두가 차 맛을 깊이 음미한다면 그것이 바로 차와 선이 하나라는 다선일미의 정신을 깨우친 것이다. 옛 선사가 말한 '차 한 잔 마시고 가게(끽다거喫茶去)'라는 의미도 거기에 있다.

차는 생활의 편리함보다 예를 지키고 행하는 정신적 세계에 비중을 두었던 선비 정신과도 연결된다.

동양 사상에서 핵심이 되는 덕德을 완성하는 데는 예가 따라야 하는데, 덕이란 인간이 추구할 수 있는 최고의 기준이며, 예란 질서를 가늠하는 최고의 기준으로 여겨왔다. 그리고 도道란 최고의 방편이다. 지향점으로 가기 위해서 인간은 도를 닦고 예를 지켜서 덕을 완성하게 되는 것이다.

차라는 것은 단순히 마시는 기호품이 아니다. 차를 마시며 얘기를 나누는 사이 철학과 시와 삶과 도가 멈추었다 가는 자리를 우리에게 선사한다. 자기 자신을 돌아보고, 사람과 사람 사이를 훈훈하고 맑게 한다.

자연으로의 회귀

과거로 돌아가자는 말이 아니다. 생산성과 소비의 수준이 낮더라도 삶의 질이 높아질 수 있다면 그것이 올바른 삶의 방식이라고 생각한다.

삶의 질이라는 말이 사실 막연하고 추상적이기는 하다. 삶이 한 방향으로만 치닫다가, 어느 순간 이건 아니다, 라는 생각에서 출발하는 생활의 변화라고 범위를 좁혀본다.

누구나 한 번쯤 시도해보았거나 꿈꾸었을 것이다. 현실이 절박하면 할수록 실제로 행동에 옮길 가능성은 더 많아진다. 노동과 생산, 소비라는 자본주의의 고리에서 벗어나 자발적 가난을 선택하는 사람이 느는 것도 같은 맥락일 것이다.

도시에서 직장생활을 하다 보면 피할 수 없는 것이 과로와 불안이다. 휴식과 노동의 리듬을 잃어버리다 보니 늘 마음이 불안하다. 불안한 마음은 사막과 같아서 아무것도 뿌리를 내릴 수 없다. 자신을 사랑하는 일도, 남을 사랑하는 일도 어려워진다. 하지만 약간의 불편함을 감수할 각오만 되어 있다면 일 중독, 소비 중독의 악순환에서 벗어나 자신을 성찰하고 돌아보며 살 수 있는 삶을 얻을 수 있다.

전자제품이나 기계문명이 인간의 행복에 오히려 해롭다 해서 멀리하는 사람들이 생기고 있다. 자동차를 안 타는 사람의 모임도 있다고 한다. 편리함만이 능사가 아님을 깨닫기 시작한 것이다. 느림의 철학 또한 이와 같은 의미일 것이다.

산에 의지하며 살면서 마음이 기우는 쪽에, 몸이 움직이는 방향에 자연이 있음을 알았다. 자연은 정신에 양분을 공급한다. 숨 쉬는 생명들에 둘러싸여 있다 보면 영혼이 고양되고 묵은 때가 떨어져 나간다.

지리산 자락에 고요히 내려앉은 겨울을 본다. 모든 생명 활동이 정지되어 있는 것처럼 보이는 겨울. 하지만 우리는 오히려 추운 겨울에 살아남고자 하는 생명의 본능을 더 확실하게 느낀다. 숨죽이고 있는 나무와 땅을 볼 때 삶에 대한 갈망이 더 커진다. 자신의 몸과 마음을 살피고 돌아보는 우리의 자세도 겨울에 훨씬 더 절실하다.

산은 죽지 않는다. 다 타버려 재가 된 산에 얼마 후 싹이 돋고 생명이 자라는 걸 경이롭게 지켜본 경험이 있을 것이다. 산은, 자연은 다시 살아나고 자라난다.

도시 사람들이 흔히 하는 착각이 있다. 산 가까이에서의 삶은 한가롭고 평화로울 거라고. 그렇지 않다. 이곳에서는 무엇이든 몸을 움직여서 힘들게 일해야만 얻을 수 있다. 비가 오나 해가 쨍쨍 내리쬐나 가파른 비탈길에서 하루 종일 일해야 한다. 고되다. 하지만 고된 노동 후에 오는 달콤한 휴식과 자연이 주는 위로는 그 무엇과도 바꿀 수 없는 선물이다.

눈이 와서 능선이 그대로 드러나는 지리산을 바라볼 때마다 지난 계절 내 고단한 발길이 닿았던 골짜기를 더듬어본다. 기쁨과 행복, 서러움의 눈물과 웃음을 떨어뜨린 그 땅 밑에는 자신의 생명을 내뿜으려는 기운이 봄 준비를 하고 있을 것이다. 긴 겨울 끝에는 봄이 기다리고 있다는 자연의 섭리를 계곡의 얼음장 밑으로 흐르는 물소리가 가르쳐준다.

우리는 안녕한가?

남도 지방에서 주고받는 인사말 가운데 이런 게 있다.

“어르신, 요새 아래윗 구멍이 빠꼼하신게라?”

입과 항문이 잘 뚫려 있냐는 말이다.

처음 이 말을 들었을 때는 우습기도 하고 민망하기도 했지만 이보다 더 확실하게 상대의 안부를 묻는 방법도 없겠다는 생각이 들었다.

쾌식, 쾌면, 쾌변이 건강에 무엇보다 중요한 요소라는 걸 이 한마디의 인사로 알 수 있다.

우리 몸에는 구규九竅라 불리는 아홉 개의 구멍이 있다. 눈, 코, 귀, 입, 항문, 성기를 이른다. 한방에서는 이 아홉 개의 구멍만 잘 관리하면 병이 없다고 한다.

자연요법은 정신과 육체가 밀접하게 관련되어 있다는 생각에서

21세기의 화두는 건강이고, 건강을 위해서는 운동과 올바른 식생활이 필수적이다.

나온 것이다. 인간은 자연 상태로 돌아감으로써 본래의 건강을 찾을 수 있으며 질병에서 벗어나게 된다는 이론이다.

21세기의 화두는 건강이고, 건강을 위해서는 운동과 올바른 식생활이 필수적이다. 과거의 스포츠와 건강 증진 프로그램이 근육의 비대, 힘의 증가, 심폐 능력 향상에 중점을 두었다면, 현대의 운동은 신체적 활동과 마음을 다스리는 훈련을 병행하는 심신 훈련에 초점을 두고 있다.

달리기나 마라톤 중에 기분이 고조되어 황홀감을 느끼는 상태인 러너스 하이runner's high는 명상 중에 느끼는 황홀감과 비슷하여 유사한 생리적 현상을 보인다. 앉아서 하는 명상뿐만 아니라 달리기 같은 움직이는 명상의 형태로도 몸 안에서 일어나는 느낌을 통하여 몸과 정신을 고양시킬 수 있다는 것이다.

명상은 정신적 스트레스를 감소시키고 마음의 안정과 육체의 건강을 가져다준다. 그런데 모든 운동은 내부에 명상적 요소를 갖고 있다. 어떤 운동이든지 동작 하나하나에 내적 감각을 느끼면서 할 수 있다면 명상적 운동이라고 할 수 있다. 의사들이 추천하는 명상적 운동으로는 달리기, 태극권, 기공, 요가 등이 있다. 최근에는 서구인들에게까지 크게 각광을 받고 있다. 걷기 명상(행선行禪) 역시 기본적 신체 활동량을 충족시키고 정신적 활력을 찾기에 좋은 운동이다.

당뇨병은 자동차 보유대수와 나란히 증가한다고 한다. 그만큼 당뇨병과 운동은 떼려야 뗄 수 없는 관계다. 운동을 하지 않고 앉아서 일하는 것을 일부 학자는 담배를 피우는 것과 다름없이 해롭다고 한다. 외국에서는 좌식생활 사망 증후군sedentary death syndrome이라는 무시무시한 이름으로 불러 경종을 울리고 있다. 운동은 혈당, 체중, 혈압, 콜레스테롤 등을 감소시키고 심폐 기능을 향상시킬 뿐 아니라 삶의 활력소가 되기도 한다.

흔히 고혈압, 심장병, 비만 등을 가리켜 성인병이라고 한다. 그런데 최근에 이 병을 생활습관병lifestyle-related disease이라고 고쳐 부르기로 했다고 한다. 이 명칭이 우리에게 시사하는 바는 평소 올바른 생활습관이 중요하다는 점이다. 대부분의 병이 흡연, 과식, 과음, 운동 부족 등 잘못된 생활 습관의 반복에 의해 발생한다는 사실을 강조한다.

생활습관병은 개별적이고 독립적인 질환이라기보다는 하나의 질환군이라고 할 수 있다. 이유는 여러 가지 질환이 한 사람에게 중복되어 발병하는 경우가 많기 때문이다. 경제 성장과 더불어 도시화, 노령화 등으로 인해 생활습관병이 크게 늘고 있다. 만성퇴행성 질환으로 한번 발병하면 완치가 불가능하며, 막대한 의료비를 비롯한 인적·경제적 손실이 많기 때문에 무엇보다 예방이 중요하다.

미국 영양문제특별위원회에서 최근 발표한 한 보고서에는 "성인병은 약이나 수술로는 좀처럼 고쳐지지 않고 꾸준히 증가하고 있다. 이대로 계속된다면 미국은 이런 질병 때문에 경제적 파산을 면치 못할 것이다. 암의 90퍼센트는 식사와 몸에 들어가는 화학물질이 원인이다. 심지어 가정폭력 등 비정상적인 심리 상태가 사회에 만연하는 것도 잘못된 식생활에서 비롯된다"고 지적한다. 미국은 이제 서구식 식단의 문제점을 깨닫고 대책을 찾느라 고심하고 있다.

그런데 이 보고서에서 특기할 만한 사항은 가장 건강한 식단으로 일본과 한국식 전통 식사법을 꼽고 있다는 점이다. 곡식과 나물을 중심으로, 그것도 기름에 볶거나 튀기지 않고 살짝 데쳐 간소하게 먹는 식사법, 우리 조상 대대로 전해져왔던 방식이 가장 건강한 식사법이라는 것이다. 이런 상황에서 우리나라 청소년들이 미국식 식습관과 패스트푸드에 차츰 길들여지고 있는 것은 안타까운 일이 아닐 수 없다.

세계 최고 수준의 병원이라는 명성을 얻고 있는 미국 로스앤젤레스의 굿사마리탄 병원에서 환자들에게 한국 음식을 제공하고 있다고 해서 화제가 된 적이 있다. 처음에는 한국 환자들을 위해 시작했지만 지금은 다른 나라 환자들이 더 많이 찾고 있다고 한다. 한국 음식은 적절한 영양 균형을 보여주는, 영양학적 측면에서 환자들에게 가장 적절한 음식이다. 야채를 많이 이용하고 서양 요리보다 기름을 적게 쓰기 때문에 환자식으로 최고라는 평이다. 또 주식인 쌀은 필수아미노산 함유율이 높아 비만 환자들이 허기를 느끼지 않고 체중을 줄일 수 있어서 반응이 좋다.

밥은 수분을 많이 함유하고 있어 양에 비해 비교적 칼로리가 낮다. 밀가루를 주식으로 하고 고기를 많이 먹는 그들의 식단에 비할 때 우리 음식에는 여러 가지 장점이 있다. 또한 현미잡곡밥에는 균형 잡힌 영양소가 골고루 들어 있다.

특히 그들의 관심을 끈 것은 한국 음식이 세계에서 유일하게 계절에 따라 바뀐다는 점이다. 생체리듬이나 계절의 변화에 몸이 적응하는 것을 음식이 도와준다는 것을 그들도 깨달은 것이다.

식물은 스스로 성장과 생명 유지에 필요한 물질을 만들고 저장한다. 싹트고 성장하고 꽃 피우고 열매 맺고 겨울나기에 이르기까지의 과정에서 여러 가지 생장물질을 생성한다. 그 생장물질은 거의 다 우리 몸에 유익한 것이다. 인간의 세포는 생화학적으로 식물과 비슷하기 때문에 식물이 필요로 해서 저장하는 것은 인간에게도 유익하다.

그런데 일반 채소는 인위적인 환경에서 자라기 때문에 복잡한 생장 물질을 합성할 수 없다. 속성 재배한 비닐하우스 야채는 햇볕을 충분히 받지 못하고 토양 또한 이용 회전이 빨라 영양분이 빈약하다. 자연농법 채소는 훨씬 낫지만 산야초는 그보다도 몇 배나 영양분이 풍부하다. 신체를 구성하는 미네랄 50여 종이 산야초에는 풍부하게 들어 있다.

거칠고 혹독한 환경에서 자라는 야생식물은 악조건을 극복하면서 더욱 복잡한 물질대사를 일으킨다. 이 과정에서 유익한 영양소를 다량 함유하게 된다.

광물질이 녹아 있는 바닷가 토양은 무기질이 풍부하므로 섬이나 해안에서 자라는 식물이나 미역, 김 등 해조류에는 우리 몸에 좋은 영양소가 특히 많다. 심산계곡에서 흘러내리는 물을 받아들이며 자란 식물 또한 영양소가 풍부하다. 갖가지 광물질이 물속에 녹아 있기 때문이다. 그래서 솔잎과 쑥을 채취할 때는 남해로 간다. 해풍을 맞은 소나무나 쑥은 약성이 훨씬 강하기 때문이다.

근래 들어 육식보다는 채소 중심의 식사가 몸에 더 좋다는 얘기가 각종 책이나 방송을 통해 나오고 있다. 특히 채소 가운데에서도 유기농 채소에 대한 관심과 선호도가 눈에 띄게 증가하고 있다. 그러나 채소 위주의 식단은 결코 새로운 이론이 아니다. 원래 우리가 먹던 방식으로 돌아가자는 것뿐이다.

몇몇 과학자들은 유전자 조작 식품의 위험성은 농약이나 화학비료, 식품첨가물의 문제를 전부 합친 것보다 훨씬 더 크다고 주장한다. 안전성에 관해서 오래전부터 논란이 되어왔지만 아직까지 뾰족하게 결론을 내리지 못한 상태로 흐지부지되었다.

우리 주변을 둘러보면 문제가 없는 식품이 없는 것처럼 보인다. 선진국에서는 시민운동을 통해 위험한 식품은 발붙일 수 없는 환경이 어느 정도 만들어졌지만 아직 우리는 그 단계에 이르지 못하고 있다. 현재로서 가장 안전한 방법은 이런 문제에 대해 인식하고 있는 소비자단체에서 운영하는 생활협동조합이나 신뢰할 수 있는 유기농산물 판매처를 이용하는 것이다. 음식은 건강과 에너지의 원천이 될 수도 있지만 동시에 질병의 원천이 될 수도 있다는 점을 잊어서는 안 된다.

지금 우리의 미각과 후각은 완전히 제 기능을 잃었다. 갖가지 인공 감미료와 향신료, 식품첨가물이 식품 본래의 맛과 냄새를 덮어버리기 때문이다. 가공되지 않은 자연식품을 섭취하도록 최대한 노력해야만 우리가 날 때부터 지니고 있는 미각과 후각을 제대로 활용할 수 있다. 몸이 받아들이려고 하지 않는 음식에 인공 조미료나 감미료를 첨가해 억지로 맛을 내어 먹으려고 해서는 안 된다. 약뿐만 아니라 음식도 입에 쓴 것이 몸에 좋다.

어떤 음식을 우리 몸이 반가워하는가는 노인들에게 물어보면 된다. 오랫동안 먹어와서 우리의 유전자에 각인된 음식은 거무튀튀한 현미밥에 멀건 된장국, 몇 가지 나물 반찬이다. 고기는 동네 큰 잔치나 명절 때나 먹을 수 있었던 시절, 달콤 매콤 짭짜름한 군것질을 하지 않던 시절, 서양 음식은 노린내 난다고 멀리하던 시절의 음식이 우리 몸에 좋은 음식이다.

지금 우리는 마음과 육체의 상관관계, 인간과 자연의 상관관계에 대해 논의를 넘어선 실천과 현실 적용의 단계에 와 있다. 마음 없는 육체와 마찬가지로 자연을 떠난 인간은 결코 건강할 수 없다. 인간이 자연을 제대로 관리하지 못하고 실패한 결과가 자연재해로 나타나듯 몸과 마음을 잘 다스리지 못해 균형이 깨지면 병이 된다.

지리산 등성이에서 〈건강을 위한 산야초 연구회〉 회원들과 함께
인간이 자연을 제대로 관리하지 못하고 실패한 결과가 자연재해로 나타나듯
몸과 마음을 잘 다스리지 못해 균형이 깨지면 병이 된다.

이제는 주변에서 암환자를 쉽게 볼 수 있다. 아는 사람이 암에 걸렸다고 해도 예전만큼 놀라지 않을 정도로 흔한 병이 되고 말았다. 암의 원인은 여러 가지가 있겠지만 첫째로 꼽는 게 스트레스다. 스트레스는 정신적으로나 신체적으로 우리를 파괴하는 고약한 독소다. 쇠에서 나온 녹이 쇠를 망가뜨리듯이 우리 몸에서 나온 분노가 우리의 정신을 상하게 한다.

왜 스트레스를 받는가. 몸속의 독소 때문이다. 독소 때문에 스트레스를 받고 스트레스 때문에 독소가 쌓인다. 병의 이름은 수만 가지지만 병의 원인은 단순하다. 독소와 노폐물이다. 독소가 많으면 그것을 먹고사는 암세포들은 즐거워한다. 반대로 산소가 많으면 암세포가 맥을 못 추고 잠을 잔다.

분노, 욕망, 집착, 불안 등 마음에서 비롯된 심독心毒이 첫 번째 독이다. 음식물을 통해 들어오는 오염 물질이 두 번째 독이다. 자연식이나 채식을 하더라도 마음이 편하지 않거나 과식, 폭식을 하면 그것 역시 독이 된다.

단식이 암 치료에 탁월한 효과를 내는 이유가 거기 있다. 나는 1년에 한 번씩 보름 정도 꼭 단식을 한다. 1년 내내 음식을 통해 몸 안에 쌓였던 독소를 씻어내기 위해서다. 단식을 하면 노폐물이 빠져나가면서 몸속의 독소가 제거된다. 독소가 제거되면 마음이 평화로워진다. 단식 중에 명상이 잘되는 이유는 이 때문이다.

마음이 평화로우면 정신과 몸이 따뜻해지고 음식도 정갈하고 소박한 것을 원하게 된다. 무엇보다 평화롭고 따뜻한 마음을 회복하는 일, 그것이 자연치료법의 철학이자 원리다.

그러므로 우리의 삶은 자연과 떨어져 살 수 없음을 다시 한 번 생각해본다. 자연에서 얻은 산야초차를 오래 마시다 보면 몸과 마음이 본래 제자리를 찾은 듯 깨끗해짐을 경험하게 된다. 자연이 준 이 소중한 선물인 산야초차를 이제 많은 사람들과 함께 나누고 싶다.

지리산에서 보낸 산야초 차 이야기

1판 1쇄 발행　2003년 10월 29일
2판 1쇄 발행　2007년　3월 30일
3판 1쇄 발행　2011년　5월 25일
4판 1쇄 발행　2018년 10월 20일

지은이　전문희
사진　김문호
펴낸이　김환기

펴낸곳　도서출판 이른아침
디자인　성지선
편집　이단네 홍혜림
마케팅　권명희
관리　이민정

주소　경기도 파주시 회동길 445-1 경인빌딩 B동 4층
전화　02)3143-7995
팩스　02)3143-7996
등록　2003년 9월 30일 제 313-2003-00324호
이메일　booksorie@naver.com

ISBN　978-89-6745-081-6 13810
정가　18,000원